原上丛书

李　浩　郝建国　主编

漂流瓶

和晓梅——著

扫码听书

河北出版传媒集团
花山文艺出版社
河北·石家庄

图书在版编目（CIP）数据

漂流瓶 / 和晓梅著. -- 2版. -- 石家庄 : 花山文艺出版社, 2023.9

（原上丛书 / 李浩, 郝建国主编）

ISBN 978-7-5511-6557-0

Ⅰ. ①漂… Ⅱ. ①和… Ⅲ. ①中篇小说－小说集－中国－当代②短篇小说－小说集－中国－当代 Ⅳ. ①I247.7

中国国家版本馆CIP数据核字(2023)第162492号

丛 书 名： 原上丛书
主　　编： 李　浩　郝建国
书　　名： 漂流瓶
Piaoliu Ping
著　　者： 和晓梅

选题策划： 丁　伟
统　　筹： 李　爽
责任编辑： 梁东方
责任校对： 李　伟
装帧设计： 陈　淼
美术编辑： 胡彤亮
出版发行： 花山文艺出版社（邮政编码：050061）
（河北省石家庄市友谊北大街330号）
销售热线： 0311-88643299/96/17
印　　刷： 河北新华第一印刷有限责任公司
经　　销： 新华书店
开　　本： 880毫米×1230毫米 1/32
印　　张： 10.25
字　　数： 215千字
版　　次： 2023年9月第2版
2023年9月第1次印刷
书　　号： ISBN 978-7-5511-6557-0
定　　价： 66.00元

序：筑起属于自己的“山峰”

李　浩

一

编撰一套反映当下中国小说创作实绩、展示中青年作家艺术品格和前行势头的系列丛书，一直是花山文艺出版社郝建国社长和我的共同心愿。应当说他的意愿可能更强烈、更紧迫，也更“成熟”一些，因为早在两年前他就开始策划组织“诗人散文丛书”的出版，至今已经进行到第四季，积累了丰富的经验。在经历多轮交流、碰撞和相互说服之后，便有了这套“原上丛书”。

之所以名为“原上”，一是基于我们不断谈及的中国当代文学“有高原无高峰”的共识性判断。必须承认，经历数十年的吸纳、丰富、转变和探索，时下的中国当代文学（尤其是当代小说）呈现了一定的甚至可以说几乎普遍的“高原”态势，立足于本土、个人和时代经验，深谙东西方小说讲述的艺术策略，有着广博的文学视野和经久的文学阅读，并较好地融合萃取变成个人的独特，呈现出不同的“中国故事”可贵面影。这一努力和前行，是我们绝不能忽略和无视的！然而，我们也需要承认，我们当下的写作还有诸多的匮乏和不足，尤其表现于思想性、创新性、丰富性和锐利感上……我们编撰这样一套丛书，是为彰显、呵护已经呈现“高原”态势的中青年作家的创作实绩，认知和呈现他们的文学实力，同时也冀望借此加以“促进”，希望这些作家朋友能够不断向前，最终筑起属于自己的“山峰”。而定名为“原上”的第二个原因，则源于白居易“离离原上草，一岁一枯荣，野火烧不尽，春风吹又生”的著名诗句——它意味着（或者隐喻着）不竭的新生力量，不竭的“原上”的生长和文化根脉的深层延续……“原上丛书”，愿意为已经站在了高原的、相对年轻的“新生力量”提供可能的助力，为文学的真正发展和繁荣提供可能的助力。这，应当说是这些中青年作家所需要的，也是出版社和阅读者们所需要的。

二

立足于实力，立足于读者好评、业界好评和几乎可见的“创作前景”，立足于专业审读和专业评判——也就是说，我们这套“原上丛书”首先考量的是“实力”和“未来态势”，以现有创作的真实呈现为第一标准。作家的创作影响力在我们的统筹范围之内，但它或多或少属于“次要标准”，它提供参照值但不进入标准值。实力，以及我们的未来预期，在“原上丛书”中占有更大的比重，这是我们这些编撰者应当承认的。

基于此，我们甚至更愿意从那些潜心写作但或多或少被低估，荣耀的强光尚未照到身上的那些作家中“捞取”，让他们在这里获得可能的彰显与艺术尊重——这也是我们所要承认的。也正是基于这一个原因，在我们开始遴选作家的时候“不成文”地将已经获得鲁奖、茅奖的作家忽略在外。在我们第一辑十本的编辑过程中，作家刘建东、沈念获得了2022年的第八届鲁迅文学奖——这当然是我们尤其是作家本人的荣耀，但我们和编辑团队愿意再次强调：我们在约稿和编辑丛书的过程中，他们尚未获奖，我们的选择标准是并会一直是实力和创作前景……事实上，我们也大约有理由相信，入选“原上丛书”的诸多作家或许会在今后的某一时段再有大奖斩获，或者成为具有标志意义的文学名家——这，也是我们所更愿意见到的。在接下来的遴选和编辑过程中，我们还会将这个“不成文”继续下去。

全国性，是我们这套丛书的又一立足，我们愿意将整个中国有实力的中青年作家放在一起打量，并使用同一标尺。我们当然愿意它能有一个丰富性、多样性和多层面的展示，但它们大约依然是参照值而不是标准值。花山文艺出版社隶属于河北出版传媒集团，具有地域性，但在这套丛书的遴选中我们首先排拒的就是地域性。同样是“不成文”的规定，我们会对河北籍的、现在河北生活的作家秉持更多苛刻，如果是同等条件，“被遗憾”的一定是河北作家；在第一辑包括之后的第二辑、第三辑……每辑中至多有一本是河北作家的。这个“不成文”也将是我们坚持的固执原则。

三

第一辑入选的作家是刘建东、李凤群、林那北、哲贵、沈念、王芸、和晓梅、卢一萍、郑小驴、文清丽（排名不分先后）。他们是当下文坛极为活跃、极有实力并且部分地获得着关注的中青年作家，而我们更看重的是在他们身上所能体现出的创新意识和前行态势，包括他们对于时代、生活、个人人性的有效挖掘。他们的写作，真的是在为我们提供着来自生活和文学的双重丰富。

在我看来，林那北的小说更具“东方”质地，娓娓道来，不疾不徐，语言上有一种清浅的音乐性，而在故事上也有那种“东方”式的轻和淡，仿佛不着力地推进着，而阅读者则在不知不觉中沉入她预设的涡流。她有一双敏锐之眼，这份敏锐中包含了清晰的看透，和小小的但入骨的“毒”。她熟谙生活和生活细微，极易从具有幽暗感的褶皱中做出发现。相对之前的写作，林那北的《燕式平衡》似乎更从容，社会生活的流变、个人的境遇与处境、人性的多重复杂一直是林那北所关注的，在这里，她呈现了更让人感吁、会心和由衷赞叹的文学发挥。我觉得，林那北的小说耐读，经得起重读，而在重读的过程中可能获益更多。

而在王芸的小说中加重的则是情感的力量——所以阅读她的小说，时时会有“胸口受到了重重一击”的那种情感强力，而这强力来得那么真实真诚，毫无矫饰。可以说，王芸的小说已形成她极有特质性的东西，极有“个人标识”。我认为这种标识性就是：从小事儿和微点开始，角度较小甚至是极小，然而撬开的是一个具有普世性的共有议题；故事上往往不那么用力，但涡流感重，会让人在品啜的过程中被缓缓吸入，难以自禁自拔；大量留白，会调动阅读者不断地为文本填充，在情感和智力两方面……它是那种可以引发思忖、耐人寻味的小说。在这本《请叫她天鹅》中同样如此，它聚焦生活和人性的复杂世相，探触心灵深处、生活褶皱处的幽微细部，展现一个个普通生命内在的柔软与坚硬、紧张与松弛、平和与挣扎、痛楚与欢欣、无奈与向往、绝望与执拗，在生活剧变和断裂处映现出“人”的力量。

《无法完成的画像》，具有强烈的先锋感和现代意识，同时又具有扎实沉厚的现实积累，不回避生活、生命的种种困囿和艰难，又能将困囿和艰难“熬”成诗——一直以来，我都认为刘建东的中短篇小说（尤其短篇）属于“教科书”级的，在语言上、故事结构能力上、意蕴营造和留白点的设置上，无一不见微妙与精心，就像我在“小说创作学”课上反复要讲的胡安·鲁尔福或加·加西亚·马尔克斯。这本小说集兼有现代主义创作倾向和现实主义创作倾向，而我看重的是它的融合力量，那种将两种或多种不同向度的力量完美融合并构成合力的力量。这，也是我这样的写作者试图从中汲取的。

埃柯谈到，有两类人属于“天生的作家”，一类是农民，一类是水手。将哲贵看作是“农民”型的作家大抵是合适的，因为他对地方生活的了如指掌，因为他比那些观光游客更知道、更了解这一地域的生活内部，更能体味在这一地域生活的人们的精神真实和情感真实，他在那条被称为“信河街”的地方打出了一口深邃的、不断能反射出生存实态的井。较之一般小说，《信河街别录》可能更具有地方志和民俗学价值，当然它更值得言说的还是文学价值、思考价值，那种对人生、人性和独特环境中生存的思考和追问。同时我也愿意承认，哲贵的故事能力也是我所极为欣赏的，他能将一般人无话可说之处写得风生水起，让读者感到津津有味，也能将激烈和回旋有意地半遮起来，让我们通过猜度和想象将其充满。

“80后”作家郑小驴的写作则呈现了另外一种“异质”和独特面目，他尖锐、锋利、直面现实，有一种“少年老成”的技术熟练和“坚决不肯老成”的青春冲力……在他身上和他的写作中，我能看见时下写作普遍匮乏的“巴库斯”式的原始冒险。必须说，这是一股可贵的力量，尽管它有时会引发我们的小小不适，就像我们第一次面对罗伯－格里耶的《去年在马里安巴》、让·热内的《鲜花圣母》或贝克特的《马龙之死》那样。郑小驴关注的或者说更为关注的是我们生活中的“另一潜流”，是某种有意回避和视而不见——恰因如此，郑小驴小说写作的价值感也变得更为显豁，它让我们不断地、不断地思忖：这，也是一种生活？非如此不可？有没有更好的可能，如果我是二告或者立夏，如果我是杜怀民，如果我是……我该如何选择？对于小说来说，它应当提供的是“可能”而不是解决之道，解决之道是我们在读完小说之后“自我完成”的部分，小说相信并始终相信阅读者会有自己的独立判断。

当我们在谈论爱情的时候我们是在……这是一句反复被运用已经用得过于俗滥的用语，但我还是选择用它，因为它本身包含的隐喻性质。当我们在谈论爱情的时候，我们的确很少关注于爱情本身，而是关注隐匿于它的背后和深处的那些内容，譬如欲念和释放，譬如权力意志，譬如暗在的交换和平衡，譬如操控性和……事实上，仔细回想一下，我们谈论爱情的概率越来越少了，而集中地、专注地谈论爱情的概率则更少——因此，卢一萍的《N 种爱情》在提交到我们手上的时候就让我眼前一亮，竟有小小的心动。与我预想的不同，与我这个身处东部城市的写作者预想的不同，卢一萍的《N 种爱情》多数与我从哲学、社会学、心理学和惯常小说呈现中得出的“预设”不同，它的里面包含着真正的爱情之美与人性之美，包含着安宁、博大、舍身的投入和为爱的“不顾一切”。曾在边疆当兵并深深融入边疆生活的卢一萍，在他的写作中呈现的是那片大地上“人类最初的爱情的战栗”，它是一种久违，一种真实，同时也是一种怀念。我甚至愿意感谢卢一萍的这一提供，它让我的内心百感交集，暗生涡流。

在本辑丛书的编辑过程中，数位编辑都对完全陌生的和晓梅的小说赞不绝口，他们完全陌生于这个名字，但又对她在小说中上佳的艺术呈现感慨万千。身处云南的纳西族作家和晓梅，属于那种只会潜心写作、“与世无争”地致力于将自己的小说写好的写作者，像她这样一直深潜于自我的文学世界而不事张扬的作家还有不少，譬如本辑中的其他一些作家，又譬如与我有过一些交集的东君、戴冰、李约热，等等。在我们时下（也包括之后）的“原上丛书”的组稿中，我们愿意更多地关注那些具有实力和未来可能的沉潜着的小说家们，可以说这也是我们的初衷。收录于《漂流瓶》中的小说均为中篇，和晓梅在她最为擅长的篇幅空间内纵横施展，建构成一个或多个有着复杂意味的交互世界。与刘建东的小说质地相似，和晓梅小说的现代感充沛丰盈，其故事结构往往也不是单一线性而是采取复调叙事多线并织，并使其铆合于统一的叙事点上，其技艺的精熟和细节控制力让人叫绝。更重要的是，和晓梅始终将小说看作“探索存在的密钥”，她的所有技艺呈现都精心围绕于小说的智识和追问，深入而深刻——在这里我愿意再次重复列夫·托尔斯泰文学标准中的第一条：小说追问的问题越深，越对生活有意义，它的格就越高。毫无疑问，和晓梅的小说处在一个高格之中，它是勘探，是言说，是审视与思忖。

许多时候我们会把沈念归为“散文作家”，就像我们有些时候会把史铁生、宁肯、刘亮程、周晓枫看作“散文家”一样，他们在散文写作中的影响力远大于在小说中的影响力，但这绝不意味他们的小说写得不好，达不到高标。《八分之一冰山》会让我们轻易地想起海明威的“冰山理论”，也会让我们在开始阅读之前就暗自认定，这本小说集将会在“未说”和“未尽”之处有更多经营——事实上也的确如此，我在沈念小说的“空白处”读出的其实更多。这本小说集，聚焦于平常人生，聚集于平常生活中的个人遭际与精神困境，充满着追问、反诘和更多体谅，叙事冷峻而又不失温情。在本辑十本书中，沈念的《八分之一冰山》大约是最具知识分子气息的一本，这一独特足以让它显得别样。它，在表层有种“隔着玻璃看世界”的距离和淡然，然而在再次的阅读中，我读到的却是骨肉相连的体恤，以及经久不散的“耐人寻味”。

弗兰兹·卡夫卡为何要让格里高尔·萨姆沙变形？就以现实主义的方式讲述一个推销员的故事不可以吗？当然可以。只是，它的强度就可能变弱，极端感就会变弱，故事的张力和阅读者被调动起的思考敏锐就会变弱。我们知道文似看山不喜平。我们知道，小说的故事性诉求和思想性诉求，都需要小说家们在不失合理性的前提下努力“推向极端”，其原本纤微的、隐藏的、不那么呈现的部分才会得到有效彰显。在现实主义题材的小说中，因为身份和条件的特殊，军人和军事文学最容易在日常化的场景中建构起“极端”，呈现出强烈的故事性和戏剧冲突。“善假于物”的文清丽在她的《撩人春色是今年》中充分地利用着这一点，以现实的、回忆的、追怀的方式强化和突出故事主人公们的军人身份，以及他们的经历种种……尤其巧妙和独有匠心的是，文清丽在这本小说集中建立了具有象征的“军营”和同样具有象征的“昆曲”两个舞台，一武一文，一雄悍一温婉——其中的自然张力被她有效调动，魅力十足。就我有限的阅读而言，我们的军事文学写作很容易指令性地完成单一向度，其丰沛性、多义性和动人性时有不足，而文清丽在《撩人春色是今年》中的尝试无疑为我们提供了某种启示性参照。

注意到李凤群的写作应当是很晚近的事情，几位我熟悉的作家、编辑朋友向我推荐李凤群，甚至希望我能为李凤群的文字写点儿什么。我是从长篇小说《大野》开始认真关注起李凤群的，我觉得她有良好的艺术感觉，更重要的是她有一颗真诚的心，小说中诸多的人与物都连接着她的肋骨，她体恤他们、理解他们，甚至与他们共用同一条血管。对了，在强调小说的思想性（小说对生活越重要，小说的品格越高）、艺术性（与小说的内容相匹配的外在之美）之后，列夫·托尔斯泰的第三条文学标准是真诚，是作家对他所创造的一切的理解和信。在李凤群的小说中，包括这本《天鹅》中，那种真切的理解和信始终存在着，也使她写下的故事并不单纯是“一个故事”，而更多的是一种有共感的情绪，一种有共感的思考，一种具有普遍性的精神面对。从某种意味上，李凤群的小说可算作是“体验式文学”的那类创作，她更重视小说中的具体体验感和精神波动——尽管，这里面写下的或许是“他者”故事。

四

十位作家，从性别上来说，五男五女——这并非是我们的有意为之，只是在反复不断的约稿过程中机缘巧合地呈现，它不是我们的考虑因素，在第二辑及以后各辑约稿过程中，我们依然不会将它看作遴选要素。

十位作家，其身份、工作单位和生活区域各有不同：有军人、教师、编辑、作协领导和事业单位工作人员，也有自由职业者；有的生活于大中城市也有的生活于边远城市；有汉族也有少数民族……它同样不是我们所看重的遴选要素，我们要的只有“实力”和“未来态势”——而我们之所以梳理了这些不在遴选要素范围之内的点，是因为它在机缘巧合中呈现了我们试图达到和获取的“丰富”。这是我们极为看重的。希望我们遴选的作家都具有强烈的个人面目，都在以自我的方式开掘自我的精神富矿，当我们将这些作品呈现于大家面前的时候你能够感觉它们的“独树一帜”……罗素说，参差多态是人类的幸福本源——就文学作品的阅读来说，确是如此，我们甚至不愿意在同一作家的不同作品中读到不经思虑的重复，求新求异是我们阅读中的心理本能。在这里，我们强调作家们在身份、工作、生活区域和性别上的不同，更多地，是意识到

"童年记忆、生活环境和未知因素 X"对作家写作的影响确有它的显见和内在微妙，这应是我们需要重视与反思的另外一隅。

他们在高原之上，他们具有代表性和独特性，他们和他们的写作，值得被关注。

是为序。

2022 年 11 月于石家庄

目录

落地生花的银 ········ 1
漂流瓶 ················· 56
情绪博物馆 ··········· 106
烟云 ···················· 147

连长的耳朵················ 190
心理医生··················· 239
诡异的 11 号列车 ········ 285
一桩无声的交易··········· 298

落地生花的银

照理，外公应该在清澈的水里看见自己，一张混合着尘土与汗珠的年轻脸孔，以及长途奔跑之后起伏不定的惶恐眼神。然而，事情就是这么奇怪，跪下来，拂去水面上漂浮着的枯败树叶，从他手上洗褪去的血污，像拖着尾线的胭脂水粉，在水里缓慢扩散之后，逐渐聚拢的水纹里，清晰呈现出来的却是另外一张脸。

这是 1936 年春天，4 月末梢，外公距离十七岁还差两个月。

在外公逼仄狭小的记忆储蓄库里，这一定是个极其关键的细节，以至于在 2018 年岁末，他弥留之际，再次，用一个九十八岁即将离世老人的方式，描述了这个细节。

没错，假如不是这张在水里突然浮现的脸，我不会转身，不会回去找他，后面的事情也不会发生。当时，他的眼睛在水里半睁半闭，看起来虚弱不堪，但我可以肯定，他看着我，并且知道我能看见他，他就是为了让我看见他才在水里出现的。

弥留之际，外公的讲述有着令人不安的流畅与清晰。他双手交叉，摆放在白色的床单上，酷似一个支架。

你说为什么会这样？外公总是会在讲述中途提出这个无法

回答的问题。但这个“你”不是我，也不是我们中的任何人，外公有一个属于他自己的谈话对象，就住在他的耳朵里。在ICU里，他的目光越过我停留在我身后折叠的布帘上，枯瘦的脸面浮现出若有所思的表情。

在水里浮现的脸是一个国民党军官，受了枪伤，总共有两处，一处在肩胛骨，另一处在小腿内侧。我们之所以能够准确地知道这些细节来源于十年前的一场交通事故，在此之前，我们对整个事件一无所知，或者说我们知道有一个巨大的人生秘密存在，但外公隐藏了它，用他健康的体魄和开朗的性格——他脸色红润，身材匀称，穿着考究，打门球，骑自行车，游泳，和广场舞大妈调情——我知道这么说会遭到我母亲的呵斥，但他就是这么做的，一直到他八十八岁发生车祸之前。

这个秘密关乎一个叫欧宝珠的女人，和邻县剑川一所名叫明阳小学的学校。

在一张藏匿着的照片里我们看到欧宝珠和她的儿子，一个娟秀的年轻女子，膝盖上坐了个头转向一边的男孩。

外公毕生都在关注和资助这个女人的生活，在她去世之后持续关注她的儿子，有人说那是他的私生子，但是外公对此只字不提。

这个秘密的另外一部分是明阳小学，外公用他毕生所得的大半资金资助了这所学校，具体金额我们不清楚，我们知道的是在他六十岁开始重操旧业开店经商以来，我们是古城里最早步入万元户行列的家族。此后，他总共开有八家分店，其中有几个店开到临近的县区。

遭遇车祸之前的外公无暇顾及过去，他有着充沛饱和的生活节奏，从不回忆，也从不讲述，以至于让我们对他那狭小逼仄的记忆储蓄库产生怀疑，那里是否放置过他的往事。

关于那场车祸，我们很清楚，迟早都要发生的，它是楼上悬挂着的另外那只靴子。如果一个八十多岁的老人，听不进去任何人的劝阻，骑车骑得飞快，然后又不是很明白交通规则，家人就会在祈祷的同时产生不可言传的念头：那只悬挂的靴子还不如早点儿落下来。当然，它最好是轻轻落下来。

没错，车祸之前的外公，在某些问题上表现出来的偏执匪夷所思，这么说吧，这种时候你看到的不是一个人，是一块巨大而阴冷的黑石，在深蓝色的湖底保持着绝对的缄默。

比如，他对那个人生秘密的回避与隐藏。再比如，他对骑自行车的疯狂偏爱和对红绿灯的完全忽略。

一个颇有名望的老板，就算已经过气，也不该在他八十岁的时候骑个破自行车乱窜。这让他的后代如何保持一贯以来的体面。

反正，他的做法已经导致了我们这座城市对交通信号的别样理解。大部分车主获取过经验，千万不要相信绿灯，因为有个八十多岁的骑车老头从来不看红绿灯，他会从任意一个奇怪的角度突然蹿出来；也不要寄希望于交通警察，他们已经彻底放弃了他。于是，即使绿灯亮起，他们也养成了小心翼翼，左顾右看的习惯。他们甚至还为我外公制作了一张出行表，在朋友圈里发放，下面有无数的点赞、拜谢和收藏。

在这种情况下，撞翻我外公的是一辆正常行驶的外地车，等这个倒霉的司机弄清楚，飞速逆行骑车的家伙原来是个八十八岁的老人时，所有喷涌而来的咒骂幻化成一声惊愕的尖叫：怎么会这样？

围观的人群迅速进入按部就班的救助模式：打电话、叫救护车、通知家人，好像对这套流程一直有所准备。这是我猜测的场景，我当时不在现场，我是最后一个到达医院的人，因为在处理上上一辈的事情时，我们还不是主力队员。主力队员是我母亲、大舅、二舅，还有一个小姨。

我猜测的另外一个场景是：交警中的一个在完成必须的记录之后，情不自禁地走到这个欲哭无泪的年轻司机面前，意味深长地拍了拍他的肩。

不管怎么样，外公是不能再骑车了，这让所有人都松了一口气。

这次车祸，外公磕断了鼻梁骨、扭伤了左手肘关节，并有腿部和腰部的软组织挫伤。但是，这些伤对他而言都没那么严重，除了鼻梁骨经过手术矫正仍然还是有点儿歪以外，一个月之后，他恢复得非常正常。

严重的伤在他耳朵里。

那个年轻司机在看到一辆飞速逆行的自行车朝自己冲来时，做出了正确的操作，松油门、踩刹车、稳打方向，并且，下意识地按响喇叭。

这一声喇叭，我可以想象它有多么尖锐。

就像一根利箭。外公可怜巴巴地对医生说，就像一根利箭，噌一声，就钻进我的耳朵里，然后在耳朵里飞，嗖嗖地飞，一直戳到我这里。外公指着自己的心脏。他恳切地请求医生不要管他的鼻梁骨和肘关节，重点治治他的耳朵。

但是医生说这不是问题所在，问题的关键是，他需要密切观察车祸是否给外公带来脑部神经的损伤。

听他这么说，外公立即停止了对尖锐声音的描述。

取而代之的是，他开始了另外一些从来不会触及的讲述，断断续续，关乎那个我们知道存在却不知道原委的人生秘密。

这当中，只有我怀疑他的耳朵出现了幻听，他有一个我们看不见的谈话对象，在他的耳朵里，那个人提问、质疑，引导他，启发他，和他一起开怀大笑或者黯然神伤。

至于其他的家人，他们选择相信医生，觉得车祸多少有点儿影响外公的脑部神经，毕竟他已经八十八岁。

于是就有开头的那个细节。

年轻的外公惊愕地看着水里那张逐渐清晰的脸，没办法相信自己的眼睛，“可能是我跑得太急了，所以才看不见自己的脸！”他确定自己需要清醒一下，便果断地用手搅动水面，苍白的脸瞬间破碎，幻化成大小不一的水珠，被外公劈头盖脸地泼洒在脸上、头上，冰冷的水珠顺着他的发梢、脸颊流淌。

然而，那张脸没有消失。不但没消失，反而更加清晰。于是外公沉吟片刻，急促地叹了一口气，站起身来，转身，开始朝着来路奔跑。

两个时辰以前，外公对这张脸一无所知，他正忙于逃命，并且对是否能逃脱身后严密的追捕毫无把握。幸亏，滇西北石鼓镇，奔腾的金沙江蜿蜒南下，衍生出连绵不绝的山峦和茂密的原始树林，让逃命这件事情变得切实可行。

他尽可能往树木荫翳的地方奔跑，指望着浓密的树叶为他遮挡住追赶者的视线，腐殖土的气息能掩盖他的味道，但是很快他就意识到这样是不行的，不管他有多么敏捷灵巧，只要在行动中，追赶他的人都能发现。眼看着身后狼狗吠叫的声音、训练有素的交谈声越来越清晰了。

必须很快找到一个地方藏起来。外公有着在山林里行走的经验，他看中了低洼地带一条横斜着的隐蔽山脊，他确定，只要俯身于旺盛的灌木丛里，一动不动，就算从上往下看，也很难看到他。于是当前面出现一道陡坡时，顾不得想太多，顺着陡坡就往下滑。

外公顺利地到达他看中的那个地方。就在这时，一只手，突然从灌木丛里伸出来，有力而且准确地抓住他的手腕，那种力度，来自求生的本能。

外公受到惊吓，险些大叫出来。这时候让他镇定下来的，是鲜红的血。顺着这只沾满鲜血的手看去，外公看到了一张苍白的脸，看到一双虚弱不堪的眼睛，它们虽然半睁半闭，但闪出一丝明显的光亮。

再然后，他看见了这个人肩胛处明显的枪伤，正在向外汩汩冒血，刚才他的手一定是用来堵住这个伤口；小腿内侧也有伤，虽然没有大量流血，但一定有剧烈的痛感，他的整条腿都在抽搐。

“兄弟，救我！”声音缺乏水分，几近干涸。

“你是……国军？”最初外公以为是一个和他一样在山林里躲避追捕的船夫，但是从他的衣服上，外公很快判断出他是国军，这让他感到诧异。不出所料的话，这一刻，石鼓镇所有的船夫都躲进了山林里，不管他们有没有参与几天前摆渡红军过金沙江，都得躲。否则，被国民党军队逮捕到的话，谁也不知道结局会怎样。

“没错，我是。”这回，干涸的声音带上了口音，听上去，像是临近的某个县。

“那你好好等着，你的弟兄会来救你，他们就在后面。”外公用他17岁少年嘲讽的语气说。然后，他打算不管这件事，只想挣脱他的手，迅速离开。

然而，对方也用了力，这一挣扎，他的伤口停止冒血，而是，挤出一串古怪的血泡。

“别走，我有钱，大量的钱……”他瞪大眼睛看着外公，绝望、恐惧、希冀，这是外公没见过的复杂眼神，也是他没应对过的局面，他的脊背开始冒汗。

他们四目相对，彼此不语。

外公的心里涌上一阵厌恶。他本来想问他为什么会负伤躺在这里，但突然就丧失了好奇。

国军搜捕船夫是在黎明前开始的。

外公不是船夫，他只是丽江古城里一家大型商号的小伙计，当然也不是毫无经验的伙计，他自十四岁开始投靠恒昌号掌门周兴昌，行走短途马帮，贩运药材与茶叶，虽说没满三年，但也算得上足够机灵，足够可靠。跑江湖开商号，要的就是机灵和忠诚，周兴昌实际上已把他看作义子。所以这一回才把这项任务交给他——从邻县鹤庆运送七艘驳船到石鼓镇。

这七艘船，是用来渡红二方面军战士过金沙江的。

所以，外公不是船夫，但他是国民党头号搜捕对象。

2008 年，遭遇车祸之后的外公开始讲述他在 1936 年的经历，他的讲述重复，累赘，永远只限于一部分内容。这不怪他，怪他耳朵里出现的那个人，他仿佛只对某些部分感兴趣，不停地提问和补充，他让我觉得乏味和疲惫。有段时间，我着迷于查找资料用来佐证外公的讲述，好摆脱那绵延持续的乏味感。

1934 年 10 月，中央红军退出福建、江西中央革命根据地，进行战略大转移。由红二、红六军团组成的二方面军在任弼时、贺龙、王震、萧克等同志领导下，1935 年 11 月从湖南桑植出发，1936 年转战宣威、盘县，根据总部指示准备北渡金沙江，与川西红四方面军会合。当时，蒋介石判断红军将在云南宾川、永胜地区渡江，特任命一个上校军官为永胜县县长，在一百五十公里的江岸上修了一千零三十四座碉堡，成立江防十二个大队，外加当地武装四五千人，布下天罗地网，只等把红军一网打尽。

然而，出乎意料的是红军英明地选择在丽江石鼓渡江。

在丽江县县长王风瑞和庚吉等开明士绅的倡导下，丽江民众自发聚集到玉龙锁脉“接官亭”欢迎红军先遣部队。但是，欢迎归欢迎，等二军团主力从丽江城经雄古、沙坝到达石鼓镇；六军团从鹤庆西山，经堂郎坝、九河、白汉场与二军团会合之后，发现整个石鼓镇门庭紧锁，销声匿迹，所有可以用来渡江的船只凭空消失，那些身强力壮、深谙江水习性的船夫也神秘地人间蒸发。

对于不知就里的老百姓而言，“不卷入”是最保险的做法。

情况万分紧急，一万八千名红军战士就这样壅在弹丸之地石鼓镇，动弹不得。很快，石鼓镇开明乡绅王赞贤收到一封信，这是贺龙的亲笔信，全文如下：

王赞贤先生大鉴

此次大军道经贵地　因事先未遣派员拜谒左右　以致有惊台端　兹为冰释　万希请勿疑惧　闻得贵河船筏一律隐藏东岸　此诚不幸之至　字到　请阁下将渡河船一并派人驶东　以便大军北渡　事竣当给以重重劳金　决不致误

第三路军总司令贺龙（章）

阴三月初六日

这封信，恒昌号掌门周兴昌也于同一天暮色初降时，在渐渐昏暗的光线里看到了它。彼时，王赞贤风尘仆仆赶到丽江古城，他已决定，不惜一切代价，帮助红军横渡金沙江。所幸汛期还未到来，江水平静，渡江不是难事，只是他倾尽全力筹措到的二十八名船工，七艘船，满足不了渡江需求。他此番连夜赶路，就是来求助好友周兴昌的。

短短几行文字，周兴昌看了足够长的时间。

“这帮红军娃娃，全睡在荒郊野外，缺衣少粮，对百姓却是秋毫不犯。再不走，先别说后边有追兵，过两天汛期到了，想走都走不成了。”若是那样，有可能在江边发生一场血腥厮杀，不祥的画面浮现在王赞贤的脑海里，导致他神色悲凉，语气凝重。

“赞贤兄，既然你意已定，我再捐七艘船，你看如何?”周兴昌终于从信纸上收回目光。

“那真是再好不过!”王赞贤欣喜地说。

于是，恒昌号掌门在浓郁起来的夜色中大声呼唤我外公的名字，吩咐他组织人马，连夜到临县鹤庆购买驳船。鹤庆是水乡，沿水洼居住的人家里都有现成的船只。外公见当下时间紧迫，也不多问，出门牵马，掌灯，召集恒昌号几个能干的小兄弟，一路向着鹤庆疾驰而去。

一行人高调出现在浓黑的鹤庆街头，找到平日里相熟的卖主，拍门叫人、讨价还价，七艘驳船很快齐活。走水路逆行划船赶回丽江城，已是黎明时分，再从丽江城套马车走陆路，翻山越岭到达石鼓镇，正正好，夕阳血染江面。

渡江正在有条不紊地进行。

我外公没有见过这样的阵仗，万把号人，虽然衣着褴褛，却是整齐划一，寂静无声，分成方正的队列，正在江边等待，很少部分人已经到达江对岸，零星地散布着。只是，其中有人看到恒昌号带来的七艘驳船，带头鼓起掌来，队伍才发出轻微的动荡。

外公突然感觉害羞，而且意识到张大嘴巴呆呆看着别人的样子显得没见过世面，他转开视线，装作不经意的样子，把羊皮坎肩斜搭在肩上，迈着他一贯吊儿郎当的步伐，找地方睡觉去了。

他睡得很沉，甚至都没听到国民党派出的飞机在金沙江上空盘旋的声音，他以为那是梦里江水的轰鸣。

这部分内容，如你所料，从来没有出现在外公的讲述里，他们，我指的是他和他耳朵里住着的那个人，不约而同地剔除了这部分记忆。

四目相对，彼此无言。

外公的厌恶在逐层叠加，钱财冲淡了他对这个伤者的同情，想当然地，他把他口中这笔“大量的钱”和民脂民膏联系在起来。

外公用力挣开他的手，实际上，也不需要真正用力，毫无疑问，这个人的伤势正把他带向虚弱。

“有钱……也不行！”外公看着他的眼睛，一字一顿地说。

想了想，他把他涂满鲜血的手放回到肩胛骨的伤口处，好让他继续堵住流血的伤口。

然后，外公匍匐着身子，小心翼翼地在灌木丛中移动，尽可能不弄出动静。他努力不去想身后这个人一连串无声的诅咒，但是，却没有办法把他的脸庞从脑海里彻底驱逐。

一阵猛烈的山风拂过，树木呈现波浪的纹路逐层推进，掩盖了外公的踪迹。等一切恢复平静，他已经成功逃脱了追兵，在树林里飞奔。若不是在那汪漂浮着枯败树叶的清水边停留，再翻过一座山，他就可以逃离石鼓镇，混迹到邻县与此事无关的人群中去了。

回去的路途外公不再长时间奔跑，他走走停停，有几次抱着头蹲在草丛里，不明白自己为什么要返回。

终于，凭借记忆，外公准确地回到那个受伤国军藏身之地，风干的血迹阴森瘆人，人却已经不在了，周围的杂草有身体碾压的痕迹。这时候，追捕船夫的国军已经从这个区域撤离，树林里阒寂无声。外公长长地舒了一口气，不知为何内心觉得无比轻松。

不过，外公的轻松没持续多长时间，他看见远处靠近悬崖的地段，一只体形瘦小但令人厌恶的秃头斑鹰在空中盘旋，不时向下俯冲。这只以腐尸为食的鸟带来肃杀的气息，外公循着秃头斑鹰凄惶喑哑的叫声，一路向前寻找。

不久后，他看到了一只漂亮的鞋，认出那是国军专用的牛皮矮靴，上面沾着血迹和尘土，他把它拎在手里，加快寻找的步伐。有风吹过树梢的时候，一棵高大的栎树下面，外公看到一具黑色的尸体。没错，那一刻他认为他看到的是尸体，脸朝下趴着，一只脚弯曲，另一只赤着的脚则伸得笔直。

之所以是黑色，那是因为他的身上没有任何光线，栎树的浓密枝叶遮挡了这一天异常明媚的阳光。

外公有点儿无法言说自己的心情，饥饿和疲劳袭来，令他感到一阵白亮的眩晕。就在这眩晕里，他惊异地发现，那只伸得笔直的赤脚，现在也是弯曲的了。冲上去，把沉重的躯体翻转过来，一张苍白失血的脸呈现在外公面前，除了粘在上面的草屑和泥土以及微微颤抖的皲裂嘴唇以外，跟从水里浮现出的那张脸庞毫无差别。

外公环顾四周，才发现此时他们所处的地方分外险峻，靠近一处悬崖，顺着他爬行的方向看去，似乎有一个隐蔽的山洞。不管怎么样，先得找地方让他躺下，躺舒适一点儿，再考虑其他的。

外公先替他穿上那只失落的鞋，然后，费了很大的工夫才把这个完全丧失知觉的躯体背到背上。爬进山洞的时候需要费更大的力气，因为有一段狭窄的陡坡，外公感觉自己的心脏快要迸裂，又一次，他在心里愤怒地质问自己：我究竟在干什么？

不过，等他把那个气若游丝的国军安顿在山洞里的干草上，拿掉他脸上头上的枯草，看着他略微干净了一点儿时，愤怒就消失了。

现在，外公开始考虑接下来该怎么做。他粗略地检查了一下这个人的伤口，肩胛骨位置的枪伤已经不再流血，从后背上相同的位置来看，一颗子弹从前面射入，穿过肩胛后飞出。这个伤口不算严重，严重的伤在小腿内侧，子弹还留在肉里，血肉模糊的腿上依稀可以辨别出一个骇人的洞。

他昏迷不醒，冰冷的身体开始发热。显然，他需要治疗，需要吃东西，否则也是会死的。

想到食物，外公已然忘记上一次吃东西是在什么时候，他突然感受到来自胃部的剧烈痉挛，并且惊慌地发现完全没有力气支配自己的身体，它们已经和他彻底分离，即将化成空气。

这一刻，外公的血糖水平一定降到最低点。多年以后当外公认识到血糖与人体健康的关系时，热衷于关注自己的血糖，尽管医生一再告诉他血糖过高会引发更多的疾病，但是当他的体检报告单上血糖水平略高于标准时，他都会露出满意的表情。

外公最后仅存的意志来自于对食物的疯狂渴望，他挣扎着去翻找受伤国军的衣兜，并且，惊异地发现：自己就是那个上天垂怜的幸运儿——他的挎包里有半块吃剩的压缩饼干，他的外衣兜里，居然有一大块冰糖，虽然沾染过不明液体，黏糊糊地粘在衣兜里，但这结果令他喜出望外。

冰糖被外公用力咬碎，在他嘴里发出嘎嘣嘎嘣的巨响。让他没预料到的是那半块压缩饼干竟然有那么大的威力，竟然噎得他翻出白眼。

等这少得可怜的食物化成糖分补充到外公的细胞里，年轻的外公找回了对自己身体的支配权。他开始考虑接下来的事情：食物、药品，以及一堆足以抵抗夜间野兽的火。这期间外公用小石头抓了一次阄，用来决定是不是该下山回到石鼓镇取这些东西，尽管他抓到的是下山，但他自己跟自己耍了赖。他不觉得下山是个明智之举，有可能，会给他带来杀身之祸。与此同时，他突然想起来在哪里可以找到粮食。

这要回到三年前，外公第一次跟着马帮行走古道的时候。

在没有驿站的密林里，来来往往抄近路的马帮队伍走出来一条不为外人所知的路，他们有了固定的栖息地，有时候在一条流动的山泉边，有时候在临近山洞的空阔地带。渐渐地这些地方出现了标志：一座石头垒起来的塔。离开的时候，赶马人会在上面垒一块石头，祈求平安和财富。

某个有雾缭绕的黎明，睡眼惺忪的外公被即将离开的马队叫醒，他极不情愿地在浓雾的遮掩下撒了一泡尿。这期间，他看见了六爷的身影，在一座石塔旁边，正在耐心地把上面的石头一块一块取下。快速游走的雾很快将他笼罩，这个马队最年长的老者陷入晦暗与模糊，等他再次清晰地出现，石塔上的石块又被整齐地码上。

外公知道他在石塔下藏了一样东西，但不知道是什么。

“小哥，我知道你要问什么，粮食，我在那下面放了一小袋粮食。”六爷没等外公提问，就漫不经心地回答了他的疑问。实际上，这个问题，无数次，经由他的口告诉那些初次上路的“小哥”。小哥是马队里年纪最小的人，马队年年如此，有人离去，有人进来，六爷自己都有点儿记不清，同样的答案，他究竟重复了多少遍。

“为什么?”和其他所有小哥一样，外公紧接着问。

“不为什么，留着给有需要的人。”问题在六爷的经验范畴，他轻描淡写地回答，“常在路上走，凡事要有个照应，我们想着别人，别人也会挂着我们。”

也许是外公的年龄让六爷动了恻隐之心，他在氤氲的水汽里有点儿爱怜地看着这个还不该上路的孩子，补充了一句：

“我们赶马人，管这个叫——落地生花!”

这一刻，外公想到了“落地生花”，这是他目前唯一能想到的办法，他决定出去碰碰运气。

到了天色擦黑的时候，外公回到了山洞，他的运气非常好。是的，在外公遭遇车祸，开始和他耳朵里的人讨论1936年的往事以来，我就觉得外公是个被命运之神眷顾的人。他成功地将一段记忆隐藏，换取了顺风顺水的人生。

回到山洞的外公称得上满载而归，他在一座石塔下找到了一小袋带壳的麦粒，在一处被猎户废弃的陷阱里捡到一只死去的山鸡，寻找一种名贵的中药重楼花费了他比较多的时间，但他终于还是找到了，这种药能退烧、消炎，是除了茶叶以外他运送得最多的货物。

然后他还欣喜地看到伤员改成了侧卧的姿势，尽管还是在昏迷之中，但至少这个人还活着，情况没有那么糟糕。

外公用在伤员挎包里找到的旧搪瓷口缸熬上麦粒，同时他还在这座山洞的石壁缝隙里发现半盒火柴，但没用上，他更习惯用火石点火，只是说这盒火柴令他觉得蹊跷，一定有人事先来过这里，铺上枯草，留下东西。然后他仔细地用捣碎的重楼包扎了伤员的伤口，自己则饱餐一顿。再然后，火光渐弱，在黏稠汁水里缓慢翻滚的麦粒让他感到困倦，外公歪着头，斜靠在坚硬的石壁上，迅疾进入梦乡。

他是突然惊醒的，用他自己的话来说，唤醒他的不是冰冷的石壁和痛苦的睡姿——而是目光，外公惊醒过来时发现那个受伤国军离他很近，目光在火光的跳跃中，变成寒意逼人的影子，笼罩着自己，于是发出一声惊叫。

“嘘，别出声——”在受伤国军的阻止下，外公的惊叫显得很短促，他的视线和思路慢慢恢复正常，逐一看见缓慢燃烧的火苗，地上烤焦的山鸡骨头，已经喝光的麦粒粥，还有他的队友依旧苍白但多少有点儿人气的脸庞。

“你——醒过来了?”外公讪讪地说，并努力调整了自己的姿势，好没有那么狼狈。

“你是怎么知道这个山洞的?”接下来的问话充满了警戒和狐疑，这让外公感到极大的不快。

“我事先不知道这个山洞!”外公迅疾的语速传递了所有的不快，“你那会儿晕死在山洞附近，所以我就把你弄进来了!”

“那，是你给我包扎的伤口?”语气松软下来，好像突然意识到自己有伤在身，并且一颗子弹头还镶嵌在身体里，这个人的神色委顿下去。

“不是我，你觉得还会有谁？”外公反问道。

“那是那是。”他一边低声下气地说，一边拖着受伤的腿，爬回到铺着干草的地方。

外公从地上爬起来，拍打着麻木的双腿，走到洞口，他看见天边依稀明灭的星光，感觉一个绯红的黎明正在慢慢靠近。“你要去哪里？”他的身后传来急切的声音。

“回去呀！”外公回过头，看着他，轻描淡写地说，“你现在活回来了，没我什么事了吧？”

“回石鼓镇？！”那人大叫起来，“你疯了不是？”现在他透出了浓郁的地方口音，“你以为你能逃过追捕，别做梦了，这会儿，你们几个人的画像贴得到处都是。这回上头有死命令，不抓到人不撤军！”他恢复了国军的做派，说“上头”两个字的时候伸直大拇指往一个奇怪的方向比画，害得我外公不自觉地朝着那个方向瞥了一眼。

“那又怎么样？大不了一死！”外公年轻气盛，懊恼着一天一夜拼了命的奔波，转身就往外走。

“回来！”究竟是在鬼门关徘徊的人，说出这一声回来好像又耗尽体力，“我要给你看一个东西……”他略显吃力地说。

这样东西，外公虽然说只是看了一眼，但他觉得似乎足足看了半个时辰。

它被藏在山洞更深处一层枯草下面，称不上隐蔽却很难发现，藏匿它的人有着过人的自信，破旧的麻袋褡裢和枯草基本混为一体，难以分辨。里面放着的三个丝绸袋，却又质地考究，颜色艳泽，有着金黄的印花和深咖色的流苏。外公在他的示意之下将它们取出，瞬间，这晦暗的山洞突然变得有些敞亮。

这三个袋子里，其中两个放的是银元，另外一个袋子里放的是金银首饰，或者还有翡翠挂件珍珠项链之类的，但外公没有看清楚，他一定露出了正常人在这种时候都会流露的艳羡神色。于是受伤国军很快就挡住他令人不安的目光。

“我跟你说过，我有钱，大量的钱，早在三天之前我就把它们藏在这里，现在你明白了吧?”他弯着腰，捂住伤口，暂时的平静过去，新一轮剧痛袭来，额头上渗透出一层细密的汗。

“老天爷，你们国民党军官都这么有钱?”外公瞪大眼睛说。

“其实，也不是所有人，而且，这钱……也没有那么干净……”不知道是真的虚弱还是没法往下讲，他的声音逐渐低沉下去。但是他的身躯却坚硬地保留着戒备的姿势，靠在麻袋上，眼睛朝上翻着，用极大的不信任盯着外公。“我是说，兄弟……眼下的情况你都看见了，如果你能把我送回家，我……会付你钱，我是剑川人。”

外公本来想问他你会付多少钱，又觉得这么说有点儿乘人之危之嫌，于是改口道：“你是剑川人我倒是听出来了，但是我都没搞明白情况，谁把你打伤的？”

“唉——”外公听到一声类似于呻吟的喟然长叹，“自家兄弟。”

“那你一定是当逃兵了。”外公这么说的时候显得很冷酷，他早听说国民党处置逃兵的方式向来严厉。

“你爱怎么说怎么说，好吧，就是当逃兵了，怎么着？”他咝咝地吸着气，极不耐烦地说，身体却软塌塌地向下滑去，有着再度陷入昏迷的危险。要不是那袋宝贝，外公想，那人根本没办法始终睁大眼睛盯着他，尽管这种防备实在没什么意义。

“就算我可以送你回家，你说你能走吗？”外公尽量收敛着自己的不屑。

“当然可以！”这个不甘示弱的人慢慢闭上眼睛，“等我缓过这阵儿，我们就上路。”

或许他自己意识到没法儿真的缓过来，马上改变主意，睁开眼睛，打起精神说：“不行，我们现在就走，等天亮了，这里会是最危险的地带。”

外公同意他的说法，毕竟这里离石鼓镇太近。他在踌躇之中，剑川虽是邻县，若要翻山而行，也得有百里路程，更何况国民党和地方武装随时都有可能在山里搜寻。但是，当他看着他在枯草上挣扎，双手撑地，笨拙地扭动身躯企图爬起来时，忍不住伸出手去拉他一把。

这一拉，外公说，当我的手碰到他时，我晓得，一切都无从改变了。

不出他们所料，天亮之后，国民党开始更大规模的搜山。这是一个春日的阴天，外公和他的新雇主“欧老板”穿过一片灰暗的山间坟茔。他告诉外公他姓欧，曾是讲武堂旁听生，目前是一名军需少尉，然后他要外公叫他欧老板。

外公想了想说他可以叫他“小哥”，反正大部分人都是这么叫的。

听到狼狗吠叫的时候，两人慌忙俯身趴在两座坍塌的墓冢之间。

此前他们的行走称得上顺利，欧老板极其虚弱，就像那天厚实云层之下的阳光，只有一线的生机，却奇怪地保持着细弱而持久的体力，某些时候他甚至都不需要完全依赖外公的搀扶。这让外公觉得莫名的害怕，他探测不到深藏在这个人体内的力量根源，或许跟他肩上搭着的那袋财宝有关，或许也不。

情况变得非常糟糕，搜索的军队比之昨天多出一倍，正以一字形状朝墓地推进。欧老板解释说这是因为后续队伍到达的缘故，他们不仅搜索船夫，还要搜捕因为受伤不能渡江的红军。现在，这支队伍仿佛笃定有伤员藏身于此，坚定不移地缩小包围圈。

外公听到了空旷的咚咚声，由远而近，从坍塌的坟墓里面传来，片刻之后他才意识到那是他自己心跳的回音。

有一瞬间他的意识陷入混乱，飙升的肾上腺激素导致他视线模糊，在凌乱的晃荡中，却看到一双出奇清晰的牛皮矮靴，一步，又一步，它正在逐渐靠近。外公做出了起身逃跑的应急反应，却被欧老板一把按住。

“不许动，一动就真的死了！”声音被按扁，从牙齿缝隙里挤压出来，这个经历过无数战争的老兵，用他不容置疑的坚定眼色，暂时安抚了外公混乱的情绪。

他们趴在土堆上，一动不动，甚至屏住了呼吸。

就在这一刻，周遭的树丛里传出一阵反常的动静，似乎有人在奔跑，立即，狗叫声同时响起，原来规整的搜索阵营被打破，此起彼伏的命令次第传来，大量的士兵平端着长枪，朝着树林方向跑去。

外公睁开了他被汗水渗透的眼睛，他看见，那双清晰的牛皮矮靴，停顿了一下之后，调了一个方向，迅速离开了。

暂时地安静下来，欧老板皱着眉头，咬着下唇，沉闷地呻吟一声，吃力地翻转过来。外公学着他的样子，仰卧在墓冢上，这样，他们都能看到铅灰色的天空，用目光追逐那几只在晦明交错地带翩跹飞翔的赤尾雀。

“砰——”一声尖锐的枪响，紧接着是一连串。两人大惊，不约而同又反身趴在土堆上，压低脑袋。

隐约传来了士兵压低嗓门儿的议论，“是个当地船夫。”“死了没有？”“没死，中了三枪。”“那还不如死了好，拉回去还得再枪毙！”

外公的心突然收紧，一种不祥的预感袭来，最好不要是那个提供给他们衣服的人。

天色渐明，迈着羁绊的步履行走在山间丛林中，外公意识到必须给他搀扶着的伤员找一套衣服，他的国军制服破烂、污浊而且结着血痂，但还是那么显眼。所以，他们在一棵老松树下遇到一个同样在跑路的船夫时，外公看他穿着两层衣服，不失时机地请求他卖一件给他们。

“卖什么卖，都这种时候了！”尽管他一直用狐疑的眼光打量欧老板，但还是很爽快地脱下外面的长衫，外公注意到在他的腰上系着一根枣红色的麻织腰带，看来是个独生子。

他肯定很好奇这个伤兵的情况，但没有耐心等待他们，也不想再摊上什么麻烦事，毕竟眼下的情况比他们预计的糟糕很多。

于是他和外公简单交流了一下各自所知道的情况，出于防备，看了一眼伤兵后没有说出自己的计划，只说反正要尽快离开这座山，然后就匆匆消失在茂密的树丛里。

搜索的部队分成两部分，一部分继续往树林深处行走，另外一部分开始撤离，倒是忽略了整块墓地。外公实在难以按捺，悄悄伸出头去，他能看见撤离队伍的背影，有士兵抬着一个简易担架，那个被打中的人俯卧在担架上。受到新鲜血腥味儿的刺激，两只狼狗兴奋地在担架边跳跃，企图挣脱绳索。看不见他的脸貌，但是，能醒目地看见一截枣红色腰带，垂下来，裹挟着枯叶和泥土，不时触碰到其中一个抬担架士兵的脚面。

血脉奔涌，直冲脑门儿，年少的外公涨红着脸，不顾一切想站起来，冲过去，和他们理论、厮打。这时候，他的喉咙突然被锁住，这是一记专业的锁喉，外公瞬间喘不出气，一张脸涨成猪肝色，额头青筋暴露，只听见耳边欧老板的低语：“忍住，给老子忍住！”语气里有命令也有乞求的成分。

撤离的队伍渐渐矮过坡地上的灌木，消失在视线，欧老板才松开紧扣的手，两个人都在喘气，外公愤怒地看着他，他低头检查自己的伤口，面无表情，只有疼痛导致的焦躁情绪，刚才一番用劲，肩胛上的伤口裂开，长衫上印出一圈血痕。

“你忘了不成，你身上还穿着他的衣服！”外公有点儿哽咽，喉结上下抖动。

“我没忘，但这是打仗！”他烦躁地说，“习惯了就好！”不再搭理外公了。

哗啦一声，外公把肩上搭着的麻袋往地下一扔，听见银元和珠宝在袋子里碰撞的声音，大踏步往前走去。欧老板留在原处，无声地喘息，既不说“站住”，也没说“回来”。

这天后半夜，开始下雨，用外公的话来说，魔鬼之手在潮湿的水汽里降临，发挥了惊骇的作用。作为一个赶马小哥，外公从经验富足的“六爷”那里获取了对“魔鬼之手”的笃信，也不单是他，所有赶马人都相信魔鬼之手的存在，因为在路途上，总有人能做到一些平时永远都不可能做到的事，他们把这归功于“魔鬼之手”的把持。

而六爷根据自己的亲身经历，总结出“魔鬼之手”更容易在潮湿的水汽里形成。

在这个问题上，我轻易就发现外公和他耳朵里的交谈者产生了分歧，那天是他出院之后的第一个星期，他在车祸中断裂的鼻梁骨还没有做矫正手术，看起来整张脸都有点儿歪。外公在我们家桂花树下正襟危坐，注视着大理石桌上的一套紫砂茶壶，和他耳朵里的交谈者耐心地展开了如下的对话：

“不，不是你想的那样，当时并没有第三个人。除了我们俩之外，只有一匹一直尾随我们的野狼。”

…………

“你说得没错，我不是医生，但问题是我不但做到了，而且做得很好，他醒过来的时候都不敢相信是我缝的伤口，那针脚就像是一个女人的活计。”

…………

“唉，我就不明白了，都告诉你是魔鬼之手，你不相信，那你说说看，是谁完成的手术？”

说到最后，外公有点儿生气，语气提升。而我母亲，在不远的地方注视着他。车祸发生以后，外公已经不是第一次这么说话。我母亲眼眶里盈着泪水，但她抿着日益衰老的嘴唇，一言不发。

我小姨采取的是截然不同的措施，每当发现外公说出莫名其妙的话时，她会毫不犹豫地冲上去，摇晃他，给他倒水，喂药，逼他吃水果，“爸爸，看着我，不要乱说话!”她呵斥他，带着哭腔，坚韧不拔地把外公拉回现实，拉到当下。

她总是无情地驱逐外公耳朵里住着的那个人，导致他们的谈话中断。所以，我承认，有些部分来自我自己的还原，比如以下这部分，我不对它的真实性负责。

离开墓地之后他们的行走就很艰难，因为欧老板又开始发烧，精力大不如先前，但他们还是坚持着走了很久，为了避开搜索队伍，甚至还绕了一段山路。最后，欧老板脚下一软，瘫倒在地，两个人才决定就地休息。这时天还没有完全黑，坐在地上的欧老板用他剩余的精力把钱数了一遍，因为这一天下来，都是外公替他背着这袋财宝。

他背对外公，缩着脖子，不时回过头来用狐疑的眼神扫一眼外公，那模样显得异常猥琐。

但是外公装作没有看见，他说可能要下雨，最好能再坚持走到他认识的一个地方，那里有一座荒废的庙宇，虽然说只剩下一些坍塌的土坯，但还是可以勉强挡住风雨和饥饿的狼，据说，黑夜里的雨滴会让出行的狼更加嗜血。

欧老板同意了，接下来的这段路基本属于跌跌撞撞，就连外公都觉得体力不支，身上背负的麻袋已经很沉重，欧老板的躯体更像一堵燃烧的墙，压在他身体的一侧。

不管怎么样，在下雨之前，他们到达了荒庙。

片刻之后，外公用在山洞石壁缝隙间找到的火柴点燃了一堆火，而不是用他习惯用的火石。

欧老板挣扎着坐得端正一些，慢慢捋起发硬的裤腿，露出伤口，外公惊恐地发现，那伤口红肿、发黑，像滇金丝猴的嘴唇那样骇人地往外翻露着。

“当务之急是把子弹取出来。”欧老板低头，用手轻轻按压周围的肌肉，那些部分已经肿得变形，接近透明，外公觉得他的皮肤已经薄如蝉翼，顷刻就会爆裂。

“意思是现在去找医生吗?”他为难地说。

“找什么医生啊，这种时候，不被野狼吃了就算咱哥儿俩命好。”欧老板侧耳听了听外面的动静，那匹一直尾随着他们的狼现在也到了荒庙，可以听到它蹑足行走，尾巴拂过之处，松散的黄土窸窣落地的声音。

然后，他吃力地从后腰贴身的地方拔出一把尖头匕首，又在贴身的衬衣口袋里翻找一个破旧的针线包。

“你要干什么?”外公朝后退了一步，满目惊恐。他曾经在他昏迷的时候搜过他，但从来没有见过这把有着雪白光亮的匕首。

他不言语，只用灼灼目光盯紧外公。“给你!”他朝他伸出握有匕首的手。“不不不!”外公慌乱地摇手，接连后退两步，“我不行!”他喃喃说道。

“我是说，拿着，快点儿，把刀尖烤热!”他虚弱地命令道，“别那么没出息，其实很简单，在伤口上划一个十字，用刀尖把弹头撬出来，再把伤口缝合，我们的战地医生就是这么做的，我亲眼见过。”

那天，手术的后半段是由外公来完成的，因为欧老板没有足够的体力来为自己完成手术，他在划第二刀的时候疼晕过去了。外公没有任何选择，他清醒地意识到这一点，假如不迅速取出弹头，缝合十字形的新伤口，那从发黑发肿的缝隙处源源不断往外渗透的新鲜血液，就是义无反顾走向死亡的步伐。

现在，外公只想阻止这死亡的步伐。他快步上前，握紧尖头匕首，既没有颤抖也没有感到眩晕，这些感觉是在手术完成之后才降临的，他冷静而专注，精准地记住欧老板晕过去之前说的每一个字，下手又稳又准，然后顺利地取出了一颗几乎和肉长在一起的弹头。

这期间，外公有三次回过头去，他担心那匹体形细瘦但动作敏捷的野狼，它一直尾随着他们，这会儿，血腥气息在雨滴里弥漫，来自火光的畏惧迅速退缩到狂野的欲念之下，它停止无声的游走，开始奋力地挠拨和撞击那面阻挡它进入的土墙。

第三次回头，外公刚好看见野狼在倒塌的土堆上腾空跃起的细长身形，在此之前，他曾经无数次从六爷那里听到对付野狼的招数，但这时，这些招数用不上。十七岁的他，唯一剩下的动作是紧紧握住手里的尖头匕首。

数秒钟之后，外公无力地放开匕首，任它掉落在地，他迟疑地举起手，在微弱的火光下疑惑不解地反复查看它们，只见那上面既有欧老板的血，也有野狼的血，手心、手背、模糊的掌纹、略微酷似女人的指甲，无一不透露着持久的陌生。

外公在听到荒庙外面，那匹负伤的野狼在雨夜里发出疼痛的嚎叫时，用那双不属于自己的魔鬼之手紧紧抱住脑袋，蹲在角落，忍受颤抖和眩晕，突然间泪流满面。紧接着外公感到出奇的愤怒，他看见了依然昏迷不醒的欧老板，看到一麻袋来路不明的钱财，然后是一截枣红色的腰带，垂挂在担架的一头，在他的脑海里浮现，逐渐地清晰。

接下来的举动外公依然归咎于魔鬼之手，但他耳朵里的谈论者显然不这么看，他们发生了争论。从他们争论的内容来看，我几乎可以断定，外公的耳朵里住着一个唯物主义者，他认为外公接下来的举动出于经济利益，他想到了自己应得的报酬。没错，外公是个商人，一个非常出色的商人，这点我可以做证。

好吧，不管怎么说，外公红着眼睛，怒气冲冲地把麻袋里的金银财宝一股脑儿倒出来，他选中了其中一个丝绸小袋，把里面包得齐整的银元全拿出来，总共有十二锭，每锭总得有十五块大洋，他在荒庙里来回走了几圈，最后冒着细密的雨到庙外找了个满意的地方，挖出一个坑，把这十二锭大洋全部埋了进去。想了想，又刨开洞，拿出两锭来，然后，他在丝绸小袋里放进几块石头，用这两锭盖在上面，拴紧袋口，原封不动放入麻袋。

做这一切的时候，外公依旧处于极度的愤怒之中，他动作粗野，骂骂咧咧，根本不担心他的雇主会在巨大的动静中醒来，偶尔他会看一眼一动不动的他，愤愤地说："活该！你们所有人都他妈的活该！"

接下来他唯一担心的是那匹受伤之后逃遁的野狼，他不敢确定，魔鬼之手是否还能支撑到一群野狼的围攻，他在它的嚎叫里听到了召唤。外公试图把被它撞倒的土基墙重新堆起来，但是很快就发现这是件徒劳的事情。

这时候，一个虚弱的声音从他背后传来：水……宝珠……给我水……

回头看去，欧老板闭着双眼，微微开启皲裂发白的嘴唇，朝他伸着手……

接下来的一天是个可爱的晴天，沿途可以挖到很多止血消炎的草药，苦楝、续断、一点红，外公想象着到宿营地的时候，他会用欧老板的旧搪瓷口缸熬上草药，在他们周围的丛林里会弥漫着草药的清香。他们还在草丛里捡到一窝鸟蛋，打开一看才发现里面没有蛋，有一具仅仅能看到身体雏形的小鸟躯体，冰冷的，死去良久，鸟妈妈要么遗弃了它们，要么遭遇到不测。

外公建议欧老板吃下它们补充营养，但他谢绝了，他说他不可能吃这种东西。外公知道食物对他们意味着什么，默默地把所有的蛋收进麻袋里。

虽然说欧老板还在发烧，只能用一只脚走路，整个人显得委顿不堪，随时都有倒下的危险。但也许是离石鼓镇越来越远，又没有发现追兵，他们的心情都很不错。

趁着这个短暂的间隙，外公问道：“谁是宝珠，昨晚你一直在叫这个名字？”

"是吗?"欧老板漫不经心地回答,"宝珠是我媳妇儿,不过我有点儿记不住她的样子,我只跟她相处了两天。"

"为什么?"外公吃惊地叫起来。

"这有什么好奇怪的?"欧老板斜看他一眼,"结婚两天之后我就回部队了,九一八事变,本来可以有二十天婚假,变成两天了。"

"不过,她给我生了个胖小子!"欧老板的脸上,第一次浮现出笑容。外公吃惊地发现,原来笑容可以与一张脸分离——他那张脸,苍白委顿,皮肤皲裂黝黑,仿佛承载不了这明媚的笑容,决然地与之分离。于是外公看到的笑容灿烂而持久,飘浮在半空,久久无法驱散。

欧老板兴致很高地停下,在衬衫口袋里摸索,从最贴近身体的地方摸出一张用手绢细心保护着的照片,照片下面垫着一封信,他单独拿出照片,指给外公看。照片上有血,来自他肩胛上的伤,但只浸润了一部分,外公看见一个娟秀的年轻女子,膝盖上坐了个头转向一边的男孩,拘谨地看着他们。

他突然深陷懊恼,为昨天夜里深埋在地里的银元。

那袋钱,我原本是想着,要给那个在树林中被打死的船夫的家人送去,但那一刻我发现,这么做简直没有任何意义。

2008 年,遭遇车祸之后的外公,平静地对他耳朵里的谈论者说。

“可爱吧？现在都有四岁多了。”欧老板吝啬地把照片包裹好，连同那封信，放回贴身口袋。

“那是，人间稀有。”外公客气地恭维，“那么你是为了看他们才挨枪子儿的喽？”

“唉——”又是一声长叹，“也可以这么说”他恢复了虚弱、委顿。

“不过，另外更重要的一部分是因为你看不到希望。”他晃荡着身躯，摇摇欲坠，往前迈了很大一步。

什么叫看不到希望，外公意识到这么问是愚蠢的，明智地选择了缄默。

“作为军人，最高的境界就是为国征战，哪怕战死沙场也在所不惜。可是，你发现根本不是那么回事，国民党那些从内到外的腐烂让你看不到希望。”他摇着头，看着远处，表情茫然。

那么，那些从内到外的腐烂是否包括眼下这些来路不明的钱财？外公知道这么问会有风险，但他就是这么问了。

果然，欧老板瞟了他一眼，想起来该清点他的财宝了。只见他慢悠悠地坐下，调整出一个舒适的姿势，再缓慢地打开麻袋，整个过程显得很有仪式感。外公的心脏剧烈地跳动起来，狡辩、逃跑，还是拿一块石头击倒他？至少有四五种方案同时蜂拥进大脑，把他冲撞得面红耳赤。

马上，他就要看到那个放着石块的袋子了，外公绝望地别过脸去，不愿意看接下来的情景。这时候，“咕咕——”一只山鸡的叫声时断时续传来，欧老板抬起头，停下手中的动作。他看着外公，使了一个眼色，“快去，抓住它！”外公都不需要领会他的意图，就自觉地顺着山鸡的方向悄声走去。

那一天，山鸡没有抓到，欧老板倒是及时终止了清点宝物，他迅速放回丝绸小袋，胡乱扎住了麻袋口，专心看外公抓那只山鸡。

接下来的两天，也许是草药发挥了作用，外公当然更愿意归功于他接近完美的手术，欧老板看起来恢复得不错，他退了烧，行走也自如了许多，脸上有了些微的血色。而且，他不再清点财宝，仿佛忘了这个事情。这让外公觉得欣慰的同时，也夹带着难言的愧疚。

一切看起来都那么顺利，照这样的速度，不超过三天，他们就可以到达剑川县边界。

假如，不是因为对食物生发出难以抑制的欲望，事情会有一个很好的结局。

在吃完最后一只尚未完全成形的小鸟躯体以后，外公和他的雇主基本上就处于缺粮状态。四月末梢，青黄不接，除了一些嫩芽和早发的浆果以外，没有什么可以食用的东西。山鸡、野兔倒是随处可见，但没有足够的体力去捕捉，偶尔还会碰到一只饥饿的野猪，晃动着獠牙怒气冲冲地从他们身边走过，他们甚至不敢去惹它。

外公曾经把希望寄托在六爷说过的“落地生花”上，可是因为他们逐渐偏离了赶马人的路线，一路走来，没有发现任何一座石头堆砌的塔。

外公开始抱怨，抱怨一个国民党军需少尉连支枪都没有，抱怨他进入云南没把银元换成滇币，当时云南地方当局已经发行滇币，那上面印有孙中山的头像，写着“圆金拾元”的字样。他说要是换成纸币，现在他就没必要那么辛苦。外公曾经算过一笔账给他耳朵里的谈论者听，他说一枚银元足银二点六克，加其他成分少说也得有四克，一锭有十五枚，六十克，大约有四十锭，你算算有多重？

其实也没多重，但是外加上欧老板沉重的躯体就很重，大部分时候他需要外公的搀扶，个别路段外公不得不背他过去。最关键的是外公还不满十七岁，还是个孩子。

关于枪的问题欧老板一言不发，但是说到滇币，他冷笑着说：“得了吧，滇币，谁敢用它？”担心频繁地提到钱会提醒到他又去清点银元，外公闭了嘴，没有继续抱怨。

无论如何，他们需要吃到一顿正常的饭菜，补充到基本的营养，来应对接下来的行程。

外公知道有一个地方可以去，山涧深处的独家村，整座大山的山泉水汇聚到山腰，冲出一块平地，再曲折往下流淌，就在那洼地中央，住着一个年迈而孤独的猎户。有一年，他不太记得是第一次上路还是第二次，他在路上得了痢疾，六爷曾经带他去拜访猎户，在他那里熬粥、上药，他在他肚皮上喷火，然后又刮了痧，折腾了一上午，莫名其妙就好起来。

六爷叫他“灰佬弟”，外公叫他“灰爷”，临走时，还按照六爷的吩咐给灰爷磕头谢恩。

只是说，外公不知道眼下独家村是否安全，他犹犹豫豫对欧老板说了这个地方。没承想欧老板立即流露出格外渴求的神色，“走！”他斩钉截铁地说，“我们必须得好好吃顿饭，再躺下好好睡一觉，不然，剩下的路程没办法坚持！”

至于那些有可能出现的危险，他只字不提，好像已然忘却。

看着他义无反顾的神色，外公突然后悔，他说其实在提到灰爷的一瞬间，他已经强烈预感到独家村将是一个不祥之地，然而他已经没法改口，或许这就是命运——强硬的、无法更改的、必将来临的命运。

可以感觉到，住在外公耳朵里的那个唯物主义者完全不同意命运的说法，他保持了令人绝望的缄默，导致了外公在这个细节上重复了三遍。

独家村被时而潺湲时而轰鸣的水声包围着。光线逐渐隐退到群山背后，借助昏暗的光线，外公和他的雇主欧老板能勉强看到细小的支流在青石上缓缓流淌，汇聚成潭从高处坠落，散发出细若尘末的水珠。

若不是非常时期，外公觉得，他和欧老板无疑都会爱上这个地方。只可惜这一刻，他们俩只能匆匆交换一下眼神，囫囵领悟到对方目光里的饥渴，借着这个势头，弯下身子，吃力地朝着灰爷在水声里愈发显得静默的木房走去。

门从里面上了栓，没法推开，外公让欧老板站在身后，连续拍门，也不敢大声叫唤，压着嗓子叫了几声“灰爷”。半天过后，才传来猎户灰爷踢踏的脚步声，也不立即开门，只在里面问：“谁？”

“我！”外公回答得利索，“恒昌号六爷队里的小哥！”

里面这才果断地开了门，呈现出一个方正的大院落，地面有鹅卵石镶嵌，两面起木房，正房有着雕花门楣，门柱上挂了盏马灯，偏房挂了些山鸡羽翅，花狸皮毛之类的猎物，无一不展示着灰爷作为猎户孤独但考究的生活。第三面没房，只有一片茅草顶，下面拴一只虎视眈眈的猎犬，皮毛黝黑光滑，若不是匍匐在地，喉咙里发出骇人的呼呼声，简直就融进这无边的黑夜里。

“小哥？”灰爷惊讶地叫道，“你怎么还在这？”随即慌忙去挑亮马灯，这一亮堂，外公便看到了自己的画像，就贴在马灯旁边。

“我就说嘛，你们的画像贴得到处都是，都贴到这山里面了，你信了吧？”站在身后的欧老板发话了。

“他是谁？”猎户灰爷狐疑地看着欧老板，好像在记忆里搜索他的影子。

“哦，他是我新雇主，这趟路，我们赶剑川。”外公连忙在一旁打圆场。

灰爷不理欧老板，只对外公说幸亏他们来得晚，两天前国民党兵来过，贴了画像，又交代了规矩，说是抓到外公有赏钱的。

夜色掩盖了外公发红的脸庞，充溢在院落里的水声也让他接下来的乞求不至于那么结巴，“灰爷，我们——就是来请您老赏口饭，再赏张床铺，明天好赶路的。”

“饭管够，过夜不行！”灰爷几乎没有停顿，他的目光再次扫过了欧老板，疲倦憔悴的脸色，当地人的长衫，肩上一圈暗红的血迹，下面定然隐藏伤口，瘸腿，脏得看不出颜色的长裤……然后他的目光停留在他的脚上，一双牛皮矮靴。

“这里不安全，吃过饭，你们就走！”他斩钉截铁地说。外公知道他看出点儿什么了，欧老板的牛皮矮靴出卖了他。于是，当灰爷叹了一口长气，悠然说出“小哥，我可能老了，真没有看懂你”时，他假装没听出其间的意味深长，而是犯了一个不可弥补的错误。

“灰爷，我们会付钱的，我们老板有钱。”他摇晃着肩上的麻袋，让里面的东西在晃动中发出悦耳的碰撞声。

欧老板想阻止他，却只来得及抛给他一个怨恨的眼神，在心里连骂几声“傻蛋”。

饭菜是现成的，很快就热腾腾地端上桌，火也是现成的，上面架着铁锅，翻滚着开水。一帘扎染蓝布静静垂挂着，阻隔着所有人的视线。灰爷注意到，在埋头吃饭的间隙，欧老板总会抬眼警觉地看一眼那块布帘，仿佛在洞察那后面是否隐藏着秘密。

至于说外公，他全部的身心都被久违的食物占据。虽说似乎也听到灰爷和欧老板有一搭没一搭地说着话，“欧老板在哪里发财?”“灰爷，不算发财，小本生意。”但其间的危险气息，他丝毫没有察觉。

直到，从那静静垂挂着的蓝布帘里面，突然传出一连串浑浊的咳嗽，外公才略显惊愕地抬起头来。

“灰爷——”他短促地叫了一声，立即住了嘴，一支乌黑的枪管正对着自己的眉心。那时他双手还捧着一碗油腻的火腿浓汤，正打算喝，枪管里散发出的火药味道和火腿肉的香气立即搅裹成一团。

“这把枪不是你的吧?”外公想欧老板是不是傻了，这种时候问出这么个问题来。

“事到如今，也瞒不了你们了，没错，不是我的枪，是里面那个红军伤员的。”灰爷异常平静，平端着那把红军使用的汉阳造五子长枪，对准外公，语气波澜不惊，在说话的间隙，熟练地拉动了枪栓。

外公甚至不知道该不该放下手中的浓汤，他茫然地看向欧老板，心里袭来一阵剧烈的凌乱。

“灰爷，我是六爷队里的小哥啊!”他忍不住小声提醒他。

“知道你是六爷队里的，但不知道你在干什么呀，小哥?”说话当中，灰爷有两次把枪移开，对着欧老板，可是，很快，他又把重心移到外公的眉心，也许那个瘸腿、衣服下有伤，萎靡不振的家伙实在不值得他费心。

“里面那孩子，他负了伤，又得了肺病，不知道救得活救不活。”

“这，也不是我们害的吧?”外公努力的争辩只会让他更加彻底地暴露出孩子气。

“唉，不是你，是他们。你还不知道吧，王先生也被他们抓了!”说到“他们”的时候，灰爷斜瞟了一眼欧老板。

“哪个王先生?”

“王赞贤!”

外公大惊，眼里立即浮现出一个清瘦的人影来，微驼着背，行走时整个人朝前倾，会被一阵风吹倒的样子。完全是个下意识的举动，他也看了一眼欧老板。

“你，小哥，跟你的欧老板说清楚，钱留下，你们继续走剑川，就当从来没来过我这。钱，我们用来救人!”

屈辱和恐慌中，年轻的外公说不出一句话，他所面对的枪管，正无限扩大着深邃的幽暗，吞噬着这一刻。

欧老板终于发话了。“这钱，绝对不能给你留下，还有其他用途!”他没抬头，依然一副委顿不堪的样子，像是说给火塘里的火苗听，“而且，钱是我的，不是他的，你的枪最好对着我!”

在灰爷听来，这个病人说出的每一个字都是如此不堪一击，但他还是真的把枪转过来对着他，认真地说：“有什么鬼用途，这些钱还不是老百姓的血汗!”

接下来发生的事情，外公一直没法说清楚。在一个短暂到难以看清楚的瞬间，欧老板如何像一头弓着脊梁的花豹，猛然向着灰爷撞去，灰爷的身躯如何像一片折叠成九十度的剪纸，极慢地向后倒去，子弹随着一声尖厉的呼啸如何擦着他的耳边飞过。他真的说不清楚。

他一定是很想说清楚的，因为住在他耳朵里的谈论者不厌其烦地询问这些问题，对其间的细节显示出执拗的好奇。为了满足他，外公做了好几次不同方向的努力。一个八十八岁的老人努力思索却一无所获的样子充满了悲凉，我在一旁于心不忍，果断地加入到驱逐的队列中。

“吃苹果吃苹果，外公，快吃苹果，什么都别想了！”我把削好的苹果塞进他手里，使用夸张的语气，驱逐他耳朵里的谈论者，让他意识到我的存在。

果然，外公放弃了努力，他脸上的皱纹呈现一种向外绽放的舒缓，语调也缓和下来。

“我听到里面有人叫唤灰爷的声音，还有挣扎着起来又摔倒在地的声音，特别清楚。”放弃了那段难以描述的情节，外公用一种逃过一劫的赧然语调，唤回他耳朵里刚刚走开的谈论者。

“后来，我知道他是个受伤的红军，留下来养伤的，名字叫作唐登华。”他缓慢地将手抬起，注视着在他手里逐渐失去鲜艳色泽的苹果，犹如注视他的谈论者。

“不单有他，当时留下的还有周学义、田明义……”外公准确地数出几个人名。

不得不说，这时候，外公耳朵里的谈论者呈现出一个具象，我没想过这会是一个如此清晰的影像，也不清楚这个影像呈现出来有什么意义，但就是这样，仿佛诞生在一个沙雕大师熟稔的指尖，我看见一个白发直立、高颧骨、眼窝深陷的男人的侧影，由清浅到浓厚地凸显出来。

他一定说了类似这样的话：他们，在滇西北播撒下革命的种子。

因为片刻之后，我外公用欣喜的语气说道："没错没错，你说得没错，就是他们，在滇西北播撒下革命的种子。"

那感觉就像他一直在等待着这话。

当然，1936 年不满十七岁的外公完全不知未来发生的一切，他在突如其来的枪响中蹲下身子，一只手于黑暗中抓住了他，那是欧老板的手。屈辱和恐慌还没有散尽，新的愤怒填补进来，受伤的红军战士生死未卜，王先生被抓了，他还背叛了灰爷，然而，他自己，此时还在那只手的掌控之下。

外公的确是想抗拒的，然而，他听见了疯狂的狗吠声，感受到了独家村活泛起来的躁动，独家村并非只有灰爷一家，而是，整整一个隐藏着的同姓家族，流水的声音并不能完全遮盖那声枪响。

他已无路可走。

跌跌撞撞中，外公一把抓住那麻袋银元，和欧老板一道向外奔跑。一团黑雾攻击了他们，是灰爷家那条比黑夜更黑的猎狗，外公毫不犹豫就用手中的麻袋充当了武器，他挥舞着麻袋，不知道哪里来的力气，也不知道击中了猎犬的哪个部位，能知道的只是他们获得一个稍纵即逝的间隙，外公和欧老板没有浪费这个间隙，他们冲出了院门，逃离这个致命现场。

然而，没跑出多远，欧老板就跌落到水中，外公是被他拉进去的。在这个与世隔绝的山涧，溪水环绕，怪石密布，白天尚且需要小心翼翼，不要说在这浓黑的夜里了。

水不深，仅仅没过膝盖，但外公感觉到一阵刺骨钻心的冰凉。他想象着欧老板的伤口，那该是一种怎样的感受。

他们涉水而行，焦急地寻找上岸的路径。这时候，渐渐听到了喷涌着愤怒情绪的人语声，其中，灰爷的声音格外清晰，三四个人提着火把，由远而近，他们都是灰爷的族人，被枪声惊动。

经验再次发挥作用，他们俯下身躯，紧贴在嶙峋的石崖之下，一动不动。火把橘黄的光线曾有一两次从他们头顶扫过，但他们幸运地被那块深黑的石壁容纳，被潺湲流淌的水声容纳，无从辨认。

这一夜，外公和他的雇主欧老板在极度的沮丧中离开了独家村。

“你们凭什么要抓王先生?!”外公终于打破了沉默，长时间的沉默令他的声音有着如梦初醒的喑哑。

“凶什么凶，是我下命令抓的他吗?”欧老板保持着亢奋的劲头。

“你刚才还差点儿杀了灰爷!”外公的愤怒在不停滋长。

“有没有搞错，是他差点儿杀了我们吧?”

谈话没有办法进行下去。

又一阵沉默之后，欧老板放缓语气说："小哥，我现在本来应该是个死人，已经被枪毙了，但是那天，追赶我的执行兵，也是我自家兄弟，为了让我活下来，就打出这么一枪。子弹从肩胛骨穿过，没留在身体里，你以为，这很简单吗？就算为了他，我也得活下来！"这是欧老板说话最多的一次，如果外公的记忆没有出错，也许是最后一次。这之后，在外公和他耳朵里的谈论者的对话中，我再没有听到欧老板说什么。

这个夜晚余下的部分，痛苦折磨着外公，让他无法入睡，任何一种细微的声音都变成尖锐的利箭在他耳朵里穿梭。无数的辗转反侧之后，他果断地爬起来，借着稀薄的星光，把那个麻袋扛在肩上，离开昏睡的欧老板。他辨别着方位，寻找到一个易于记忆的地方，开始挖坑。

这一次，外公埋了那袋金银首饰。

他不再归咎于魔鬼之手，而是清晰地对自己说，这是给灰爷的，让他拿去给红军伤员治病。另外那袋，留着给王先生，他被抓了，凶多吉少。

他很清楚自己接下来要做什么，他会把欧老板安全送回家，但是，不连同他的金银财宝。至于说，最后，他要选择什么样的方式让欧老板知道这一点，他还没有想好。

清晨，欧老板没有立即清醒过来，但也并没有完全昏迷，外公喊他，他能应对出含糊的回答，外公去摇他的时候，感觉触摸到灼热的火炭，他发着骇人的高烧，猛烈而突然，让外公感到手足无措。

掀开他的裤腿，外公看到了昨夜被雨水浸泡过的伤口，有着一种不真实的乳白色。

外公决定背上他行走，一分钟他都不想再耽搁。

最开始他非常吃力，走走停停，但是一段时间以后，他惊异地发现背负重物是一种习惯，只要你意识到困难的重点在于放下与重新背上的环节，那就不想频繁休息。

我原本以为这个细节又将遭受质疑，外公耳朵里的谈论者——那个自大的人会对此表示不屑。

然而并没有，这个地方的讲述顺畅而平滑，没有一次被打断。这跟外公的附和无关。在我看来，外公对那位住在耳朵里的谈论者保持着小心翼翼，生怕他有朝一日绝情地离去，所以他总是附和他。

到后来，不单是外公，我们也开始小心翼翼，如果可以，我们也想参与到附和与挽留中。因为我们担心他离去之后让外公失去倾诉、失去最后与这个世界的关联。

在这段平滑的讲述里，我们知道，外公在背着他行走了大半天之后，慢慢发现，他们回到了赶马人的路线，因为，逐渐地，他又看到了石头堆砌的塔，零星地分布在路边。不久后，在一个放马的老头那里，外公高价买到一匹矮脚马。这一回外公吸取了教训，他没有让那个放马人看到麻袋里剩余的银元，他小心翼翼地藏匿了它们。

这匹马的出现加快了外公和欧老板行进的节奏，却没能让情况往好的方向转变。欧老板的伤口开始化脓，往外渗透黄绿色的液体，他持续发烧，不时发生剧烈抽搐，说胡话，安静下来的时候都在昏睡，倒伏在马背上的身躯摇摇欲坠。

在他清醒的时候，外公给他熬制草药，喂他喝米汤，他也努力配合着这个拼尽全力的年轻人，尽可能地吞咽，然而，大量的汁液顺着他胡子拉碴的嘴角往下流淌，于是，他把忧伤无助的眼神定格在外公身上，长时间不移开。

外公的抉择变得异常艰难，他开始怀疑自己。他也不单是怀疑自己，而是怀疑整个世界，怀疑所有人。

黎明快来临的时候，他停住了脚步，他们已经快要到达剑川县的边界，翻过这道山梁，他知道，成片的黑瓦屋舍、纵横的阡陌交通，有着田田荷叶的池塘，会逐一呈现在眼前。

欧老板照例倒伏在马背上，现在他不得不用绳索才能把他固定好。

外公停住脚步，突然向后张望，他懊恼地往地上吐了一口水，把马拴好，决然向后奔跑。

最后一袋银元，已经于昨天夜里埋进土里，他看好了方位，在心里默默记住了地点。现在，他疯狂地刨开土坑，把那袋财宝挖出来，然后，无力地坐在地上，抬起头，眯着眼睛，看着远处连绵不绝的群山。

山到尽头天作岸，在那天山交接地段，云蒸霞蔚，升腾着一个平凡而美好的清晨。

这时候，外公的视线里，出现了他自上路以来最为高大最为伟岸的石塔，上面插着经幡，在清晨的光线里猎猎招展。

外公闭上眼，仰着头，深深吸了一口气。他把这两天经历过的事情细细连缀了一遍，重温了一些人的面孔，然后，他觉得自己的心慢慢扩大起来，逐渐撑满了他的身躯，他趋于平静，回到最初的想法。于是，外公用了极慢极慢的动作，再次，把丝绸袋埋进土里，踩平，在上面撒上枯叶和草根。

外公飞奔回拴马的地方，牵上马，开始赶路，那匹矮脚马仿佛明白他的心思，温顺地尾随着他的步伐。他要用最快的速度到达剑川县，把欧老板交给他的家人，这是他的使命，是他的承诺，尽管他一次都没有在他面前做过保证，但自从他在水里惊奇地看见欧老板的面孔那一刻，他知道，这个保证就已经存在于心里。

就在这个时候，外公听到了一个异样的声音。

欧老板不再倒伏在马背上，用来固定他的绳索不知何时散开，他直挺挺地从马背上倒下，发出一截枯木落地的声音。

回过头去，外公看见他僵硬冰冷的躯体，还有他一去不复返的眼神。

外公无法用语言来描述那一刻的茫然。即使来到 2008 年，在外公和他看不见的谈论对象冗长而漫无边际的对话里，依然没有关于那一刻的描述。

“不，我没有马上回头，而是来到剑川县城，我想去认认门，找到那个名叫欧宝珠的女人，把他的信和照片交给她。”

跳过那段无法描述的茫然，外公格外认真地对他的谈话者说。

“我把信和照片放在她家门前的台阶上，把马拴在门口，躲起来，看是什么人出来拿。结果等了很久，一个人都没有，我想吧，也许里面都没有人住了，就又把信捡起来，放回兜里……是的，我觉得我做得很对，没必要让她们看到，这样很残忍，所以，这封信，它现在还在我兜里，你想看看吗？”

ICU里，弥留之际的外公，真的，用他枯瘦的手拿出一封信。

实际上这封信在他手里，他的手相互交叉，放在雪白的床单上，摆放成一个支架的形式，摆放着这封信，这一点，我一进来就看见了。

而且我确定，在我之前进来的其他家人，也一定看见。

他不是拿给我的，虽然我就坐在他的旁边，看着他，流着泪，和他说话，或者说，和他进行永久的告别。

但他的目光注视着我身后的白墙，他那只枯瘦的手不是冲着我，而是冲着那个住在他耳朵里的谈话对象。

我知道重症监护室的护士正在奇怪地观察着我，所以，我接过了那封年代久远的信，小心翼翼，噤若寒蝉，生怕一不小心它会在我的气息里化身为齑粉。

宝珠吾妻：

上月颠沛迁徙之际，于混乱中收悉来信与照片，倍感意外惊喜。吾儿已如此俊秀伶俐，全赖你五年来不辞辛劳，悉心教养。我自新婚二日启程归队，随军北上南迁，辗转大江南北，无力顾念家人，只留你独自苦撑，每每念及，辗转无眠，痛彻心扉。

我等不幸身处乱世，每日目睹江河破碎百姓疾苦，心中大悲，又看那蒙昧愚钝之地，人民生活更如牛马，感慨颇多。心中生出愿望，等到天下太平，必回乡与汝携手兴振教育。汝身为乡中闺秀，女中丈夫，宜将此事放置于心。

另，今年始大部持续南下，离乡益近，我自任职伊始，集得些许财物，必寻可靠之人护送回乡，交与汝手，他日用于兴建学校。钱财莫问出处，只问归途。若能兴教振梓，我辈百般磨难，终成告慰。

祈顺。

夫　欧明阳

阴元月四日

1936年春末，剑川县城有着残留的阴冷，街道却是热闹非凡，行人如织，外公在欧家大门外徘徊了足够长的时间，依然没有看到有人走出，拿走那封信。他失望地把信和照片重新包好，放回自己的衣兜。这时候，一名穿宝蓝色对襟短袍的女子，手里牵着个四五岁小男孩儿，由远而近，向着欧家大门走来。

“马，有一匹马哎！”小男孩发了疯似的跑过来，围着马，又喊又跳，吸引了周遭不少目光。

“别叫，小点儿声，看吓到它了！”蓝衣女子费了点儿力气才阻止了小男孩儿，她拉着他，强行把他拉进屋。

隐身在人群后的外公隐约听见她教训小男孩儿的声音：“这不是我们的马，是别人暂时拴在这儿的，等一下人家就会拉走了。”

“如果等一下没有拉走，我能不能骑它？”小男孩儿趺趺撞撞地被拉拽着，提问的声音也变得趺趺撞撞。

“可以骑一会儿，但只能在门口骑，不然人家找不着它了。”声音进了屋，被反身关闭的大门隔绝。

外公从人群中现出身来，出神地盯着那扇关闭的门，直到他觉得从门缝里再也尾随不到蓝衣女子的声息，才收回目光。

现在，外公无所事事，内心升腾出一种持久的空旷，他不着急离开，而是，恢复成他一贯以来的做派，斜披着一件肮脏的羊皮马褂，迈出在别人看来吊儿郎当的步伐。他预计找个地方吃饭，睡个饱觉，然后，沿着来路返回。当然，前提是国民党已经从石鼓镇撤军。

正在心里温习一遍来时的路线，温习埋着银元的地方，突然间，外公被一双手紧紧拉住，不是一双手，是好几双手，他被人拦腰抱住，又被推开，险些摔倒在地，头上也挨了不轻不重的一巴掌。

“小哥，小哥你没死啊！”激动的声音不绝于耳。

定睛一看，外公吃惊地发现围绕着他的是恒昌号的小伙计，越过他们，靠路边站着一溜儿马队，马背上驮着殷实的家什物资，在头马旁边，站着六爷，弓腰驼背，正捋着山羊胡须冲他微笑。再往下望，居然就看见了恒昌号掌门周兴昌，穿了件不合时宜的绸缎长袍，很热的样子，一边擦着额头上的汗，一边冲着外公招手，示意他快点儿过来。

“义父……”外公仅仅喊出这一声就红了眼圈，他偏着头，倔强地揩去眼泪，可是泪水疯涌，在他覆盖泥尘的脸上冲出无数条白色的沟壑。

“哭什么啊，小哥，这么大个头不怕丢人?”周兴昌没有叫我外公的名字，而是模仿其他人的口气叫他“小哥”，这里面有逗他的成分，“我就说，你小子鬼得很，绝对跑得脱。快跟我们说说，怎么想到跑剑川来了。他们大部分人往维西方向跑，听说很难跑脱。”这个平时说话中气很足的掌门人把他的语气放到最低限度。

“这个，也没什么好说的……找不到其他的路。”外公停顿了一下，他希望任何人都没觉察到这个停顿，“倒是您，怎么亲自跑这儿来了?”他很快意识到恒昌号出了问题，忧心忡忡地问。

“唉——”周兴昌叹了一口气，低头掸了一下衣服，“下来再说，下来再说，先吃东西。”他吩咐马队休息，给小哥找件干净的衣服，他看起来真的太不成体统了。

“吃完东西你跟我们一起上路。”看着外公逐渐地干净起来，周兴昌略显爱怜地对他说。

“现在吗?”

“当然是现在，马上，莫非还要等到明天?”

外公没有持续表示意外，他快速地隐藏了自己的不安和焦灼，“好吧，我这就去准备。”他愈发沉稳和恭顺，仿佛在一个瞬间里老去，他所有的年轻，就这样仓促地终结在一个深藏不露的秘密里。

然而，令外公怎么也没有想到的是，这一去，就是十五年。

为了赎回被捕的石鼓镇开明乡绅王赞贤，恒昌号掌门周兴昌私下贿赂了国民党地方官员，用商号做了抵押，这桩交易，表面看不出什么，恒昌号却是耗尽心力，只剩下虚壳一副。周兴昌这次带领马队倾巢而出，就是要另起炉灶，东山再起。

可是时局混乱，生意难做，周兴昌一行只能一路向南，再向南，一直到达缅甸瓦城，在那里安营扎寨，赶马经营。外公一直跟随恒昌号掌门，直到十五年以后，周兴昌驾鹤西归，他才一路护送义父遗物回归故里。

20 世纪 80 年代，外公在他六十岁以后开始重操旧业，贩运茶叶和药材。他展示出过人的经商天赋，成功地创立了恒昌茶艺公司，在周遭的几个县城里都开有分店。然后他开始秘密资助剑川县城郊的一所小学，所投入的资金我们无从知晓，但我们知道这所原名剑川新屯小学的学校，后来正式更名为明阳小学。

明日之朝阳，也许取义于此吧。在外公遭遇车祸之前我们都这么认为。

“看完信，你可以走了。”我听见外公这么说，惊喜地抬起头，我以为他认出了我，在生命的最后一刻。但是我很快就失望了。

“我知道你一直想走，实际上，你也该走了，要不是等着听到这个结局，你已经走了。”外公对他的谈论对象说。

“好吧，我尽量讲快一点儿，不要耽搁你的时间。”外公提高了嗓门儿，突然变得很有精神。我意识到，这是因为他的谈论对象着急离开。

从他遭遇车祸之后的整整十年，他们关于这个故事的谈论没有结束，至少重复过一百遍，却从来没有涉及结局。他耳朵里的谈论者，我觉得已经长出白发，声音也随之枯萎，我甚至能看见他伛偻的肩背和意欲转身的背影。

“凭着记忆，我准确地找到当年埋宝的地方，你当然可以怀疑我的记性，不过我要告诉你的是我记得非常清楚，丝毫不会出错。”

…………

“没有，我没有挖出它们，因为在它们上面长出了东西。”

…………

“三座石塔！不骗你，真的是石头堆砌的塔，三座！”

外公的声音陡然增大，大到我们都不知所措。

我基本可以判断，他的谈论者已经离开了，彻底地离开了。

再大的声音都无法将他唤回。

外公在说完“三座”之后，低下头，陷入沉思，再无言语。他交叉的手，恢复成支架的形状，提醒我，请把那封年代久远的信，放回到支架上。

我知道重症监护室的年轻护士正奇怪地观察着我，但我照做了。

料理完外公的葬礼，我回到昆明上班。

我知道我有点儿恍惚，特别是行走在广福路快要到达单位的那个巨型十字路口上，我的恍惚发展到一种模糊的程度。所以我特意取下塞在耳朵里的耳麦，关闭了手机，提醒自己注意往来车辆。

然而我还是闯红灯了。

无数的汽车，源源不断地，呼啸着，从我身前和身后飞速而过，我站在危险的方寸之地，却像隔离在荒芜的孤岛。缺乏善意的汽车喇叭声接二连三响起，其中，格外尖锐的一声，像一把利箭，突然就钻进我的耳朵。

我没有任何的防备，听凭那利刃在我耳朵里横冲直撞，直接击穿心脏，没法儿跟任何人形容这种疼痛，我捂住耳朵，痛苦地弯下身去。

然后，我听到了耳朵里出现一个人讲话的声音。

那是一个有着地方口音的女声，语速有点儿快。

过了很久，我周围安静下来，再无一辆车，我可以安心穿过斑马线到达对面的时候，我才发现耳朵里的声音来自于一个陌生的电话，我正在接听一个电话。

“晓梅老师，你好!”她说，“我是剑川明阳小学的副校长，我姓欧。”

“你好欧校长!”我的声音有点儿喑哑，为了让她不至于产生某种冷漠的误解，我清了清嗓子，并提高了语调。

“是这样的，您的外公，因为身体的原因，已经有整整十年不能来参加我们学校明阳奖学金的颁奖典礼了。这个奖学金，想必您很清楚，是他老人家亲自设立的。”

实际上我并不是很清楚，但我马上回答是的，我知道这个事情，然后我告诉他，外公发生车祸之后身体确实出现了问题。现在我的嗓音和我的思路同样清晰。

“明白，我们很难过，”欧校长用上比较沉重的语气，“根据您外公的遗愿，在他去世之后，由他的长外孙女——也就是您，接替他，为孩子们颁奖。”

“我外公有遗愿吗？”我很后悔用那么急促的语气说出这句话，但是来不及收回了。被迫从别人的转述中获知亲人的遗愿，是一件会滋生愤怒的事情。

“有的。”欧校长沉稳地说，“但这是唯一的遗愿——留给我们学校的。”她说。

“所以，下个月的颁奖典礼您有时间吗？”

“这个没有问题。”

“另外——”欧校长的声音变得迟疑起来，“我们知道你在省作家协会工作，所以……我们正在修建一个小型的图书馆，非常小型……需要一些优质的图书……”

“优质的图书……我向你保证，会有的！”尚没有想好方案我就这么果断地回答。我模糊意识到，在我这么果断回答的时候，看起来不像在打电话，就像和一个住在耳朵里的谈论者赌咒。

一个月之后，我果然参加了明阳奖学金颁奖典礼。

于是我有机会看到外公护送欧老板走过的那条山路。它蜿蜒曲折，隐身于层层山峦之间，似乎无从寻觅，但总有一部分路径会在视野里显示。当然，石头堆砌的塔，我一座都没看见，但我始终相信，于那无处寻觅的荫翳树林里，萋萋草木中，它们存在。

漂流瓶

那天，当我披着酒店的浴袍，一只脚穿着一次性拖鞋，另一只脚赤足，带着错愕叠加茫然的表情，狂乱地行走在美奈海滩上时，脑海里浮现出莫未对我说过的一句话。她说：一个既不相信科学也不相信命运的自大狂，容易崩溃。

她指的是我。

我想她是对的。

那是越南时间凌晨五点十分，东南亚黏稠的海风并没有让我从宿醉中清醒，反而让我的眼睛更加模糊。震惊、不知所措、有可能被欺骗，从这些纠缠着的情绪里滋生出的愤懑，越来越尖锐，以至于我所看到的景物全都蒙上一层灰色的纱。

我在寻找一个男孩，昨天，从他的手中我买到一个漂流瓶。这不是一个普通的漂流瓶，至少对我而言不是。当我费了很大的工夫把它打开之后，里面的东西将我陷入到崩溃的深渊，其巧合程度堪称诡异，让我失去了基本的判断。于是我必须找到那个卖瓶子的男孩，找到他是为了找到一个答案。

但问题是我找不到他，我不知道他是谁，也不知道他住在哪里，今天还会不会出现，甚至，他的长相也是模糊的。所以我的寻找疯狂且盲目。

这时候我想到了莫未说的话和她说这句话时候的表情。准确地说，她没有明显的表情，或许有几分同情、几分审慎，但比较多的是清冷和敷衍，这是她使用最多的表情，用来针对病情不太严重但深信自己病入膏肓的患者。她把我当成她的患者之一。

我清晰地记得那是一个雨天，我们的儿子九岁生日的第三天，地点是她上班的医院对面的一家奶茶店。这无疑是一次重要的谈话，我希望能在一个高档而舒适的地方进行，但莫未坚持在这家奶茶店，因为她只能给我半小时，这半小时还是她牺牲了午休时间挤出来的。

她的身后是一面还算阔大的玻璃窗户，雨丝交织成一面有着倾斜纹路的背景墙，并将充溢着水分的光线投射在她的身上。但这并没有让她光亮起来，也没有让这个世界光亮起来。所以我们的谈话是在晦暗中进行的。

我来不是为了解释什么，而是为了道歉，但这个道歉在人来人往的奶茶店非常难以启齿，所以我把主题转化成低声下气的乞求，请她给我一次机会。

“没必要，老顾，完全不需要这样。你一个法语专业高才生，还是个成功人士，不管怎么说，应该始终保持体面。”莫未从刚刚见到我时的震惊中摆脱出来，她诧异于我的面貌，在短短的两天内竟然发生如此巨大的改变。她用一个几乎是恶狠狠的动作，把吸管戳进盛满奶茶的塑料杯。

“没有人可以在这种情况下保持体面，听我说，莫未，我知道发生了什么，也知道这一切给你带来的伤害。可是，过去的两天两夜，我一秒钟都没合眼，你可能不相信，但这不重要，重要的是一想到有可能失去你和儿子，我真的彻底崩溃了。”可能是急于表达，我的语速很快，我看见一点儿白色的唾沫星子朝着莫未飞去，这加剧了我对自己的厌恶。

“是啊，睡眠缺失会导致代谢紊乱，加速人的衰老。”这种时候，按照正常逻辑，她不是应该反驳吗，然后压低嗓门儿痛斥我的无耻和对她的欺骗，这样我才有机会进行申述和辩解，尽管很苍白但至少可以推进谈话。

但莫未不是那种按常理出牌的女人，从来不是。她只关注我的睡眠和代谢，用的是对待病人的情绪和语气，这让我觉得相当程度的被忽略和轻视。我曾经的迷茫、堕落、荒唐，我今天的失落、恐惧、悔恨，仿佛跟她没有任何关系。好像我们不是夫妻，是医患，是初次就诊且不会复诊的医患。

“所以说，一个既不相信科学也不相信命运的自大狂，容易崩溃。”她看着我的脸，说得上专注，但目光稍微有些涣散。

“我承认我自大、偏执，而且自以为是，但是我可以改。”我把声音压到最低，这样可以掩饰掉那丝可怜而又可耻的哽咽。

“我的意思是说……”莫未竟然往那个并不舒适的椅背上靠了靠。这是一个明显的避让。假如是在生意谈判席上，这个动作会被理解成是防御和抵抗，“在两个人的感情里，如果背叛累积到一定程度，理论上来说决裂就是必然，这是科学。你以前不相信，是吗？”

“那命运呢？”是或者不是都是错误的答案，我当然不能回答，只好按着突突乱跳的太阳穴，控制着代谢紊乱引起的剧烈头痛，奄奄一息地问道。

莫未正想回答，放在桌上的手机突然响起来，不知为什么她把音量调得很高，能听到一个姑娘欠缺经验的声音，“莫老师，23 床病人突然出现呼吸困难，低血压并休克，要不要先进行胸腔闭式引流，还是等您回来？”

“要先判断是气胸还是心衰，如果是气胸就立即引流！”莫未不容置疑地说，“值班医生不在吗？”

“在，就是他让给您打电话的。”女孩的声音里有了喘息，像是快速走路的样子。

“那打电话就是个浪费时间的指令。”莫未快速挂断电话，猛烈地吸了一口奶茶，把塑料杯蹾在桌上，她拎起了包。这时候她发现我在看表，我还在等她的回答。

“我刚才说到哪儿了？哦，想起来了，如果说背叛积累到一定程度，而感情又没有决裂，这中间一定发生了一个奇迹，这叫作——命运。至于说还能不能在一起，真没那么重要。”她放慢了语速，但没有放下包。

“看起来，无论是你还是我，都不太相信奇迹会发生！”她也看了一次表，她说好吧我还欠你十二分钟，然后飞速离开了。

在她离开之后，我侧头看见了自己在玻璃柜台里反射出的脸，虽然模糊并且变形，但那无比清晰的衰老与委顿，让我瞬间理解了莫未初见我时的惊诧。

因为疫情，越南的旅游业备受影响，美奈海滩空空荡荡，远处零星可以看见几个当地工作人员，在清理被海浪冲上来的垃圾。

我脚步踉跄，视线模糊，绵软的细沙在赤着的脚趾缝里填满又流散。我竟然没有意识到可以抛弃那只剩余的拖鞋，好让自己没那么狼狈。

黎明没有到来，但微弱的晨曦正在悄然汇聚，在海天相接的地方形成不易察觉的绯红。

我发现自己已经来到一排棕榈棚屋旁，昨天，就是在这里，从那个头发卷曲，身材瘦削的男孩手中，我花了七十万越南盾买到一个漂流瓶。当时我不明白自己为什么要这么做。

“那如果，里面有一个故事呢?”这个会讲一点儿中文的小男孩说。起先他不是这么说的，他说：“买个漂流瓶吧，先生!”

我躺在棕榈棚屋下的防腐木躺椅上，没有抬起眼睛看他。我正在给莫未打电话，电话那头给出毫无例外的提示音，“您所拨打的电话暂时无人接听。”莫未不接我电话已经超过一百六十五天，但她没有关机，也没有更换号码。

“真正的漂流瓶，我在海滩上捡到的，只需要七十万盾。”

“不要不要，真的假的都不要!”我抬头，看到一个赤裸上身，脖子上挂着几个仿古玻璃瓶的男孩。鬈发，瘦削，凸露着肩胛骨。

“里面说不定有黄金、珍珠、徽章，看运气，昨天有个小姐姐买的瓶子里，就有一颗小钻石!”他蹩脚的中文里加进煽动的语气，拿着其中一个细长的玻璃瓶在我眼前晃动。

“我要这些东西干什么，滚!”我没好气地说道。

他站在我的旁边没有离开，沉默着。

“那如果，里面有个故事呢?”片刻之后，他用一种奇怪的语气，既确定又不确定地说。

我不得不再次抬起头来，打量这个男孩，除了棕黄的皮肤，鬈发和凸露的肩胛骨以外，高高的颧骨、深陷的眼窝更令他和其他东南亚孩子毫无区别，倘若将他放进一堆孩子中间，他将成为无法辨认的那一个。

就是这个男孩，确定，此时此刻的我，需要一个故事。

他在我眼前不停地晃动一个细长的、因为海盐的侵蚀失去透明度的玻璃瓶，里面长着斑驳的绿霉，整个瓶子看上去古老陈旧，像一块风干的牛骨。而我知道这些玩意儿多半都是假的，出自海边的某个小作坊，用来糊弄游客。

但我还是妥协了。

“谁告诉你我需要一个故事?”我嘟哝着掏出一沓越南盾，不再看他，也不看那个该死的瓶子，好让他觉得我这么做只是为了快点儿摆脱他的纠缠。果然他把瓶子放在躺椅上，拿着钱飞快地跑了。

我不再徒劳地给莫未打电话，而是给她留言——谢天谢地她还没有把我拉黑。打开我和她的聊天记录，一片碧绿，整整齐齐码着我单方面的留言，越往上，情绪越激动，沮丧的、绝望的、歇斯底里的。下面没有任何回复，哪怕是一个表情都没有。

但我始终相信，她是在看的——夜深人静的时候，她的指间会在手机屏幕上轻轻滑动。所以，我坚持给她留言，只是说，越到后来，措辞越来越平静，也越来越理性。

这一次我写下：莫未，今天我结束了隔离，来到美奈，方便的时候，请给我回个电话。

我再也没有使用感叹号，只用句号，因为我没有权利对她颐指气使，发表情绪。而且，我也没有资格，等待她的回复。

然后我开始翻看她的朋友圈，其实我已经翻看了太多遍。她发布的朋友圈数量稀少，比较多的一部分是工作内容，其他部分和儿子有关，儿子出生，儿子上幼儿园，儿子戴上红领巾，儿子在舞台上傻傻站着扮演一朵向日葵，都被她记下来了。

这些朋友圈，在过去的一百六十五天里，被我反复翻看，我在下面点赞，包括诸如“AED：每个人都应该学会的一种急救装备”“速效救心丸和硝酸甘油，谁才是救命药”之类的，也包括“历时八小时，拔出两枚植入十年的起搏器电极，今年做过的最艰难的手术”这些类型的。

至于关乎儿子的，我会追加评论，比如“欣慰，宝贝长大了”，或者“老婆辛苦”，在打下“宝贝”或者“老婆”这些字眼儿的时候我有一种疏离的感觉，这种感觉真令我万箭穿心，尽管她是我的妻子，他是我的儿子，但过去我对他们的关注如此之少。我不知道自己为什么会这样。

我的目光会比较久地停留在她的最后一条朋友圈上，儿子九岁生日那天，她一共发了九张照片，配文是：“我的小男神，生日快乐！”其中有一张她和儿子的合影，这是她唯一一次在朋友圈晒自己。照片里的莫未笑得灿烂而天真，目光里有着我熟悉却始终说不上来的光，清亮的、明白的，仿佛洞悉你的一切，却当作浑然不知。

没有我的照片，那天我缺席了儿子的九岁生日，我本来是要参加的，但一个名叫陆萧儿的年轻女孩在我应该下车的时候锁住了车门，“别闹，我得赶紧回去，今天是我儿子生日！”我醉了，但还可以严肃地警告她。但她肆无忌惮地看着我，目光挑衅而魅惑，然后她用她热艳的红唇堵住了我的嘴。

陆萧儿是个药商，一开始她不知道是谁的女朋友，莫名其妙就进入我们这个圈子。她是个性感尤物，长着一张人畜无害的无辜脸盘，这让她积攒了不少人脉。只不过后期她大约改变了些策略，专心和我做生意，也专注于和我在一起。竟成了我身边的红人。

疲惫不堪地在昨天躺过的那把躺椅上坐下来，我意识到自己的可笑，这个点，除了我这样的醉鬼，谁会在海滩上出现。再过几小时，我的搭档苏一凡会准时出现，把我接走。

我低垂着头，从浴袍的兜里，拿出一页看上去有些年份的信笺，再一次，阅读那上面的半个故事。

是的，漂流瓶里，其巧合程度诡异到令我崩溃的，就是这个故事，但它没有结局。

一开始，我不相信漂流瓶里真的有故事，我之所以把它带回房间而不是留在躺椅上，是不想让哪个越南小孩捡起来再卖给其他游客。

那时候我独自一人在酒店的房间里，差不多喝光了六瓶海尼根啤酒——近半年来，如果不是在微醺的状态下我很难入睡。我打算尽快入睡，因为明天有一场重要的生意谈判，这是我冒着疫情风险，克服重重困难到越南出差的原因。我希望明天能有一个好的状态来与合作方见面，不至于辜负我在胡志明市长达二十一天的隔离，每隔四十八小时进行一次的核酸检测——都是付费的。不得不说，作为“防疫优等生”，越南的防疫措施几近苛刻。

隔离结束，我的搭档苏一凡接到我的时候，显示出和莫未一样的震惊，他被我的衰老惊吓得半天说不出话。

“怎么别人隔离出来白白胖胖的，你隔离就变成这个样子？”他手握方向盘，侧脸看着我胡子拉碴的脸，佝偻的腰背和没精打采的神情，疑惑不解地问。

这个形象我在隔离酒店的镜子里已经看见过了，而且内心十分清楚，这跟二十一天的隔离没有半毛钱的关系。

“振作点儿，老兄，你得搞清楚眼下的形势，搞清楚这一单有多重要，你小子可千万不要拉稀摆带啊！”显然苏一凡是真的着急了。换成是我也会着急。要知道我们俩在东南亚市场押下太多赌注，投入太多心血，眼下离成功只有一步之遥了。只要攻下越南医疗器材市场，我们公司这几款性价比极高的国产医疗器械，就在湄公河国家打开了新局面，我们俩也几乎可以稳步晋升合伙人。

“我什么时候拉稀摆带过？”听到我终于平静地开腔，苏一凡那颗悬着的心算是微微平复了些。

“一开始我听说他们要把协议地点改到潘切市，真有点儿不情愿，现在看来得感谢范先生啊，真是个英明的决定，你可以在美奈好好休息一天，调整好状态，你这个样子，太他妈叫人焦虑了。”放下心来的苏一凡开始喋喋不休。

范先生是我们合作方的主管。一开始谈判地点确实是在胡志明市，但胡志明市民众在街头抗议防疫措施，不时和军警发生冲突，我们的合作方于是把地点改到人烟稀少的潘切市。

我懒得理他，把头扭向车窗外。

“对了，陆萧儿怎么没来，上几次你不都带着她吗？”

“别提这个人，不想听到她的名字！”我没有回头，冷冷看着车窗外。人行道上芭蕉树枝叶低垂，戴着头盔的电摩托骑手一闪而过，远处玻璃橱窗里有着时髦姑娘影影绰绰的身影。

“那要不……到了美奈，我叫个讲法语的姑娘过来陪你吃饭？”短暂停顿之后，苏一凡用上了暧昧的语气。

这让我再也无法忍受了。

“苏一凡，我怎么会有你这样的搭档!”突然爆发的怒气把他吓了一大跳，尽管他那惊愕的表情多少还是让我有点儿内疚，但我依然不依不饶，要是眼前有张办公桌我一定会把桌子拍得山响，可惜汽车正在行驶，我只得拍打着自己的大腿，痛心疾首地说，“我是来工作的，不是来鬼混的，你他妈的把我当什么人啊!”

苏一凡是真的被我搞晕了，这绝对不是他认识的我。接下来的时间，他再也没开口，把车开得飞快。车子正飞速驶出市区，视野逐渐变得开阔，几小时后，眼前将慢慢出现银白的海岸线。

我们固执地保持着沉默，一直到美奈。这时候已经是正午，苏一凡轻车熟路把我送到酒店。临下车的时候，他迟疑了一会儿，终于忍不住小心翼翼地问道：“莫未和你……到底怎么了?”

这时候的我出奇地冷静，反正这个问题迟早都要到来，在那个矮个子门童磨磨蹭蹭地过来拿行李之前，我平静地说：“莫未带着孩子离开我了。是真的离开。”

看不出来苏一凡的表情，感觉他没有听懂我在说什么，但我不想重复。

“老顾，走路挺直点儿，从背后看你就像个八十岁的老头!”片刻之后，我听见苏一凡在我身后大声喊。我抬了抬手，没有回头。

信笺在我的手中没有分量，海风吹过的时候有着一种撕裂的危险。

在酒店房间里，我读它，是在喝光了六瓶海尼根啤酒和三分之一瓶 Men 酒之后。

作为一个资深销售，六瓶 330 ml 装的啤酒是没法儿让我进入微醺的，反而让我愈发清醒，于是我打电话给服务生，让他给我买一瓶 Men，尽管这种酒只有三十度的酒精含量，但在越南已经是最猛烈的酒，要不怎么叫男人酒呢？

在等待酒的时候，我看到了这个随意扔在墙角的漂流瓶，我把它拾起来，轻轻晃动，可以感觉到里面有坚硬的东西，正发出清脆的碰撞声，对着灯光仔细端详，覆盖在玻璃内壁的绿霉挡住了视线，没法看清里面的硬物，用蜜蜡封存的木塞上刻有简单的纹路。这让我觉得好奇。

好吧，就算是个仿古赝品，那也是个完美的制作。

我打算打开这个漂流瓶，但是，一个用古老的方法密封起来的玻璃瓶，会叫人一筹莫展。多次尝试以后，我克制住自己想找到一把锤子的冲动，而是上网查询“如何打开漂流瓶”——我已经把它当成一个真正的漂流瓶了。

最后我查到一个切实可行的办法，用细铁丝准确勒住瓶口，在交叉处制作可供旋转的蝴蝶扣，将瓶完全浸入四十五摄氏度的温水中，保持温度的缓慢上升但不超过七十摄氏度，每隔五分钟拧紧蝴蝶扣到不能旋转为止。后面使用打火机慢慢烧热细铁丝的步骤就不再细述了。

九十分钟以后，我顺利打开了漂流瓶。但这时候我醉了，我感觉到眩晕，因为在此期间酒已经送到，我一直在喝，不知不觉就昏昏然睡去。这种睡眠难以持续很久，几个小时后我在剧烈的疼痛中苏醒，发现自己躺在地板上。在挣扎着挪到床上的过程中，我想起来那个已经打开的漂流瓶。

于是我放弃睡眠，从里面倒出一截两头被密封起来的塑料软管，“真是个讲究人啊！”我发出一个醉鬼由衷的感叹。

打开这个软管没有那么困难，很快，从里面抽出一页卷起来的古旧信笺。之所以觉得古旧，除了页面发黄纸张薄弱以外，我看到了马杰斯迪克酒店的专用标志，用古体字印在信笺右上角，这是越南最古老的法国酒店之一，始建于1925年。

这张出自于马杰斯迪克酒店的信笺上，用越南语和法语写满了字，每一行越南文下面是一行与之对应的法文，如果法语字数太多，除了写得特别挤以外，会另起一行。也许是为了在有限的空间写下更多的内容，字母非常小，细如蚁脚，但是异常工整。

醉意在好奇的驱使下退缩，我把信笺举到离自己眼睛很近的地方，忽略掉不懂的越南文，只读法语部分。

然后，我就读到下面这半个故事。

现在是1975年5月。我所乘坐的“阿多尼亚”号游轮正驶出富隆港，前往美国西部。我将在此刻写下一个关于我自己的真实故事。

我叫Sotirios（我的祖母是法国人），但更多的人喜欢叫我“西贡 ta vǎn quân”。我出生在西贡最富裕的家庭之一，祖上贩卖火药。到我继承生意的时候，市面上流行军火，生意虽然危险，但丰厚的利润足以让我铤而走险。很快我就积累起令人眼红的财富。当然也有人悬赏取我的人头，但我很清楚，无论是南越政府还是北越人民军都非常需要“西贡 ta vǎn quân”，我受到双重保护，这让我有恃无恐，过上了锦衣玉食的奢靡生活。

杰斯卡西是我在租界认识的第一个女孩，同样混血的身世拉近了我们的距离，很快我们就成为亲密情侣，这时候我的妻子（恕我不公布她的名字）刚刚怀孕，为了不让她知道，我买下一套豪华公寓供杰斯卡西居住，杰结婚以后，这套公寓就成为我带其他不同女人幽会的窠臼。就这样一直到 1969 年，我的妻子发现这个糟糕的情况。当时她已经为我生下三个孩子，两个女儿，一个儿子，最大的女儿刚满十一岁。

有一天我回到家的时候，佣人说夫人带着孩子们离家出走了。天哪，你是否能体会到那一刻我的震惊、羞愧、愤怒以及无穷的担忧。外面还在打仗，美国的“滚石行动”宣称要把越南炸回旧石器时代，现在没有一块土地是完整的。我不得已发动所有的人脉花重金四处寻找她们。

可她们就像人间蒸发了一样杳无音信，也许，她们已经死了。我陷入到无比的悔恨与自责中。我一天天衰老，一天天孤独，长时间说不出一句话。一年后，我决定给我的妻子写信，我把信寄到我能想到的所有地址：她父母家、她姐姐家、她朋友家，甚至她常去的教堂、曾经工作过的红十字会，我不停地

已经到了信笺的最后一行末尾，故事在这里停住，我下意识地翻看信笺背面，没有，在漂流瓶里寻找，没有，他的讲述就这样被强行终止，不仅讲述，还有他的情绪、他的语气甚至呼吸，都同时被强行终止。

1975 年，越南内战结束了，他大概是以南越支持者的身份获得了前往美国的船票。

“他到底要不停地怎么样？”是谁这么缺德？我的愤怒就是这么滋生出来的！

因为有前三次阅读的基础，这一次，读完它只需要很少的时间。这是半个跟我重合的故事，仿佛写给我看，但是要知道结局，必须读到剩下的那一半。

这是我崩溃的原因，这时候我该相信什么，科学还是命运？各种混乱的想法在瞬间蜂拥而至。

我起先怀疑这是一个阴谋，把或有或无的仇家都想了一遍，包括莫未和陆萧儿。很快阴谋论被否认了，莫未不是这种人，陆萧儿做事首先会计算成本，至于其他人，我想不出来他们这么做的理由。那么或者是惩罚的前兆，好吧，如果是惩罚我都愿意接受。这么想的时候我有所释怀。

这时海滩上出现一男一女带着一个孩子，等他们慢慢跑着路过我的身边时，我几乎可以笃定，漂流瓶里的半个故事，于我而言只是个巧合。

但我还是头痛欲裂，并且产生了幻觉。没有什么见鬼的漂流瓶，没有卖漂流瓶的小男孩，没有半个用越南文和法文讲述的故事，我没有到越南来，莫未没有离开我，正在给我准备早餐——这只是昆明冬季的某个清晨，冬樱花掩映在滇璞的黄叶中疯狂绽放，我在家里醒来，那间面临滇池的卧室洒满金黄的阳光。

“老顾，快醒醒，你怎么睡在这里？”真实的情况是我在苏一凡的摇晃中醒过来，手里还死死捏着那张年代久远的信笺。

“找了你半天，你手里拿的是什么？”他伸手想拿过去看。

我翻身坐起来，警觉地拦住他的手，把信笺卷好放进兜里。我满脑混乱的想法一个都没有离开，现在我不再觉得这是一个巧合，所以我想了想，用含混不清的嗓音说：“这可能是一个启示录。”

苏一凡把这当成一句醉话。

“狗屁的启示录！你到底醒了没有，醒了，我们就去吃早餐。”他压抑着怒火，不耐烦地说。

片刻之后我面目一新坐在苏一凡的旁边，合体的西装，外加时尚的深灰色领带，有效地掩盖了我的颓废，憔悴的脸庞透露着前所未有的稳重，宿醉的酒气也在苏一凡坚持给我喷上的男士香水面前退缩。

“你太臭了！你到底喝了多少酒？”他一边喷一边皱着鼻子，但是看得出来他对我现在的状态是满意的。

这时候我的心境发生微妙的变化，任何关于漂流瓶，或者跟这件事有关的想法，都极度令人厌烦，哪怕冒出一丝，我都会把它压下去。我知道我没有机会找到那个男孩了，我得带着一个没有结局的故事，连着我没有着落的未来返回昆明，这叫人怅然若失，也叫人如释重负。

所以我说：“范先生他们几点到？”我进入了我的工作状态。

“一个小时之后。”苏一凡说，“你还有时间再看一下文案。”

这位范永志主管，我曾经打过交道，那是在六年前，我们刚刚进驻东南亚市场的时候。那一次协商，他带着他的团队骨干坐在离我大约两米远的地方，始终用一双警惕的眼睛看着我。我们的协商最终以失败告终。

但他不会用同样的眼神看着我的搭档苏一凡，每当他转过头去和苏一凡讲话的时候，眼神和语气都会松弛下来。苏一凡这个人，天生就有能耐在最短的时间内取得别人的信任，他可以做到跟任何人的初次见面都是久别重逢，跟任何团队的合作都是相见恨晚，他总是能把自己和周围的人都放置在一种轻松自然的状态下。

要不是这点过人之处，他这个连英文问路都需要翻译软件的家伙，怎么可能成为我的固定搭档呢？通常情况下是他负责联系对方买家，培养感情，喝酒吃饭唱歌，我非常奇怪他们在做这些事情的时候完全没有语言障碍。我负责专业部分和最后的价格拍板——不需要翻译，因为英语和法语是我的优势语言。我们算得上是“新生命集团”最持久的搭档了。

最开始，当我去这家知名的医疗器械上市公司应聘的时候，踌躇且不甘，知名外国语学院法语专业毕业，从事的却是医疗器械推销，这让我一时间很难接受。之所以留下来并且一干就是这么多年，完全因为主考官的最后一句话，当时他坐在主考席 C 位，用一口广式普通话说：“小伙子，你完全可以利用语言优势，开辟东南亚市场，要不了几年，搞不好——”他用手比画了一下台上坐着的几个考官，“你就成为我们其中之一，成为合伙人。”

他说这话的时候我已经完成面试了，正准备退出。我对自己的表现非常满意，有种志在必得的预感。他的话并没有引来其他人的共鸣，连假装的附和都没有，他们忙着打分、填表、看下一个人的资料。

我当时完全不知道东南亚市场意味着什么，这一点，在我回到昆明，几经打拼，担任西南片区主管之后才逐渐意识到。当下只是在心里嘀咕，我的优势又不是东南亚语，为什么不是欧洲市场而是东南亚市场。

不管怎么样，“成为合伙人”还是极大地点燃了一个懵懂青年的热血。和我一样被点燃热血的还有我的搭档苏一凡，不同的是他在第二轮文案制作的环节就惨遭淘汰，根本没有机会参加面试。但他发挥了他那时就具备的交往才能，一直在面试室门外等待，直到我们所有人面试结束，他才在众目睽睽之下，大大方方地走进面试室。

我目睹了他走进面试室的整个过程。

“苏一凡同学，我们的面试已经结束了，为什么你还出现在这儿?”人力资源部的魏女士，当时我们叫她魏老师，颇有些诧异地问道。

“因为我担心蜚声中外的新生命集团会在今天失去一个特殊的人才。”苏一凡大言不惭地回答。

看来只有我一个人对这个回答感到意外，其他人该聊天的聊天，该上厕所的上厕所，这种初出茅庐自以为是的大学生，在 21 世纪头十年，一抓一大把。

“凭什么，你觉得自己是一个特殊人才?”混乱中，还是那个跟我说未来可以成为合伙人的主考官，他朝后仰着，用一种司空见惯的语气漫不经心地说。

“就凭一秒钟之前，魏老师准确地叫出了我的名字!”

“这是一个很好的 Proof 吗?”魏老师马上接腔，听得出来口气中的不屑，因为她用了英文。

“据我所知，贵公司收到的简历有一千四百四十八份，能进入第一轮水平测试的还不满一半，只有六百零五人，这当中淘汰了三分之二还多，只有一百七十五个人进入第二轮，我就是在这一轮中被淘汰的，但是，在这么多人当中，您记住了我的名字，并且准确地叫了出来！”

“你这是在表扬我，不是表扬自己！”魏老师被气笑了！但是，千真万确，她笑了。

“我甚至都不知道，在刚才参加面试的三十二个幸运儿当中，您和其他几位老师记住了哪个人的名字？”苏一凡乘势而上。

只能说我孤陋寡闻，一定露出了那种没见过世面的鄙视神情。所以坐在C位的主考官立即要求无关人员离场。

“我愿意给他五分钟，加试一场，你们的意见呢？”

当然没有任何人反对。

五分钟之后，我正在卫生间洗手池洗手，苏一凡兴冲冲地冲进来，旁若无人地对着镜子完成了一系列庆祝动作。说实话他举起拳头原地转了一个圈，雌雄不分的时候还是挺吓人的，以至于我惊愕地看着他，忘记了自己的手一直停留在烘干机下面。完了后他才终于看到我的存在。

“哥们儿，你猜乔董对我说什么？”

“乔董是谁？”我好不容易回过神。

“他居然说我只要好好努力，将来没准儿能当上合伙人！合伙人，你说该多有钱？”苏一凡没理会我的问题，而是延续着持之以恒的亢奋。

“意思是你已经知道自己被录取了？”我瞬间感觉不自信起来。

“差不多吧！”他大言不惭地说。

这下我大概知道乔董是谁了，我很想对苏一凡说其实这位董事长也对我说了同样的话，没准儿对别人也说了同样的话，但是看着他兴高采烈的样子，我说不出口。

不管怎么样，我把它当成了自己的奋斗目标，想必苏一凡也是。

两年后，乔董把我叫到办公室，他说西南片区分公司刚刚在昆明成立，开展业务需要人才，不知道我愿不愿意过去。当然西南片区不是重点，重点是以此为链接的未来东南亚市场。他还说，你是昆明人，又懂英语和法语，由你去发展东南亚市场不是很顺理成章吗？

我很快想到了那个成为合伙人的美好愿景，并且清醒地意识到，在总公司做了两年的双语文案对我而言毫无前途可言。于是我爽快地答应乔董，带着一腔莫名的热血，从广州总公司回到昆明。

可是到了公司报到的时候，我才发现情况和乔董说的完全不一样。我需要从当地销售开始做起。这让我一时间难以接受。比我早一年到昆明发展的苏一凡洞悉了我的心思。

“没事，老顾，咱俩合作，翻江倒海不行，弄个水花出来还不行吗，我就不信这个邪！”我们在盘龙江边的小酒吧里喝酒，或者在龟背立交桥下的夜市吃夜宵的时候，这个身材瘦削眼神坚毅的男人都会这么说。

有一天深夜，大概是秋季，我们喝了酒，借着酒劲儿一人骑了辆破自行车，朝着滇池一阵狂骑。路上行人稀少，偶尔驶过汽车，夜行的司机会在昏暗的灯光下看见我们可疑的身影，疯狂骑车的劲头和偏偏倒倒的行车路线，没准儿让他们觉得那个有风的夜晚危机四伏。

黑夜让滇池变得广阔而茫茫，湖水拍打着岸边的石头，发出巨大的类似于轰鸣的响声。我们大声说话，放肆地笑，像是要与这来自大自然的宏伟声响一较高下。

“苏一凡，你看那儿，闪着灯光的地方，看到没?”我指着远处连成一线高低错落的城市灯光，撕扯着嗓门儿大声说。

“看到了!”苏一凡努力睁大他惺忪的醉眼，用更大的声音回复我。而我不得不用力支撑起他歪歪倒倒的身体。

“那里有咱们俩的房子，巨大的房子——打开窗帘，能看到整个滇池的那种!”我企图用手画出一个大房子的轮廓，结果失去搀扶的苏一凡像根面条一样滑到地上。

“没错，大房子，门口有草坪，上面种着樱花。咱俩一人一套！不，至少一人三套!”他身体如同飘浮的气球，气势却丝毫不减。

在我的帮助下他趔趄挣扎起来，拉着我，跌跌撞撞朝前迈了几步，差点儿就掉到水里。真不知道刚才的10多公里路他是怎么骑过来的，后来，每次想起这点都会让我心有余悸。

“不能再往前走啦!”我在他耳边吼，“淹死了，就没法儿当合伙人，没法儿住大房子了。”

“不——能死，怎么能死呢，老顾说得对，死了——怎么当合伙人?”苏一凡剩下的理智已经寥寥无几，他的声音盖过了呼啸的风声、树木枝叶摇晃的巨响和湖水拍岸的轰鸣，惊起一群沉睡的红嘴鸥。尤其是那声拖长的“合伙人”，就像一块在水面连续穿梭的石块，紧贴着浪花翻滚的水面越去越远。

我对苏一凡“再看看文案”的建议颇有些嗤之以鼻。他的市场调研报告一如既往地混乱，且重点不突出。

“这位范先生，还是老样子吗?”我问他。六年前在他那里碰壁之后我们暂时放弃了河内，转战到其他国家，取得不错的效益，渐渐打出名声。我有六年没见过他了。但苏一凡一直跟他保持密切联系，范先生是为政府服务的，他本人又是个保守派，前期的工作势必会非常艰难，但一旦谈成功了，后期的覆盖面就会非常广。这一点在泰国和缅甸都行不通。

“可能还要更古板些，毕竟年纪大了。”苏一凡边开车边说，“不过他非常欣赏你，在我面前至少夸奖过你三次，说你很专业，而且也很敬业。”

汽车离开美奈，沿着海岸线行驶了一段时间，转了一个弯进入到山路，偶尔可以看见掩映在棕榈树下的村庄，稀稀落落地散布着。

苏一凡调研报告做得不好，但他了解的情况还真不少。他基本掌握了越南公立医院的设备配置情况、资金来源和目前紧缺的项目，知道呼吸机、监护仪和和移动 DR 的配备已经是迫在眉睫的事情。

“而且这一次，他是主动联系我并且指定要见你的。”苏一凡显得信心十足。这时候我们已经认真分析了有可能遇到的陷阱，并统一好谈判必备的心理底线，而且我们还总结了和越南商家谈判的经验，就是要极端注意过程，不要让过程太简化，否则他们会认为吃亏。

为此我已经准备好三轮的报价，每一轮报价都精确到一个小小的滚动轮轴的质材。“没事，我会让他进一步体会到什么是工匠精神的，这一次我们的优惠幅度没有人可以拒绝。”我把我们俩的士气鼓动到最足。

就在这一刻，车速慢了下来，汽车驶入一个类似于集市的地方，人群熙攘，路两边是些小地摊，再往两边靠还有些撑着太阳伞的摊位。“这是越南的街子天，跟你们云南有些地方很像。”苏一凡一边谨慎驾驶一边展示着他早来几个月的优势。

我漫不经心地看着窗外。突然间，在人群中，几乎是猝不及防，我一眼看见那个卖漂流瓶的男孩，或者说，是男孩准确无误地进入了我的视线。

原本以为放进人群中他将无法辨认，这时候才发现完全不是这样，因为你在这种情况下根本看不到其他人。他今天穿了一件亚麻布长袖衬衫，看不见凸露的肩胛骨，只看见单薄的身形，在肩上扛着个鼓鼓囊囊的蛇皮塑料袋。

“停车——快停车！”我发出的尖锐叫喊足以把自己都吓一跳。尽管车速很慢，苏一凡的紧急刹车还是险些把我俩的头撞在挡风玻璃上。

“无论发生什么都不要发出这种声音行不行？”停顿了三秒以后，苏一凡冲我发出一句苍白的咆哮。而我完全顾不上，拉开车门就返身向那个男孩跑去。

“小子，站在那儿，别动!”情急之下我喊出的是英文，我一定是跑得太急了，小男孩被吓到，但他反应迅速，本来他正在和一个烟贩买零散的香烟，看清楚是我以后，竟丢下烟，撒开腿跑起来。

说实话，在越南郊区临时集市上演一场追逐大戏，并不是多么光彩的事情，男孩像只灵活的袋鼠，蹦跶了几下就穿过人群。我这个穿着西装、疏于锻炼的中年男人则显示出极大的尴尬，但是尚能依托突然爆发的肾上腺素，紧追不舍，甚至，在他单手撑着翻过一个商贩的破木板时，几乎触碰到他肩上那个笨重的塑料编织袋。

周围有人发出惊呼，如果我是他们我也会惊呼，毕竟这场面看起来像是拍电影。

幸运的是时间没有持续太长，在拉倒了一个童装货架，碰翻了一堆水果，踩扁了无数个花椰菜之后，男孩被散落的汽水瓶绊倒，自己跌倒在地，我才得以抓住他的亚麻布外衣。

“跑什么跑，我又不会吃掉你，只不过是来跟你谈谈。”我不知为什么又切换成法语，气喘吁吁地把他拉起来。

结果他听不懂，一个劲用蹩脚的中文说“不退不退，卖出的东西不退”。

这时候情况变得不妙，当地人逐渐发现不是警察抓小偷，也发现我是个外国人，他们逐渐向我们围拢过来，嘴里快速地讲着越南话，表情极其不善。为首的就是那个卖童装的女人和卖水果的壮汉，卖童装的手里扇着一把扇子，卖水果的则在手里拿着一把砍椰子的刀。

“我不是来退钱的，我只是想跟你再买个瓶子，漂流瓶，快告诉他们！”我搂着他的肩膀，喘着气，尽可能真诚地说。现在我用的是中文。结果孩子不知道是真没听懂还是故意的，翻着白眼儿瞪着我，无动于衷。眼看周围的人越来越近，越来越愤怒，唾沫星子都已经快喷到脸上了。

苏一凡，不得不说这个万能的苏一凡，终于挤了进来，手里捏着一沓越南盾和一盒香烟。他双手合十，满面笑容，绕着人群走了一圈，居然就用他仅会的几句越南语告诉所有人，这是个误会，我们真的是来买漂流瓶的，所造成的损失我们会赔偿的——尽管他对这个见鬼的漂流瓶一无所知。

人群在得到孩子的证实以后平息了怒火，关键是苏一凡的赔偿金起了作用，逐渐散去。我还是搂着男孩的肩膀，生怕他一溜烟就跑不见。现在我发现这个孩子只讲越南语、中文，就只会兜售漂流瓶时翻来覆去的那几句。这种关键时刻，还是苏一凡，我觉得我快要爱上他了，递上来一部手机，那上面是已经切换成越南语的翻译软件界面。

“你为什么要跑?”我在手机上飞速打字的时候苏一凡冷不丁在旁边说，可以用语音来的，你觉得这小子识字？他说得很有道理。

“我以为你要来退钱。”男孩拘谨地对着手机说话。

生平第一次，我发现翻译软件是如此的可爱，可能没有一句语法是完全正确的，但你就是奇妙地明白了其中的意思。我对男孩说，昨天他卖给我的漂流瓶里的确有一个故事，但只有一半，另一张纸被拿走了。他说他不知道，也许这个故事本来就只有一半。我说这不可能，这是不道德的。他摊开两手说这没有办法。

“那如果，付一笔费用你能找到办法吗？”我复制了他卖瓶给我时的语气，并拿出两百块人民币，“帮我买到另外那个瓶子，这些就是你的。瓶子的钱另付。”我打定主意，他要是嫌少我会不停加码，掏出我身上所有的人民币。

男孩犹豫了，“这个故事，对你真的有那么重要吗？”翻译软件用类似赌气的语气转述了他的问题。

这回我放弃了翻译，而是俯下身子，靠近他，看着他格外明亮的眼睛。我也在想为什么这个故事突然对我很重要。我到底想从这个命运重合的人身上获得什么？我觉得我的眼睛有些许的潮湿，于是轻轻摇晃着他的肩膀，几乎是一字一顿地说：“我也不知道，但是帮帮我，求你了！”

“好吧，”男孩听懂了，他有些害羞地挣脱我，“瓶子里有什么我真的不知道，但我可以带你们去找瓶子爷爷，所有的漂流瓶都是从他那里批发的。”他说得飞快，翻译出来一大堆乱七八糟的话。我听到一句令人费解的“爷爷抹灰皮”。

“抹灰皮是什么意思？”我疑惑不解地问苏一凡，但发现他正目不转睛地看着我。

“老顾，范先生他们已经到达指定酒店了。”他用非常、非常冷静的语气说——这种语气是经过训练的，是深思熟虑的，我们在应急情况处置时才会使用。

“那么，明天去找那个什么抹灰皮可以吗？”我避开苏一凡咄咄逼人的目光，转向男孩，问出一句足以让翻译软件凌乱的话。

结果被小男孩准确地领悟，这一回他说得很慢，“不行，明天，瓶子爷爷就要出海，一个月之后才会回来。”手机里传出的智能语音斩钉截铁，尤其是说到“瓶子爷爷”的时候，简直没有比这更清楚更准确的。

“你也听见了，我没得选！”我转过头看着苏一凡。

我很清楚这一刻我在他心目中的形象，任性、愚蠢、自私、偏执，是马尾提不起来的豆腐，扶不上墙的烂泥，是张四贵的马，是临阵逃脱的叛徒，根本不配做主管，就连销售也不配！一万句骂人的话在他的心中疯狂翻滚——我等待着他的爆发！他怎么爆发都是对的！

结果，经由那张瞬间发白的嘴唇说出的话，竟然还是那么训练有素。这让我意外。

“顾全，”他第一次称呼我的全名，“发生这么多事情，你需要给我一个解释。”

我脱下那件被汗水浸湿的紧身西服，扯下歪七扭八的领带，一阵微风虽然是热的，还是略略把我的衬衫从黏黏的皮肤上分开，我有一种从一个无形的牢笼中挣脱出来的感觉。

“苏一凡，和我搭档，可能是你这辈子最大的不幸。”我真的没有办法解释，难道我要告诉他我要去寻找一个漂流瓶，试图挽回自己失败的婚姻？他会不会回答我那还不如去寻找阿拉丁神灯，许愿不来得更快吗？

我想把那页信笺拿出来给他看看，但他阻止了我，“有什么好看的，我都跟你说了，这些都是假的，专门卖给那些无所事事的公子小姐、文艺青年！”他痛心疾首地说，又冲着旁边干站着的小男孩吼，“卖什么漂流瓶嘛，卖个手抓饼不香吗？”

“苏一凡，莫未发现我和陆萧儿的事，还有其他那些乱七八糟的事情，我才突然发现，过去的十年，我过得很荒唐、很龌龊，你也是！尽管我们都有钱了，可是又有什么用……”我低垂着头，缓慢地把信笺折起来放回口袋，我没脸看他，但希望他能读一下这个故事，如果他读不懂我可以讲给他听。

“就算这样，知道结局又有什么用，跟我们有半毛钱的关系吗，跟这个时代有半毛钱的关系吗？顾全，你是不是疯了？”

“你不懂，真的不懂，因为——你都没有爱过！”

看着眼前这个可怜的男人，再也没法保持冷静，焦躁地用手抱着后脑勺来回踱步，我的眼前浮现出那个故事的主人公。我认为他是个身材魁梧、眼神冷峻但笑容狡猾的家伙，身上有大面积的刺青。很快我否定了刺青的假想，1975 年之前的越南，深陷南北内战之乱，刺青术没有条件得以流行。那么从书写的措辞来看，他是个有文化的，甚至有文采的军火商，喜欢穿立领长衫，佩戴着有复杂纹路的真丝围巾。

他出没在富丽堂皇的法租界，戒备森严的美军驻地，西贡码头的破渔船上，或者被北越游击队袭击过的城市废墟间。他看似南越的支持者，但也会和北越人民军、游击队做生意。他的身边从来不缺少美女，当白种女人、长发少女、有着小麦皮肤的混血辣妹，在他怀抱里来来去去的时候，他会露出标志性的、狡猾的笑容。但是当他的妻子，那个为他养育了三个孩子的女人离开他的时候，这种可耻的笑容化成一丝永恒的惆怅留在他的脸上。

这些画面相互交织又彼此重叠，我看到的不是他，我看到的是我自己。在那些无限下坠的迷乱的时空里，充溢着我从来不曾觉察的罪恶。

苏一凡怎么可能懂呢，同样作为渣男，我和他最大的区别是他都没有爱过，从来没有。即使他和某个女孩有着长时间的肌肤相亲，但彼此离开都是那么轻而易举。从这个角度出发我可能比他更加无耻。

“我们走吧！”我把西服搭在手臂上，拉着男孩离开，把苏一凡独自留在那个逐渐稀落的小集市上。

过了大约五分钟，耳边响起一声刺耳的喇叭，苏一凡开着车慢慢追上我们，他单手开车，另一只手搭在摇下的车窗上，摘下他无比钟爱的 PRADA 墨镜，露出一张面无表情的脸。

“上车吧，你们要去的汉罗海滩，走不到！”

坐在车上，我继续给莫未打电话，在听到“你所拨打的电话暂时无人接听”的时候才挂断。

“还是没接啊？”苏一凡侧过脸同情地问。

我苦笑着说：“不过周末我可以和儿子通电话，他有两个小时的时间拿到手机。”话虽这么说，想到我的儿子顾大局，我的心还是往下一沉。对他而言那两个小时弥足珍贵，花费哪怕是一秒钟用于和他的老父亲交谈，都是一种浪费。所以每次通话，他的焦急和敷衍带给我的全是压力。

比如再上几周，我问他妈妈在干什么，他说妈妈出差了。我问他去哪里出差，他说好像去援瑞，我没听清追问了一遍，他不耐烦地说，援瑞都不知道吗，肯定在中国，地理怎么学的？我才明白过来应该是到瑞丽援助抗疫，正想着告诉他援瑞不是地名，结果他就果断说再见了。

刚出生那会儿，我决定叫他顾大局的时候，遭到莫未的强烈反对。“太难听了，谁会给孩子取这么个名字！”她一边笑一边抗议。

“你还说呢，也不看看自己的名字，谁会管自己孩子叫‘末位’？我不过得到老岳父的真传而已！”

“胡说，莫言的莫，未来的未！”莫未在为自己的名字进行激烈而徒劳的辩解，然后逐渐接受了顾大局这个响亮的名字。

类似这样的回忆充满危险，很容易挫败我的意志。于是我赶紧转移话题：“范先生那边，你还是得有个交代。”

“放心吧，我已经跟范先生说了，你在来潘切市的途中接到胡志明市疾控服务站的电话，你的最后一次核酸检测因为操作问题结论不明确，需要立即返回重做——这种时候，他不信也只能选择相信。”

“切，这么诅咒我，不如直接说我感染了算了！”我们恢复了原来的说话方式。

“那怎么行，必须留好周旋的余地，只有这么说才可进可退！你欠我的，我还指着加倍还来呢！”苏一凡故意打了个急转弯，汽车驶上一条崎岖的小道，急剧地颠簸着向前。

慢慢地，海岸线又回到视线里，植被茂密的小岛逐一向后退去，银白的沙滩在正午的阳光下逐渐变深，呈现出浅黄的色泽。在我们的车驶过一片火红色的沙丘之后，小男孩指着远处漂浮着点点白帆的海面，对我们说：“瓶子爷爷的家就在那里！”

“他住在海上?!”苏一凡不解地问。我替他问了翻译软件。

“不是，海边的渔村里。”小男孩回答的语气极其不屑。

接下来的路程在小男孩的指挥下进行，他似乎对汽车缺乏相应的了解，居然企图让苏一凡开过一片丛林，丛林中的小路仅能容摩托车通过。

“穿过这片树林，一定要开着车穿过，很快就到了！”他语气坚定不容置疑，结果硬着头皮的苏一凡把车开到两棵树中间，再也走不成了，只好退出来，找地方停下。

等我们气喘吁吁步行走出树林之后，才发现小男孩坚持开车穿过树林是有道理的，前面就是一条车行的宽阔大路，而他说得“很快”，步行大约需要三个小时的时间。

“幸运的话，我们会搭到村子里的摩托车。”相较之于苏一凡的绝望和我的义无反顾，男孩保持着乐观的心态。他安慰陷入沉默的苏一凡：“没关系，等我们见完瓶子爷爷，可以雇辆拖拉机把我们送到停车的地方。”苏一凡则乞求他在找到充电宝之前再也不要说话了，他开始担忧快要没电的手机，担忧停在荒郊野外的车和必须对范先生撒的又一个谎言。

以我现在的倒霉劲头，对“幸运”没有任何奢望。我们三个人开始一段沉默的长途跋涉。即使在这种情况下，男孩也不愿意丢弃他的破塑料口袋，他把它顶在头上行走。我后来知道里面放着一些造型奇特的玻璃瓶。至于我，手里除了西装外套以外，还有那个我执意拿在手上的，时时刻刻都会让人显得很傻的漂流瓶。

只有苏一凡，他利用手机仅有的电，联系了旅行社，联系了我们在越南的工作人员唐丽娜，联系了他一些不知名的朋友。他能得到的答复惊人地相似：无论采用哪种方案，找到你们最快都需要五小时，这时候你们应该已经走到目的地了。

具体花费了多少小时对我而言是没有意义的，总之，我们到达小渔村，吃过简易的午餐，再找到瓶子爷爷那间远离人群的老屋时，太阳有所西斜。

一路上，我不是没有设想过瓶子爷爷的形象，但是，当从一间幽暗的房间里走出一个矮小瘦削的老头，穿着一件渔民用的皮围裙，带着阴暗与潮湿的气息，用一只完好的眼睛看着你，而另一只安着玻璃假眼珠的眼睛，看着一个并不存在的地方时，我还是感到了极大的不安。

小男孩用很快的语速讲明了我们的来意，我想他讲得非常清楚，瓶子爷爷不停地点着头，他看着我的那只完好的眼睛里流露出一丝怜悯。

“进来吧，你们今天来真是幸运，明天我就要出海了。”他突然讲出一口纯正得足以叫我脸红的法语，这让我意外且惊喜，忙不迭用法语表示感谢。

他对我能够迅速回应丝毫不觉得奇怪，就仿佛讲法语是件理所当然的事情，所有人都可以这样。“年轻人，你恐怕是唯一到这里来找我的人，一个漂流瓶而已，谁会在乎呢？大部分的人会把它们当垃圾！”他说。这下，就连一直把自己置之度外的苏一凡也露出惊愕的表情。

跨过低矮的门槛，走进一间可以称之为卧室的房间，其凌乱程度不可描述。好在我们不在这里停留，老人领着我们跨进紧挨着的另一扇门。

这是个没有窗户的房间，来自海洋深处那种潮湿的腥味扑面而来，里面的黑暗是我始料不及的，我感觉屋顶悬挂着大量的玻璃瓶，我的头不时会触碰到它们，发出一连串清脆的碰撞声。脚下似乎也摆满物件，每走一步都有东西掉落的声音，吓得我不敢动弹。

“哦，对不起，我忘了给你们开灯！”黑暗中传来瓶子爷爷抱歉的声音，但他摸索了好一会儿才找到开关，这让我怀疑如果不是我们出现他是否真的需要光线。

“这间房屋之所以没有窗户是因为它紧挨着石壁。”他热心地解释。这个情况，我们进入之前就知道了。从远处看，瓶子爷爷破旧的老屋像是悬挂在石壁上的巨型鸟窝，面朝大海，背靠陡峭的悬崖，唯一能够让它与稀薄的人烟相接的是一条土石小路，上面有人工挖掘的台阶。

“我年轻的时候喜欢大海，所以把房子建在离海最近的地方，当然，我现在也很喜欢大海……”话音刚落，黑暗中闪出一点光亮，光线不是突然降临，而是次第亮起——他居然在这个房间里安装了一连串的彩灯。

房间里立刻洒满了诡异的光芒。我看到这一生不可能再看到第二次的景象——用苏一凡的话来讲这是一个不真实的场景——整间屋子里生长着无数造型奇特的玻璃瓶，是的，生长，以一种缓慢但是科学的方式。我实在找不出其他可以替代的词语。

一个普通的玻璃瓶，在黑暗中，慢慢失去它本来的面目，长出青苔，生出绿霉，出现斑驳的纹路，仿佛有足够的土壤和足够的养分促使它生长，长成一个年迈的漂流瓶。你看得见它在海面随着波浪上下浮动，看得见它在季风的裹挟下沉落，看得见它在巨型鲨鱼和抹香鲸的肠胃里穿过，你看得见，它慢慢长成一个有故事的模样。它们或者被鱼线悬挂着，或者镶嵌在石头缝里、码放在浴缸里，或者倒扣在巨大的海螺里，无一例外的是，它们都活着。

“欢迎你们来到漂流瓶加工厂！”这时候，要不是瓶子爷爷这声欢快的、透露出一丁点儿法式幽默的叫声响起，我不知道自己的震惊还要持续多久。

他不知道什么时候站在房屋中央、操作台后面，正举着双手，邀请我们过去观看。

操作台由一艘废弃的渔船改装而成，插着一面法国国旗，从我这个角度望过去，渔船保持着出海的造型，尽管上面依次摆放着加热器、酒精灯、打磨机，盛放着黏稠液体的容器，以及一些凌乱的说不出用途的工具，但这丝毫没影响到它出海的姿态。

于是这个矮小的、有一只玻璃假眼的老年男人，看上去就像一个有经验的水手。

“为什么您会对漂流瓶那么感兴趣呢？”我指着满屋子的漂流瓶问他。

“因为……怎么说呢，我父亲说每个漂流瓶都是一个传奇。”他迟疑片刻之后回答，“那时候，我大概是四五岁的样子，他为法国海军工作，我们几乎不能见面。他给我带回来的第一份礼物就是个瓶子。我还是个孩子，当然希望收到巧克力、黄油或者其他更好的礼物，可他说，别小看这些瓶子，里面放着的不仅是个秘密，还有时光……你看，我父亲从法国人那里获得一些古怪的想法，他还说，只有相信奇迹的人才会在意一个漂流瓶……”瓶子爷爷开启一种自顾自的讲述，絮叨、重复，带着光阴移动的缓慢与平静。

“意思是这些漂流瓶都是您父亲出海带回来的?”在这种属于一个正常老人的讲述中，我变得安心。

“不全是，十五岁那年我开始出海了。”瓶子爷爷缓慢地戴上护目镜，开启操作台上那台小型打磨机，看得出来他不会因为我们而影响工作进度。

“从那时候开始，我自己收集漂流瓶，所以，从我这里走向市场的漂流瓶，没有一个是假的。”在打磨机刺耳的声音响起之前，他压低嗓门儿不无得意地说。

“我倒不是说有假，可是我买到的漂流瓶里，确实只有半个故事。”我把手里拿着的瓶子递给他，希望由他亲自检查一下，可他没有接，而是，露出一个古怪的笑容。

“有这种可能的，你看，比如这个 2008 年捡到的瓶子里，原本有一对铜制戒指，我会把它放进两个相同的瓶子……”

“然后卖出两份价格?”打磨机嗡嗡的声音没法掩盖我突然袭来的出乎意料，“天哪，这恐怕不是放漂流瓶的人希望的。”

瓶子爷爷在复制一个瓶塞，他做得棒极了，片刻之后，细木屑堆积成一个小小的土丘，他把成型的木塞拿到离眼睛很近的地方，用那只完好的眼睛仔细地看。

“这只是一个小本生意——你会理解的，不是吗?而且，一个人既然要把一个秘密封存起来，抛进大海，你觉得他会在乎这个秘密是否完整吗?不会的，他仅仅是要说出来而已……”他一边端详一边悠然说道。

“我虽然不同意您的说法，但明白您的意思——那个故事的另一半，放进了另外一个瓶子，是吗？”

“是啊，另外一个完全一样的瓶子，堪称完美的复制品，早在一个月前就卖出去了。不过幸运的是你手里的这个是原装的，这点我能保证——我虽然不能保证它们完整，但是能保证它们是真的，我制作的是瓶子，而不是里面的秘密……”

“但是，您总不至于看都不看就把它们分装了吧？”我粗暴地打断了他喋喋不休的声明，这大概是我最后能抓住的希望了，“我不在乎瓶子，在乎的是那个故事的结局，最后他们怎么了？”我听到自己干瘪的声音，呈现出一个男人在这种时候本不该有的猥琐。

“我当然看了，但是，看了和没看对我而言没有任何的区别。”瓶子爷爷露出一种孩子似的赧然，“我又不认识字！而且，你为什么要那么在意结局呢？”他看着我，流露出些许的警觉。

“是啊，我也很奇怪，不过，也许你父亲说的是对的，可能，我也希望某些奇迹发生……”我的回答异常不合时宜。

这时候小男孩走过来了，他已经腾空了塑料蛇皮口袋，那些从集市上收集来的玻璃瓶被整齐地码放在墙角。瓶子爷爷停止操作，把一些做好的漂流瓶放进口袋里。不久以后，那些赤裸着上身的男孩将把它们挂在脖子上，在游客出没的地方兜售。

男孩同情地看着我，尽管他听不懂我们的对话，但我的表情会告诉他一切。他开始和瓶子爷爷交谈，而我则茫然地注视着他们上下翕动的嘴。片刻之后，瓶子爷爷对我说：“他说如果故事的另一半放在一个一模一样的瓶子里，那他清楚地记得，那个瓶子在一个月以前被一个泰国有钱的阔太太买走了，她当时就住在你住的那家酒店！”

“这是真的吗，为什么不早说？”我有一种即将崩溃的预感，“而且，你怎么确定她是泰国人？”

瓶子爷爷现在充当了我们的翻译。

男孩摊开双手，“她自己说的，她会说越南语，她说如果里面真的有一个故事，等她回到泰国，就把它写到书里，她对我很客气，还给了我小费！”

“所以说你也不必太在意，既然这是命运！”瓶子爷爷翻译完了，摘下护目镜，这样我就能看见他那只洞悉世事的眼睛，正穿透时光的薄雾，带着对繁复世情的宽容，毫无保留地落在我的身上。

“好吧，也只能是这样。”我努力把自己从崩溃的边缘拉回来，我说，“瓶子爷爷，既然是这样的话，我们叨扰半天，是时候告别了。”

在跟他告别的时候我有了片刻的犹豫，是不是应该付他一点儿钱。但只是一瞬间，犹豫就消失了。我想他不需要，他将独自留在黝黑的房间里，留在那些生长着的玻璃瓶中间，日复一日，开启一个个封存起来的秘密，用唯一的眼睛与古老的岁月对视。

这份工作令人嫉妒。

“对了，这个瓶子是我在1998年捕鱼捕到的，它挂在渔网上，无论你花了多少钱买到，它都值这个价格！”他在我们即将走出房屋的时候大声补充。

而我只能简短地回答：“是的，它当然值，瓶子爷爷！”

小男孩拿着我给他的钱，飞奔着去找人，准备雇一辆拖拉机送我们回到停车的地方。我和苏一凡在走完那些人工挖掘的台阶之后，在一个拐角处停下抽烟，等待。

“这下怎么办，你不会真要到泰国去，找那个有钱的阔太太吧？”他问。

“你说呢？”我反问道。

“我说的话，你已经走火入魔了。”苏一凡不再吭气了。

此时光线变得柔和，眼看着橘黄色的光一点点覆盖海面，覆盖晚归的渔船，再蔓延到绿树村庄，暮色将在片刻之后，把这个除了我们之外再无其他人的世界吞噬。我内心里蜷伏着的那点儿荒凉，伴随着潮汐涨落的巨大声响，无限地扩散开来。

汽车在黑暗的夜里飞驰。

“苏一凡，你说，那个放漂流瓶的商人会不会知道，半个世纪以后，他的秘密会被分割，落到不同的人手里，成为他们解不开的心结。你说他要是知道了，会怎么想？”

“依我看，就没有这个人，里面的东西也是假的！那个瓶子爷爷，就是个异想天开的制假贩。”苏一凡粗暴地回答，“很快他就可以到美奈买一套海边别墅了！”

儿乎沉寂了一整天的手机开始发出一连串的叮咚声，这意味着我们回到了网络信号覆盖的区域。打开来，除了推送消息和陆萧儿一句简短的诅咒以外，没有什么有用信息。这之前我已经删除了许多人的微信，比如那些被我备注成“客户张先生”“客户肖经理”的漂亮女孩。

我之所以留下陆萧儿的微信是因为我们之间还有一笔数目可观的财产纠葛需要解决。

我发现清理了微信之后，大把的时间就这么突然空余出来。

这个发现令人羞耻——原来我并不忙碌。如果不把那些召之即来的美艳女孩、深夜不散的歌舞和无数以酒精作为遮羞布的一夜情当成是工作，并为此沾沾自喜的话，我真的一点儿都不忙碌。

我有什么理由不遭到莫未和儿子的唾弃？就连我，都恶心自己。

尽管知道没有用，我还是点开了莫未的微信。昨天发出的那条微信依然落寞地停留在原处。我很想把今天的经历细细讲述一遍，可是无数遍删改之后，我放弃了文字，只发出一张照片：就是那张黄昏来临的海面，我在和苏一凡抽着烟等小男孩的时候顺手拍的。

因为不需要等待回复，我把手机扔在一边，闭上了眼睛。在那些闭上眼睛却不能入睡的夜晚，我会回到儿子九岁生日的那天。

我回到家大约是凌晨一点以后，一路上我都有一些不祥的预感，在指挥代驾往车库里倒车的时候，我看见二楼卧室的灯亮着，这加剧了我的不安，也许莫未在写病理报告，或者在查阅论文资料，这在她的工作中是常事，我拿这些理由安慰自己。

房间门是莫未为我打开的，当门突然开启，看见莫未穿戴整齐站在我面前，脸上带着一种我从来不曾见过的表情时，我在短暂的惊愕之后意识到，可能要失去她了。她冰冷、周到，保持着足够的教养，有效地收藏好在此之前经历的剧烈疼痛，她甚至没有泪痕，看着我的眼神明白而了断。

这就是莫未，我的妻子，跟大部分女人在遇到类似事件的反应截然不同，她可以在一秒钟之内告诉你，你已经跟她、跟孩子、跟这个家完全没有关系了。

“怎么了？”我发出下意识的喃喃自语，同时感到寒冷、反胃。

“没什么，顾全，我想，你需要给我做一些解释，我有足够的耐心来听。”她把手机举到我能看到的地方。

于是我看到一张惨不忍睹的照片，是几个小时前我和陆萧儿的亲密照。我不敢相信自己的眼睛，太阳穴紧跟着突突跳动起来。她定定看着我，像是很享受我无法掩盖的慌乱与狼狈。缓缓滑出第二张、第三张、第四张……除了陆萧儿以外，还有一些截屏，有些是女孩挑逗的图片，有些是约会的时间地点，有些是一夜情之后的胡言乱语，那些早就被我删掉的人、被我忘掉的事逐一地呈现在眼前。

我不知道什么时候可以停止。

“是谁发给你的？”我虚张声势地大吼，“你不觉得就是个阴谋吗？事情真的不是你想的那样！”我头痛欲裂，语无伦次，在进行无谓的挣扎。

“那事情应该是怎么样的，我在听。”莫未的眼神坚如磐石，看着我，彬彬有礼地说。的确，她在听。她甚至还用安慰病人的口吻说：“不要着急，慢慢说。”

可是，我却实在什么也说不出来。能说什么呢？终于，在她翻到第二十张或者第二十五张的时候，我剧烈地呕吐起来，弄脏了自己，也弄脏了地板。

我从来没意识到，自己是如此不堪。

扔在一旁的手机突然尖厉地响起来。拿过来一看，来电显示是乔老大。我犹豫着要不要接这个电话，想都不用想，他会用一口浓郁的广式普通话问今天的交易情况。我要是告诉他我放了合作方的鸽子，那谈话会不会陷入到令人尴尬的沉默中。

“为什么不接？”苏一凡略略偏头问道。

“一个促销广告！”我果断地按下拒听键。我想他会转手打给苏一凡，但苏一凡的手机没电了。这种从未出现过的情况可能会让他抓狂。

“老顾，这一次，我觉得你真的完全变了个人，不就是离婚吗，至于这样吗？”苏一凡终于说出了他一路都憋在心里的话。

间或有着忽明忽亮的灯火，在无尽的黑暗扑面到来之前一闪而过。

“苏一凡，差不多得了，咱俩都是奔四十的人，找个靠谱的女人结婚吧，再养一对儿女，你就会明白了。”我像个疲惫不堪的老人，过了半天之后才缓慢地回答。

三天之后，我坐上了飞往曼谷的客机。

在这三天里我主要做了两件事情，一件是培训苏一凡的专业知识，另外一件就是打听那个买走另外半个故事的泰国阔太太。看起来第二件事比第一件事不靠谱很多，但实际操作下来，查到泰国阔太太只花费了我很短的时间，当然，主要还是越南盾起了关键作用。培训苏一凡则花费了剩余的全部时间且收效甚微。

这让我意识到医疗器材专业知识的积累不是件一蹴而就的事情。这些年他过分依赖于我，但凡总公司有培训，他只会说四个字：老顾，你去！他可能永远都没想过有一天会失去我这样的搭档。对他，我是有些许的歉意。至于说我自己，之所以还能在酒色的肆虐下，勉强跟上这瞬息万变的节奏，一方面出于我对学习保留着某种惯性，另一方面依赖于莫未的神助攻。

比如她说她曾经有个病人死活不肯做 CT 造影，理由是这让他有一种被推进焚烧炉的感觉。那时候她们医院使用的是进口造影仪，过于密闭的扫描舱确实对幽闭恐惧症患者不够友好。

于是我很精确地记住，国产精广角 64 层 76cm 大孔径造影仪将有效规避扫描舱密闭的问题，并把这作为一个案例讲述给我的客户。最终，往往是这些不起眼的细节发挥出重要作用，成为骆驼身上那根最后的稻草。

买走另外那个漂流瓶的泰国阔太太名叫 Merigold。一开始我选择总台英语最流畅的一位姑娘，向她打听这位泰国游客的情况。结果她摆出一副公事公办的模样，问我要证件，除非是警察或者是公共疾病卫生部门问询，她才有权利透露客人的信息。

在这个僵持的过程中，旁边一个长相标致的服务生对我露出了友善的笑容，他暗示，晚上十点以后是他一个人上班。尽管这个男孩英语一塌糊涂，但我不担心，现在我有翻译软件！

夜里，在得到比他预期高出许多倍的小费之后，服务生愉快地为我查询到 Merigold 小姐的信息。查到她并不难，因为她是近三个月来酒店唯一的泰国游客，并且还使用了酒店的订票服务，这样的话他不仅能为我提供姓名、护照登记地址，还可以提供电话和行程信息。前段时间因为疫情原因，越南飞往泰国的航班熔断，所以这位小姐订的回程票是先飞缅甸，再从缅甸飞泰国。

也许是为了让我觉得物有所值，这个漂亮小伙给我补充了一些有用的信息，他说他觉得这位 Merigold 小姐是个写书的，因为她有时候会带着电脑在大堂咖啡厅喝咖啡，他去给她续咖啡的时候，发现她在飞速地打字。而且，她的越南语非常好，几乎听不出什么口音。

有姓名，有电话，有大概的地址，兴许是个作家，能讲一口流利的越南语。足够多的线索让我觉得找到这位小姐不是件难事。虽然说电话没有打通，但我不为这个担忧，想必是回泰国后取消了国际漫游，我几乎可以笃定等我下了飞机换一张本地卡，她一定会接听我的电话，至于接通后该怎么说，我已经想好了。

所以苏一凡没有对我进行最后的劝阻，即使是在被复杂的产品介绍、性价比参数、优劣比对和那三轮变动极小差距却巨大的报价弄得头昏脑涨的时候，他也没有。他只是在送我到机场的时候说，要是觉得感染了新冠病毒，不要乱跑，第一时间联系他，他在曼谷有线人。他用的是“线人”，而不是“熟人”！

机舱里，旅客比我预想的多出很多，也有可能是航班合并的缘故。公司驻越南的工作人员唐丽娜给我订的航班临时取消了，归并到现在的这一趟，这样一来，因为我不是这家航空公司的会员，头等舱席位无法保留。这已经有点儿让我胸闷了。等发现自己落座在一对白人老年夫妇中间，他们需要不时探过头来，亲密地谈论一些隐秘的话题，却又执意不肯和我调换座位时，我的胸闷发展到一定的程度。

飞机进入一个漫长的等待状态。我打开手机，进入到我们公司的网络系统里，大致浏览了一下更新的内容，然后我点开了“人事”，在最不起眼的地方找到“辞职”，进入撰写辞职报告的页面。在这里，我停顿下来。思绪好像被突然清空，在我脑海里盘桓了好久、我觉得煽情而不失风度的几句措辞，不知道怎么回事突然消失了。

我连个辞职报告也写不出来！

我有点儿气急败坏，准备打开浏览器，搜索一个参考模板。但如你所知，手机这种事情往往都是这样，我打开的不是浏览器，是微信。置顶的是陆萧儿的一篇小长文，内容还是对我的控诉和诅咒，没有更多的新意，无非就是痛骂加威胁。

现在她已经放弃了和我结婚的念头。我想在她趁我酒醉的时候用我的指纹解锁，从我手机里截取到一些足以发挥威胁作用的聊天记录，保留下来，又毫不留情地转发给我的结发妻子时，她大概是想和我结婚的。她经常说只有她，陆萧儿，才是我最合适的伴侣，因为只有她才能容忍一个用谎言骗取片刻欢愉的可怜男人——可能我当着她的面欺骗莫未的次数实在太多了。

既然结婚无望，她只想得到解冻第三方资产的授权。但我一直没有给她。当初在她的强烈攻势之下我几乎全面崩塌，答应和她一起投资，之所以坚持使用第三方担保，凭借的是当时侥幸剩下的那一点点本能。

“再不授权，我有一千种办法让你死得很难看！”这条微信的最后，她咬牙切齿地说。如果没有记错，类似的话她已经说过三次到四次了。我突然有点儿冲动，也许应该给她授权，不是因为害怕，而是因为突然间悲从中来——我看到一个撕破脸面的女人虚张声势的挣扎，荒唐、徒劳，最大限度地呈现手足无措，最要命的是她自己却浑然不觉。

我不知道漂流瓶里那位静静讲述的主人公，是不是也像我一样，遭遇过这些极度付出、极度索取最后只剩下极度仇恨的女人，如果有，他会不会有一天看着她们的时候，忍不住从心底深处生出悲凉，既痛恨自己，也痛恨这万劫不复的过往。

当然我打开微信不是为了看陆萧儿无休止的辱骂，而是去复习那些发给莫未的内容，这变成了翻阅微信时的一种惯性，惯性一旦形成就会有所强迫，当我看到最后一条微信安静地停留在那里时，就会觉得安心、安全，我会对它进行再一次的欣赏。

在那张暮色笼罩的海面照片下面，我给她打过一次毫无作用的语音电话，留过三条信息。现在我决定给她发一张自拍照，有意识地把那对白人夫妇收进来。

“今天去泰国，坐在一对老年夫妇中间，我迫切希望能跟他们当中随便哪个换换座位，可他们不愿意，因为他们一个要看窗外的风景，另一个则喜欢过道的便捷。”输完这些字，我发了个咧嘴笑的表情，好让自己有些许的轻松和幽默。

我本来是要丢开手机闭目养一会儿神的，既然待飞时间看起来不像要结束的样子。但是惯性使然，我滑开了莫未的朋友圈。总是这样，就算知道不可能更新，我还是会这么做，好像这是能看到她的唯一途径。

结果我的惯性被迫中断，有一条更新的朋友圈赫然出现。时间是在二十四分钟之前，那时候我应该在排队、检查证件准备登机。

之所以用了赫然这个词，是因为这条朋友圈只有一张照片，我吃惊地放大了这张照片，里面是一个竖着的瓶子，一个细长的、失去透明度的玻璃瓶，玻璃内壁长着斑驳的绿霉。跟我行李箱里的那个一模一样，如同孪生兄弟。

“早安，瑞丽！

今天是援瑞第四十五天，也是泰国M女士痊愈出院的日子，

感谢她选择中国医院，选择相信中国医生。

也感谢她送的漂流瓶。

她说里面有半个美丽的故事，用越南语和法语写成。

虽然只是一半，但是一个结局！

真希望有一天，我能读懂它。”

我感觉眼睛里进了沙子，阅读到的每一个字都有剧烈的痛。

我又分明地觉得自己并没有坐在飞往曼谷的飞机上，而是行走在空无一人的美奈海滩。我披着酒店的浴袍，一只脚穿着拖鞋，另一只脚赤足，带着错愕上叠加着茫然的表情，狂乱地行走。

我甚至猛地站起来，想查看自己的行李箱，属于我的那个漂流瓶是否还安然在里面。

但这时，飞机开始缓慢滑行，空乘人员立即对我进行了温柔但不乏严厉的阻止：“坐下，先生，请立即坐下，系好安全带，飞机马上就要起飞了！”

我于是重重地跌坐到座位上。这个瞬间我的余光看见旁边的老年夫妇在交换眼神，他们大约想说没关系年轻人，第一次坐飞机都会这样。

我的眼前出现了莫未。

那天，在医院对面的奶茶店，她平静地说：“是的，一个既不相信科学也不相信命运的自大狂，容易崩溃。”

她还说如果说背叛积累到一定程度，而感情又没有决裂，这中间一定发生了一个奇迹。但是看起来，无论是她还是我，都不太相信这个奇迹会发生！

飞机加快了滑行的速度，我闭上了眼睛。稍后，我就会感觉到它离开地面，冲向天空时带来的震荡，以及与之伴随的轻微失重感。

情绪博物馆

一周以前，我碰到马蕊小姐，在一列不拥挤的地铁上，时间大概在晚上九点三十分到十点之间，虽然有灯光，但如你所知，这个时间点的灯光会让人觉得不真实，所以，我是在迷离、空阔、晃荡的情况下与他相遇的。没错，是他而不是“她”，至少这一刻是这样。

我知道你会有很多关于变性人的联想，这个我没法阻止你，这确实是最合乎情理的联想。但是，我不得不说，真实的情况更叫人难以接受，因为难以置信，你会怀疑、指责、诘问，甚至出离愤怒。这不奇怪，就连我也不相信自己。我之所以还能平静地讲述这件事情，也并非取决于相信，而是取决于无从选择。

我和他坐在同一侧的座椅上，我们中间隔着一个晚归的高中生，伏着身子，争分夺秒地打一款看起来很激烈的手机游戏，而他，马蕊小姐，则专心地阅读一张晚报。这一回，马蕊小姐看上去是个器宇轩昂的年轻人，穿着干净的白衬衫，瘦高个儿，皮肤光滑，脸颊瘦削但轮廓分明，从那棕色公文包和略微松弛的领带来看，他大概是个薪水不错的白领。总之，这是个说不上非常英俊但叫人喜爱的年轻人。

我之所以能准确认出他来取决于我们对面的一块窗玻璃。

在夜里，它充当了一面镜子，尽管某些时候它光怪陆离，模糊不清甚至凌乱不堪，但我还是清楚地看到我们三个人：首先当然是我自己的脸——算了，我不太想提自己的脸。然后是那个一直低头玩游戏的高中生，由于他没抬过头，我只能看到他略嫌粗硬的头发。接下来就是马蕊小姐，对不起，我不知道他的真实名字，我只是习惯叫他马蕊小姐，在对面那块充当镜子的窗玻璃里，他是这样的：

矮小，以至于你不能确定他的脚是否接触到地面；瘦弱，那件宽大的白衬衫完全隐去了他的身躯，你看不到任何轮廓；衰老……当然，大部分的时候报纸遮住了他的脸，只有极偶尔的时候，当他挪开报纸，你才能看到浮肿的眼袋，松弛的皮肤，瘪下去的嘴角，以及头顶上寥寥无几的头发——比之十年前，它们更少了，再也无法遮盖住裸露的头皮；最后是乖戾的表情，他阅读报纸就像在翻拣垃圾，每一条新闻都遭到他无情的唾弃，摇头叹息、厌恶、嘲讽，那张干枯的脸上布满了对这个世界的不满意。

我当然是有些震惊的，毕竟我们有十年没有见过面，我们当时也并不熟络，仅仅是认识，而且就算是认识，我也只认识另外一个马蕊小姐，他当时可不是这副模样。

那么，我是该跟身边这个漂亮男生打个招呼，还是该冲着玻璃中矮小而丑陋的马蕊小姐微笑？

现在，回到认识马蕊小姐之前。

出于安全因素的考虑，公司决定把我关进笼子里。因为在此之前，我曾经被一个受到惊吓的壮汉打落两颗门牙。虽然公司有明确的规定，进入地下山洞不能携带雨伞、水杯、提包以及一切可以当作武器的东西，但没规定不能携带自己的拳头。所以当我突然出现在一个壮汉面前，白发披散，青面獠牙，他毫不犹豫就给了我一拳。想必你已经明白，这就是我的工作，化装成一个冤死的女鬼，潜伏在黑暗的山洞角落吓唬人。我供职的这家游乐场非常著名，在全国许多地方都有同名连锁店。

需要告诉你的是我很喜欢这份工作，而且我确定不是每个人都能做好这份工作。

这需要天赋。

在这之后公司做了一些升级，我被关进了笼子里，其余的工作人员也调整了和游客之间的距离，而且，我们这些有可能遭受攻击的人员还获得一份额外的保险。

在我看来，关在笼子里之后剧情瞬间高端了许多，笼子由坚固的钢条铸成，钢条之间的距离，足够伸出一只手，这样的话，当笼子缓慢升起，到达一定的高度，并朝着一个固定的方向移动时，我那瘦骨嶙峋的脚，长着硬痂指甲的枯手，就可以从钢条的空隙里伸出，我的银白色长发，也会随着来自我身上的阴风，狂乱地飞舞。

带着些微挑逗的成分，我会在铁笼掠过人群的时候俯身撩拨某个人的头发，当冰冷的指甲触碰到她们的头皮时，尖叫声会从四面八方向我挤压过来。

噢，该怎么形容这些尖叫声呢，它们瞬间就覆盖了我的皮肤，并在那上面演变成无数战栗的鸡皮疙瘩，然后它们努力钻进我的肉身，把我送进一个预先设置的通道。我不得不在通道里忍受黑暗、颠簸和短暂的眩晕。然后，我将到达一座人工岛屿，停靠，笼门自动打开，我可以在这荒弃的小岛上自由活动，而那些曾经见过我的游客，在经历过一段崎岖的、布满尸骨与坟茔的黑暗山路之后，也会在这里与我重逢。

这是我最自由的时刻，空旷、荒凉，周围一个人也没有，水在人工河里流淌的声音加剧着空旷感，我总是安静地坐着，看一个滑稽的场面。在这里，由于灯光的原因，会产生独自一个人置身于荒郊野外的感觉。大部分的女人们都会丧失理智地大呼小叫，但她们唯一的目的只是为了证实身边有个同伴，胳膊、皮带、衣角，她们在认识和不认识的人之间乱抓，抓到什么算什么，当然，最好能抓到一个厚实的肩膀，这样她们很快就能安静下来。

所以，并不是恐惧击垮她们，是一个人承受恐惧击垮她们。和世界上大部分事物一样，恐惧也是需要分摊的。

只有最胆大的人才会与我对视，这种时候，我选择迎视他们的目光，傲慢、冷酷、委屈、魅惑，我不知道他们如何解读我眼里的内容。不过，一旦我的眼中缓缓流出一道深红的血泪之后，他们就犹如遭受沉重的打击，迅速退缩了。

这是最有趣的时刻，我会爆发出阵阵愉快的笑声，这会让他们觉得更加阴森恐怖。可惜，有趣的时刻总是那么屈指可数，因为没有多少人愿意跟鬼对视。对视是件奇怪的事情，只要超过十秒钟，无论是人与人之间还是人与鬼之间，你都会惊异地发现，一种奇妙的关联正在产生。

黑夜里，我经常会从睡梦中坠落。坠落需要高度，但我的坠落却只存在一个概念上的高度，也就是说，有时候这个高度并不存在，但我感到了坠落。这是一个无法设防的瞬间，我总是立刻就脱离梦境，进入现实。我认为这是因为我被别人从梦里驱逐的缘故，多半他曾经与我有过对视，我吓到他，遭到他的厌弃，于是他无情地将我从梦境中驱逐。

但方阿姨从不这么认为，“够了，别这么想。”她总是阻止我继续往下说，“这种情况说明你还在生长，明白吗？不是只有小孩子才会长身体，大人也会长的，长肌肉、长头发、长指甲，你得补点儿钙。”她说，“补钙会阻止你胡思乱想。”

接下来，她会不停地讲不停地讲，直到我承认缺钙是我真正的问题所在。

方阿姨是我的房东，在此之前，我不太确定她曾经拥有过什么样的称呼，方老师？方教授？祁家师母？我知道她是某所师范大学中文系的教授，主讲外国文学，是同一所学校祁姓教授的夫人。这位祁姓教授，据说有更大的知名度，身后尾随着一帮年轻漂亮的女学生，但我从来没见过他。

从我认识方阿姨的那一刻起，我觉得她就是一个正在丧失称谓的人，只有极少数的人，比如我，出于迫不得已的原因，喊她方阿姨，大部分的人都会无视她的存在。他们选择“假装”来应对与她的不期而遇，假装眼睛疼、假装打电话、假装忙得不可开交……总之他们就是不喊她，就是要忽略她，当她是空气，不，空气中的有害成分。这些人当中包括她昔日的同事、邻居、她的学生、友人——甚至，有可能——我只是说有可能——包括她的丈夫祁姓教授。

“人心不古，世事炎凉。”这个正在丧失称呼的老年女人不止一次在我面前抱怨，而我知道，这跟世态没有关系。这跟她和她的猫有关系。

方阿姨喜欢猫，她的身上，有猫喜欢的味道。

第一次和方阿姨见面，她的膝盖上卧着一只体形肥硕、表情骄傲的波斯猫。

“它的名字叫方菲，一直跟随着我，要是以人的年纪来算的话，它已经七十岁了。我有一个女儿，在法国念书，已经念到三十岁了，但她还想继续念下去，因为除了念书她也不知道自己应该做什么。对了，她的名字叫方芬。”方阿姨简略地介绍了家里的情况（不包括祁姓教授），带我看了房间，我惊异地发现，原来我要和方菲共处一室，这点基本上击败了我，因为我不想每天晚上在一双深蓝色眼睛的注视下入睡，更何况这双眼睛属于一只七十岁的老猫。我坦率地表达了这个意思，但方阿姨，我不得不说这个精致的、知性的，与后来大相径庭的方阿姨，用各种流畅而动听的理由说服了我，当然，其中最有作用的还是叫人没法拒绝的租金。

于是我接受了方菲弥漫在我房间里的气味，说实在的，这种气味也并不浓郁，方菲是只爱干净的猫，与此同时，我还接受了它的傲慢、冷漠和养尊处优，而它也尽量隐藏自己，沉默，小心翼翼，蹑手蹑脚，仿佛侵犯别人的领地会降低它的尊贵，甚至，它还隐藏了自己深蓝色的眼睛。我不知道它是怎么做到的，漆黑的夜里，我从来没有看见它们闪烁、漂移，或者像镶嵌着的蓝色宝石那样一动不动。我们相安无事，差不多都有点儿互相欣赏的意味。

现在回想起来，那是我在方阿姨家度过的最好的时光，大约持续了三个礼拜或三个礼拜多一点儿的时间，这之后，随着司小琪的进入，一切都改变了。

司小琪，一只流浪猫，一只毫无特点的流浪猫，它的毫无特点叫我无从施以笔墨。它瘦小、灰暗、携带着无来由的肮脏感，有一双眼角下垂的眼睛，无辜而委屈的眼神。司小琪的委屈是躲闪的、绵延的，就像它那无从知晓的经历。

从这个意义来说，司小琪也不是一只毫无特色的猫。但我们还是回过头来说马蕊小姐吧，我感觉她已经在旁边等待太久了。

在我看来，升级以后，我们的鬼堡实际上已经不单纯是鬼堡，而是具备有某种理念的场所，我们也不单单是吓人的恶魔，好吧，就算是，我们也是有内涵的恶魔。可马蕊小姐并不这么认为，在她到来之后，我们的一切，包括那些极具表演成分的章节，都遭受到她无情的嘲笑。

马蕊小姐是我们公司高薪聘请来的国际一流设计师，据她自己说她是个无国籍人士，我们可以叫她马蕊博士，但她个人更喜欢我们叫她马蕊小姐。

她是真正改变一切的人。

但是，我的一个同事却努力想说明一件事情，马蕊小姐是个假象，“她并不是你们见到的样子，她是个男人，矮个子，秃顶。”这个可怜的同事，对每个人都讲这句话，重复地讲，因为这个，她自称自己患上了严重的脑神经衰弱。也因为这个，她被当作一个笑话。

有一个阴天，当她再度在一群人面前提起这个话题的时候，马蕊小姐就站在她的身后。她穿着紧身敞口衬衫，银灰色，有着丝绸质地，隐露事业线，下着黑色包臀短裙，浅色高跟鞋与上衣相互呼应。这只是她无数个令人眼花缭乱的造型中的一个。她站在那里，冷艳、性感、傲慢，脸上的表情叫人难以捉摸。而我那个同事对此浑然不觉，自顾自往下讲。作为笑话她被升级了，笑声打断了她，接下来的讲述完全被切割、碾碎，然后蒸发，可能残留着的某些只言片语还会出现在人们的唇齿之间，但那是以后。

我记得我的笑声有点儿稀薄，被一层又一层的哄笑覆盖，似乎为了掩饰某种不安，我努力让自己稀薄的笑声穿破层层叠叠的覆盖，到达马蕊小姐的耳朵。这时候，假如有一面镜子、一块玻璃，哪怕是一小洼积水，我想我会和我那个可怜的同事一样，看见不一样的马蕊小姐，他会用愤怒的眼神盯住我们所有人，气急败坏地跺着小短腿，从干瘪的嘴唇里滚出一连串咒骂的话语，这些举动会让他像一只生气的大猴子。

在这里我不得不交代第一次看见马蕊小姐的情景。

我大约是我们公司除了领导之外最早见到马蕊小姐的普通员工。某天清晨，和每天清晨一样，我拎着盛有午餐的旧饭盒，匆匆忙忙挤进公司电梯，那时候除了化装成鬼吓人以外，我还在行政楼承担后勤工作，扫地擦桌子打开水之类的。也不单是我，所有的鬼都有一份实际的活路，当他们脱去又脏又旧的鬼衣服，卸掉妆容，很快就变成一个悠闲的花匠、一个戴眼镜的打字员，或者一个忙碌的清洁工。

那天，我很后悔乘坐公司那架两面都安装有镜子的电梯，因为到了二楼，电梯门缓缓打开，我看见我们公司的大小头目簇拥着一个气质非凡的美女站在门外，然后他们拥进来了。我的思绪有点儿混乱，唯一能做的就是紧紧靠在冰冷的铁皮内墙上，希望自己能马上消失。我的午餐盒却不合时宜地散发出韭菜丸子和青椒土豆丝的味道，让拥挤的电梯里弥漫着食堂的混合气味。

这让消失变得不切实际。那个气质非凡的美女——马蕊小姐，皱起了眉头。好吧，我接下来要告诉你的事情希望没有给你带来心理上的不适，在她面对着的那面镜子里，我没有看到任何一个跟美貌才华气质有关系的女人，我看到的是一个矮个头的皱着眉头的小男人，那时候他算不上衰老，但头发稀疏，表情古怪。

反复验证之后我不想描述自己的吃惊，这毫无意义，我只是吃惊于其他人的无动于衷，他们在浓烈的食堂气息中谈笑风生，对马蕊小姐的才华学识美貌赞不绝口，这一切否定了我的眼睛，也否定了我的判断，我简直觉得让我独自一个人知道这件事情完全就是个悲剧。

直到后来，我的某个同事，在很多人面前说马蕊小姐就是个假象，我才知道自己不是那个倒霉的唯一。

可惜那是个阴天，乌云遮住了一切有可能出现的反光，马蕊小姐就是马蕊小姐本身，她做出一个不可理喻的表情，昂首、挺胸、收腹，从我们身边走过，她的高跟鞋发出嗒嗒嗒的声音，就像尖声尖气地重复同一句话：这群蠢货！

“你说，她是怎么做到的?”我那个曾经的同事，瞪大她那双血丝密布的眼睛，惊恐地问我，“魔法，幻术，还是障眼法?”

“不知道呀！但有没有可能是我们自己的问题，难道我们的眼睛与众不同?”我的回答加深了她的恐惧，我看见它们从她的眼睛里流淌出来。

“那么，老实告诉我，你觉得这个事情是可怕还是可笑?”她小心翼翼地盯着我的脸，假如她的眼睛可以安装一个水龙头，我想她一定很想拧紧它，好阻止不断往外流淌的恐惧。

“可笑的成分多一点儿。”我坦诚地安慰她，不管怎样，这跟我们没有关系。

但是，我们还是花费了大量的时间来查找资料，推测和想象。

最膨胀的还是我们的想象力，那段时间，我们的想象力到达无以复加的地步，最微小的线索都会被无限制地放大。一顿普通的员工会餐，我们会以为是马蕊小姐精心策划的陷阱，目的是把我们变成她想要的样子；身上突然长出来的痦子是某种不祥的征兆；至于说红葡萄酒、长相诱人的苹果、昂贵的巧克力，统统被施过咒语，它们实际是尿液、荨麻或其他一些恶心的东西。

这种想象于事无补，唯一的作用就是让我们前所未有地团结和信任，依靠彼此的力量来让这个巨大的秘密不是越来越接近恐惧，而是越来越接近滑稽。我们甚至为玻璃中的马蕊小姐想象了一个与之般配的夫人，有苍白皮肤、棕色头发和鹰钩鼻，说话尖利刻薄。至于她的个头，我认为应该像白雪公主的后妈，丰满匀称，而我的同事，不得不说她越来越严重了，却坚持认为应该矮小、肥胖，就像仙度瑞拉的神仙教母。

在我看来，升级之后我们的鬼堡实际上已经不单纯是鬼堡，我们也不单单是吓人的恶魔，就算是恶魔，我们也是有内涵的恶魔。可马蕊小姐并不这么认为，在她到来之后，我们的一切都遭受到她无情的嘲笑，包括那些极具表演成分的章节。

“要记住，我们打造的并不是低级的游乐城，门口那些只会带来尖叫的过山车、海盗船、跳楼机不过是些无用的摆设，我们对鬼城也不感兴趣，我们要打造的是东南亚最大的情绪博物馆，我们要让人们来这里寻找生活当中有过但从来没有到达极限的体验，比如悲伤、绝望、恐惧。我们要让他们得到独一无二的、终生难忘的——感受。”

哗——热烈的掌声中断了她精彩的演讲。但是，并不是每个人都能听懂其间的内容。

“说来说去，还不是鬼城，换个形式而已。”有人嘀咕。

可惜最小的嘀咕都没能逃脱马蕊小姐敏锐的耳朵，一束威严的光从蓝色的美瞳眼睛背后散发出来，紧紧地尾随着在人群中左躲右闪的嘀咕。

“假如有人还认为这是鬼城的话，那就大错特错了，我们不是恶魔，恶魔只会被人打落门牙！”

蓝光落在我的身上，我听见有人哧哧发笑的声音。我唯一能做的就是闭紧嘴唇，好遮住那两颗刚刚完成的，看上去完美无缺的烤瓷牙。

“我们是情绪引导师，不做恐吓这种低级的事情，我们要做的是引导，引导人们释放情绪——无限地释放，从头到脚，从每一个毛孔里，每一根发丝里——释放！”

马蕊小姐，这个顶尖的设计师、疯狂的幻想家和高明的演说者，在说到“释放”的时候，做出了一个类似于“放飞”的动作，那双精于保养的手，在胸前缓缓展开，你会觉得，情绪是一束光、一股烟尘、一群灰色的蝴蝶，随便你怎么想，就囚禁在一个秀美的拳头里，随着那修长的手指头打开、伸直，它们来到了这个世界。

我承认我受到了某种蛊惑，尽管我做了适度的抵抗，但当她说出“释放”并让那些假想的情绪离开掌心时，我还是觉得身体里有些东西被她牵扯出来，至于是些什么东西，我没法具体地描述，总之，失去这些东西，我整个人显得有点儿空洞。

“这是摄心术，可怕的摄心术，你千万不要看她的蓝眼睛。”

不知什么时候，我那个无所不知的女同事突然出现在我右边的座位上，而且还戴着一副过时的墨镜。我真不知道她什么时候出现，一分钟之前这个位子上坐着我们公司的资深会计，她对马蕊小姐的演讲丝毫不感兴趣，倒是不停地抱怨工作辛苦，电脑报表的字又小又花，她快要瞎了。

于是我尝试性地问她在她那双快瞎的眼睛里马蕊小姐长得怎么样。

“一个风骚的女人，你看她的衣服，没有一件是不露肉的。”她鄙夷地看了一眼正在侃侃而谈的马蕊小姐，闭了嘴。

我庆幸那个管用的问题能让她停止抱怨，但右边这个突然出现的女同事还是让我觉得不安，她那副古怪的行头，具体说是那古怪的眼镜，有可能牵连到我。

果然，马蕊小姐先是透过人群看了我们一眼，然后，目标清晰地朝我们走来。没错，朝我们。她步履坚定，纤腰扭动，表情莫测，眼睛里散发着只有我才能看见的蓝光。

她朝我们走来，那双嗒嗒作响的高跟鞋每响一声都让我觉得心惊肉跳。

结果马蕊小姐只是过来给我们每人发了一张纸，她给我们所有人都发了一张这样的纸，只不过，在给我们发的时候，她短暂地俯下身子，欣赏了一下我同事的怪眼镜。“眼镜不错，复古款。”她充满嘲讽地赞叹道。

毫无疑问，我看到马蕊小姐的真实样子，在墨镜的镜片里，那一刻他显得有点儿容光焕发，就连稀疏的头发，每一根都那么生机勃勃。

她要求我们在白纸上写下一个名字，她要从中选出一个最贴切的来为这栋即将改造的建筑命名。

这是一个形式，但没人在意它是个形式。

片刻之后，写着字的白纸陆续回到了马蕊小姐的手中，起先，她优雅地一页一页翻看着，嘴角露出耐人寻味的笑容，慢慢地，她的表情变得严峻起来，手里的动作也变得越来越急促。

终于马蕊小姐露出恨铁不成钢的表情，快步走回会场中央那个属于她的位置。

“你们最大的问题是还把思维停留在恐吓上，要说多少遍才能把那该死的鬼城从你们冥顽不灵的脑海里驱逐出去？看看你们征集上来的名称——什么阴间，地狱之门，血溅地府……

她狂乱地翻看着那摞白纸，把它们摇晃得哗哗作响。

“哇，居然还有叫盘丝洞的——你是想让我们准备一些恶心的蜘蛛网吗？”

有人想笑，但终于没有笑出来。

一丝绛紫色的嘲讽从马蕊小姐的嘴角升起，很快就铺满整张脸，这应该是被激怒的标志，果然，一阵哗啦哗啦之后，那些写有我们绞尽脑汁想出来的名号的白纸，很快就在她的手中变成碎片，被她抛向空中，就像下了场短暂的雪。在纷纷扬扬的纸片中，马蕊小姐那张绛紫色的脸突然变远，变得含混，模糊不清。

片刻之后，头上和肩上分别沾有两张小碎纸的马蕊小姐恢复平静。

“当一个人在很短的时间内体验完必须用一生的时光去体验的情绪，恍惚而又疲惫地走出来，回到阳光下，他会怎么想——他会说这简直就是一场骗局！”

“没错，这是一场骗局，换句话说，这是一个谎言，一个巨大的谎言。”马蕊小姐缓缓说道，“但这时，他释放完所有的情绪，浑身轻松，很庆幸自己回到真实的世界，他会爱上这个骗局。我需要他在回头看的时候能看到这两个字——谎言！”

马蕊小姐果断地按下鼠标，于是电子屏幕上出现了两个狰狞的大字：谎言。它们出现得那么突然，那么诡异，充满了前所未有的荒谬。

“这就是我们的主题，它将用隶书写成，镶嵌在这座大厦的出口处。出口在入口相反的方向，只有出来的人能够看到它，进去的人没法看到它。”

从马蕊小姐的眼睛里散发出一束迷离而忧郁的蓝光，这让她接下来说出的每一个字，都包裹在一片浅蓝的光霾中。

“而且，就算是那些出来的人，也只有当他们回头望去的时候，才能看见这两个字。这就像人生，有些人不时回头张望，有些人却从来不。”

马蕊小姐结束了她所有的演讲，但这回她没有获得任何掌声，因为所有人都呆住了。

流浪猫司小琪适应新环境的速度快得惊人，大大超出了我和方菲的预期。尽管它还是那副可怜兮兮的样子，但它在悄无声息地扩张地盘，它一定使用了我们眼睛看不到的手段，划定了自己的活动区域，沙发、书橱、床底、卫生间。方菲挪动着肥胖的身体惊异地看着它，有时候它会和我交换这惊异的眼神，但不做任何反抗。渐渐地，方菲能够活动的区域越来越少，它蜷缩在某个角落里，长时间一动不动，如果它发出一点儿过大的动静，正在悠闲散步的司小琪就会向它投去威严的目光。

你大概没法相信，这束威严的目光同时震慑到我，我变得小心翼翼，蹑手蹑脚，就连呼吸，有时候我提醒自己不必这样，也不可挽救地变得悄无声息。

当然，这一切发生在方阿姨不在家的时候，一旦她结束每天固定的外出时间，回到家中，情况立即发生质的翻转。而我之所以能清晰地看到这样的翻转是因为我那段时间基本都待在家中。“谎言”按照马蕊小姐提供的草图正在建造，至于我，是否能从一只女鬼顺利转型成一名真正的情绪引导师，回到那里继续工作，还是个巨大的未知数。

但方阿姨是这么安慰我的，“没事，小殷，你绝对可以的，在我看来，没人比你更适合扮演鬼了。”她抚摸着方菲温柔的长毛。这时的方菲拥有它一天下来最美好的时光，占据着大部分的沙发，半眯着绿色的眼睛，表情很享受。而司小琪则卧在白天属于方菲的角落里，尽可能让自己显得更可怜。

“别误会，我的意思是……”深谙语言与世事的方阿姨立即做了调整，“我的意思是你的身上有一种特别的气质，非常非常特别，这让你跟大部分的女孩子都不一样。”她努力让自己显得真诚，但衰老的眼神里不合时宜地闪过一丝狡黠。

“谎言”以一种不可思议的速度迅猛成型，我第一次去看它的时候那里还是一片狼藉，升腾着灰白的尘雾。不久，那整片区域就被绿色的防护网围住，里面发生着不为路人觉察的改变，日新月异。很快，绿色的尼龙防护网也被拆走了，一栋古怪的建筑呈现在人们眼前。

是的，古怪。你或许会想到别致、奇特、与众不同之类的，但你最终还是会回到古怪上来。

它保留了地下城堡的一部分，所以它的底座是由黑色的石头构成，这让整栋建筑有一种不稳妥的感觉，整个重心朝着一个方向偏移。它的主体部分明显细瘦，而它的顶部——我想你是绝对想象不出来的——是一个巨大的椭圆形伞状露台，这让它看上去活像一个根部腐烂的蘑菇，也像一顶来自阿塞拜疆某个原始部落的尖顶小帽。

总之它就是一个心不在焉的小孩失败的积木作品，我会有一种把它推倒再重新搭建起来的冲动。我那个神出鬼没的女同事也有，但她说如果那样的话，我们就铁定失业了。所以每当这种念头冒出来，她就会相当不客气地把它按回去。

“现在，找份工作不容易，找一份又不辛苦薪水又高的工作就更不容易。”她老气横秋地说。

三个月之后，我和她同时接到了工作通知，我们可以重新回到“谎言”上班。“谎言”这两个字，并没有按照马蕊小姐最初的方案，用隶书写成镶嵌在出口处，这一点上我们公司的董事长做了坚持，因为他觉得这两个字不管怎么样都显得太负能量了。马蕊小姐用嘲笑来给他施加压力，但他成功地顶住了。

于是，“谎言”有了一个真正的名字：新世界情绪博物馆。这行庄重的镀银大字闪闪发亮，透出庄重典雅的气息，弥补了所有令人不安的古怪。我们这些数量有限重回公司上班的工作人员，则在短暂的培训之后，每人拥有一枚结构复杂的徽章，代表着我们顺利转型成为情绪引导师。

我很庆幸自己能重回“谎言”，这中间有个最大的因素，就是司小琪的死亡。那只名叫司小琪的猫死了，不但是它死了，后来所有叫司小琪的猫都死了，仿佛对于猫来说，这就是个不祥的名字。

司小琪是只没有特点的猫，我说过了，所以它的死没有给我留下任何印象。有一天，在我回来的时候，方阿姨用一块浴巾包裹着它，她说司小琪发烧了，她要带它上医院。浴巾里的司小琪很虚弱，目光凌乱而漂浮。

方阿姨回来的时候手里什么都没有，她说司小琪死了，死于食物中毒，宠物医院放弃了抢救，它一定是吃了什么有剧毒的或者严重霉变的食物。然后她用极其难听的话语咒骂了那家宠物医院。

不久，方阿姨收养了一对双胞胎流浪猫，它们依然被叫作司小琪。

“它们是两只，为什么要共用一个名字?”我真的没法弄懂方阿姨的世界，就像她也不懂我的世界那样。我们之间唯一的差别就在于我从来不掩饰对她的不懂，而她则恰恰相反。

“因为它们是双胞胎，看起来完全一样，没必要把它们看成两只。”方阿姨慢条斯理地给其中一只梳毛，她从来不给另一只梳毛，等她梳完第一只的毛，就会对它们俩说：“行了，好看了，玩去吧!”

“但是有成千上万个名字适合双胞胎使用，为什么非得是司小琪不可呢?”

“为了纪念死去的司小琪啊！你不会那么快就把它忘了吧?”方阿姨斜着眼睛看我，那突然露出来的大量的眼白让我感觉到了自己的薄情寡义。

我明智地闭上了自己的嘴巴。

方菲依然用它一贯的宽容接纳了司小琪两姐妹，也有可能是两兄弟，鬼才知道，反正在我眼里，猫没有性别。房间里死去的司小琪的味道正在消散，混合进新的气体，既复杂又凄迷。

这一回，这对双胞胎司小琪和方菲相处融洽，它们共同的敌人是我。它们放肆地在我的卧室里抢占地盘，抓挠一切能够抓挠的东西。撕毁一切可以撕毁的东西，书本、毛巾、拖鞋。最后它们成功地占据了我卧室的床头柜，再不肯离去。

这个床头柜，我曾经和它们抢夺过，但我败了。当它们双双站立在床头柜上，用一模一样的动作和一模一样的表情跟我对峙的时候，甚至，它们共同的眼睛里冷峻的光都还没有发射出来，我就退缩了。

我尝试过将卧室的门关紧，那么，这对孪生兄弟就会直立起身子，拼命挠门，让那扇可怜的门发出沙沙的恐怖声音。你会觉得你的牙齿和骨头在这种声音里变成沙粒状的东西，然后坍塌。你整个人都在坍塌。

当然，这种情况，依然只会发生在方阿姨不在家的时候。如果她在家，所有的猫都会乖巧地围绕在她身边，发出温柔的咪咪声，呼吸她的味道，亲吻她友好的手指，含蓄地进食。这种时候，它们很少注意到我的存在，它们的眼里只有方阿姨。

只有方菲偶然会抬起头来看我，用它那双属于七十岁老人的深绿色眼睛。

没过多久，双胞胎司小琪就死了。

它们死于自杀。反正方阿姨是这么说的。

那天凌晨，天还没亮，我被一阵奇怪的声音惊醒。打开窗帘，发现双胞胎司小琪被一团奇形怪状的电线缠绕着脖子，悬挂在防盗窗上，身体被拉成两条消瘦的线。我以为我会尖叫，但实际上并没有，我唯一能做的是冲进方阿姨的房间，用急促的声音把她从梦里唤醒。

这个会在清晨显得格外衰老的女人没有立即起床，而是坐在被窝里，痛苦地捂住脸。

为什么恐惧要跟死亡有关系，而焦虑会跟时间有关系。在另一个展馆里，我那个同事正饱受折磨，她是焦虑的情绪引导师，她告诉我，她的工作间里隐藏着一台看不见的巨型闹钟，一旦走进去耳朵里就会灌满可怕的嘀嗒声。自此以后，她非常可怜自己的耳朵，因为除了嘀嗒声以外，那里面再也盛不下其他的东西。

既然这样，那马蕊小姐怎么讲我都不觉得奇怪，我更不会问出任何一个问题，表达任何一种质疑，因为这些都是愚蠢的。我唯一能做的就是安静地倾听。

于是，我明白了一点，实际上我什么都不需要做，按照马蕊小姐的意思，体验者是被他们自己的内心击垮的，而不是其他那些可以看得见的因素。我负责的只是引导部分。

在公司极其严格的保密机制下，过多的描述会让我丢掉饭碗，同时还面临一笔惊人的罚金，因为这涉及马蕊小姐的知识产权保护，尤其是在一些别出心裁的细节上和一些有科技含量的设备上。所以我只能告诉你有限的部分，也就是那些你能在公司的大幅海报和官网里看得到的部分。

这是一间婚房，主人有过殷实的家境，你能从某两件厚实的木质家具里得到判断，此外更多的是寻常、简单、鄙陋，隐藏着不可言说的变迁。但是，不管怎样，婚房遵循着一个时代的要求来布置，尽管，墙角有残缺的蛛网，天花板有老鼠啃啮的痕迹，纸做的红花褪尽颜色，你还是能感觉到呼之欲出的喜气。

可惜婚礼没有举行，倒是成为司小琪的葬礼，她在婚礼前一天结束了自己年轻的生命，用一种匪夷所思的方式。

“可别小看这里的每一件摆设，包括床底下那只印有红双喜的痰盂，中间抽屉里那把缺齿的木梳，它们可都是按照原样摆设的。”马蕊小姐很喜欢我的表现，她就像个小学教师那样，讲述一些额外的话题来嘉奖那些听话的孩子。

“为了寻找灵感，我在一座偏僻的小镇里待了整整一个月，那个小镇有个奇怪的名字，叫枫林镇，可是里面却没有枫林，别说枫林，就连一片枫树叶子都没看到，倒是有些老桃树，长在年代久远的老屋旁边。”

我想马蕊小姐是很希望我能流露出一些好奇心的，但我只是安静地倾听，这让她多少感觉无趣，所以她接下来的讲述有些草率。她说在那些古老的屋舍中，有一栋被当地人认为是不洁之地，因为里面死过一个年轻女孩。她死后，在那些阴霾的日子里，有人看见她从破败的木质窗格里探出头来，还有人在星光黯淡的夜里听见从楼上往下泼水的声音。

“现在，这间老屋已经原模原样呈现在你面前了。”马蕊小姐得意地看着自己的杰作，“就连桌上的灰尘都没有改变过，每一粒灰尘里都潜伏着恐怖的因子，它会成为你的武器，把每个人心中的恐惧一点儿一点儿地挖掘出来。”马蕊小姐走近我，一只手放在我的肩上。

“一点点都不要给他们留下，让他们颤抖、发狂、晕厥，别担心后果，因为这正是我们想要的。”

这是我唯一一次如此靠近马蕊小姐，她的手，甚至帮我理顺了一缕散乱的长发，这时候，无论从哪个角度看过去，她都跟那个个头矮小、头发稀疏的老男人没有关系。

我开始怀疑自己的眼睛，并试图寻找证据证明我曾经做过一个荒唐的梦。

但马蕊小姐没有给我这个机会，她在装有我照片的玻璃镜框里再度展现真实模样，她毫无顾忌地欣赏着司小琪，无论是浮肿的眼睑，发黄的眼白，还是头顶稀疏的头发，在玻璃镜框里都一样生机勃勃。

说到后果，我觉得马蕊小姐多虑了，我从来没担心过后果，自打在阴暗潮湿的地下城堡里开始我的吓人之旅以来，总是能够目睹恐惧的滋长，它们从心底某个奇怪的地方冒出来，疯狂发育、成长、膨胀，最后在那具不知所措的躯体里狂轰滥炸。

所以我说马蕊小姐，我不担心后果，后果难道不是你们该担心的吗？

就这样，我变成了司小琪，但只限于在“谎言”里。

其他时候，我将变回我自己，换句话说，我变回一个身材消瘦、肩膀窄小的女生，披散着垂直的长发，出没在方阿姨的出租屋里。出于条件反射，当方阿姨用她像胶水一般黏稠的声音呼喊“司小琪”的时候，我会和她新近收养的流浪猫一起回过头来。

那些流浪猫，我不知道它们为什么要听命于方阿姨的召唤，也不知道它们最终去了哪里，它们的来源和消失一样的蹊跷，叫人摸不着头脑。它们有些出身名门，有着华丽的皮毛，高贵的眼睛，有些则是典型的歪瓜裂枣，瘸着腿，害着可怕的皮肤病，或者患有厌食症。

无一例外的只有一点，它们都叫司小琪。

因为这样，方阿姨在我眼里越来越不可理喻。

她形单影只，步履匆忙，发黄的脸颊偶尔泛出亢奋的红晕，就像躁动的火山口，不知何时，那些在身体里游走的暴戾之气会从那里喷发而出。

她毫不吝啬地挥霍退休金，为流浪猫购买饼干和罐头，给它们打针、补钙、吃零食，而她自己却再也舍不得买一件像样的衣服。她用黏稠的声音呼唤它们、亲吻它们，称它们为小可怜儿，小心肝儿，发出夸张的叫人心悸的动静。这种时候，我承认我很想变回司小琪，回到“谎言”，待在那间神秘的展厅里。

然后，她就像个始乱终弃的负心郎，毫不留情地送走它们，用她的话来说，就是为司小琪们找到了美好的归宿，至于这美好的归宿在哪里，没人知道。

我已经习惯于在不停变换着的流浪猫中生活，它们中的大部分，我甚至都没看清长什么样，就再也没见过了。

也有可能是我那段时间特别忙碌的缘故，情绪博物馆，你可能想象不到，比其他的所有馆室，比如美术馆、科技馆之类的都要招徕顾客。而我所在的展馆，恐惧，又充斥着莫名的吸引力，所以我不得不常常加班。

现在不大能见到马蕊小姐了，我那个患有神经衰弱症的同事告诉我，马蕊小姐在泰国清迈，在那里打造一家无性别夜总会。

“因为马蕊小姐曾经说过性别只是一个理念，而不是一种具体的存在，所以她让我别在意那些体验者的性别。”她说。

“那你信了吗，马蕊小姐可是个不折不扣的疯子。”我回应道。

在极其有限的休息时间里，我和她会聚拢在一块儿，沿着狭窄的环形楼梯，飞快地爬到博物馆顶层的伞状露台上，只有在这一刻，我们残留的青春才会在互相追逐中悄然呈现。我们倚靠着透明的玻璃圆柱，探出大半个身子，俯瞰这座新旧参半的城市，在视线能够达到的最远的地方，还能看到一些为数不多的田地，没有规则，也分辨不出颜色，像是些错误的拼图，镶嵌在楼宇之间。

我们不再谈论马蕊小姐的真实形象，就当那是个立不住脚的胡思乱想。我们谈论自己的体验者，用不屑一顾的语气，或者嘲讽的语气，我们会在谈论中变得刻薄、恶毒、无情无义。

我们还相互交换工作中的神秘细节，至少，从她口中我知道在她的工作间里有一面神奇的镜子，人们能在那里面看到自己越来越衰老的容颜。作为交换，我告诉她，在我的工作室里，并没有任何恐怖的成分，但人们就是没法坚持到十分钟以上，有个女孩甚至被吓到来了例假，当她看到一股鲜血流到小腿上时，就晕过去了。

“你是怎么做到的？”我的同事狐疑地问。

“我什么都没做，真的，我不过就是趁她不注意的时候关上窗户，因为那会儿天气阴沉，就要下雨了。”

“那你需要为她负责吗？”

“不，马蕊小姐叫我别担心后果，她说后果不归我管。”

剩余的我没告诉她。实际上，在我的工作室里，唯一恐怖的成分就是司小琪残留在里面的气息，它们无处不在，栖息在任何一个可以停留的地方，假如它们厌倦了其他地方，就会停留在我的身上，往里渗透，再肆虐地往外漫溢。

我知道这样不好，这是危险的，而且是可恶的，但是，我对自己的阻止越来越不起作用，司小琪就像颗倔强的种子，在我的心里破除土壤，缓慢生长。我开始仔细看自己的照片，甚至，我的记忆里浮现出拍照时的某些细枝末节，摄影师醒目的蓝色袖套，在按动快门时脸上浮现出的诡异笑容，在脑海中重复出现。

我拂去相框上的灰尘，整理司小琪的床铺，在清晨有晨曦的时候拉开白底蓝花的扎染布帘，刺眼的光线会让我眼睛眯缝。我从有着繁复雕花的楸木柜第二个抽屉里拿出那把缺齿的木梳，用它梳理自己的长发，我喜欢把它们梳成两条长辫垂在胸前，然后我穿上泛旧的白衬衫，浅蓝色腰裙和绒布黑鞋。我走起路来悄无声息，叹息的声音也空洞而悠远。

就这样，我成功地传达着来自司小琪身上的所有气息，让这间名为恐惧的体验馆充斥着浓烈的阴森，就连从它那扇紧闭的门前经过都会叫人不寒而栗。

体验者们慕名而来，但他们能够待在里面的时间却越来越短。

这超出了所有人的预期。

那些曾经怀疑过马蕊小姐的人们缄口不语，而我们公司的董事长却志得意满，他已经从困境中走了出来，马蕊小姐的巨额聘金和改造“谎言”的大额投资险些击垮了他。现在，他红光满面、意气风发，每次见到我都会亲切地说：“好好干司小琪，马蕊小姐在清迈知道你表现良好，要嘉奖你。”

他已经彻底忘记了我的真实名字。

遗憾的是我没有等到来自清迈的嘉奖，我等来了我的终极体验者。

见到他的那天，我得说有点儿奇怪，黄昏迟迟不肯降临，模糊的半月已经升上了天空，白亮的日头却依然停滞不前。

我不知道是什么拖延了时间。

方阿姨说是人们心中的怨怼。“当心中只有仇恨、怨气和愤怒的时候，你会发现时间是静止的。”她蜷缩在沙发的角落，用那只没受伤的手整理凌乱的花白头发。她的声音很平静，跟她呼唤司小琪的时候没有任何区别。

但是她的家，我的临时居所，现在已是一片狼藉。

“我们应该报警，而不是跟她们对抗。”我一边在水龙头上冲洗划破的伤口，一边对她说。我看见血水被哗哗流淌的自来水冲淡，流进地下管道。

“报警有什么用，她们需要的只是发泄，这是迟早都要进行的。”她闭上眼睛，嘴里有咝咝的回音。这是疼痛导致的，她的一只肩膀已经脱臼，严重变形，所以她的姿势看上去就像一件烧制失败的瓷器。

“情况还不至于太坏，至少救护车已经在路上了。”我用方阿姨给流浪猫包扎伤口的绷带为自己止血，然后找到一个废纸箱，开始收拾一地的玻璃碎片。很快，我对收拾残局感到绝望，刚刚离开的这群狂热爱猫人士，居然没有为我们留下一件完整的东西，能碎的都碎了，不能碎的被利器划破，坐垫露出丑陋的内芯，床单支离破碎，书本被一分为二。

激烈的冲突到底是什么时候发生的，我有点儿记不清了，不过我能记得当我开门走进房间看见家里坐着四五个客人的时候，大家的情绪都还很平静。

比较激动的只是其中的一位，她看上去有点儿眼熟，我猜她是小区的住户，也是方阿姨往昔的同事。

“今天，无论如何，你得说清楚，这些事究竟是不是你做的。”她克制着情绪，努力让自己显得冷静和理智，她自然而然地称呼方阿姨为“你”，仿佛世上的所有称谓都和这个干瘦的、蜡黄的老年妇女格格不入。然后，她从随身携带的花篮里拎出一具小猫的尸骨。

“啊——”我发出一声惊呼，因为我认出来那具尸骨，它大约是我最后留有印象的司小琪，那是一只会微笑的双色猫，体形娇小，毛色均匀，眼睛周围的毛色和微微上扬的嘴为它组合了一个微笑的图案，使得你无论在什么时候见到它，都忍不住想回复它微笑，它会让你没来由地愉悦。

“如果我是你就不会叫它司小琪，我要给它取一个跟笑有关系的名字，比如笑笑之类的。”我曾经这么对方阿姨说，可方阿姨说没错，那是你的事。

现在，它像一块肮脏的抹布那样，被一个愤怒的中年女人拎在手里，它的脸依然保持着笑容，可是脸以下的部分是粉红色的柔软肉身——它的皮被人剥了。

我的尖叫只引来方阿姨冷漠的一瞥，她沉默无语，松弛的、蜡黄的脸不为所动。

我注意到那个女人的手开始颤抖，声音也开始呜咽：“你怎么能这样，还有没有良心啦？”被剥了皮的司小琪也跟着瑟瑟发抖，就像感到寒冷。

“快说，是不是你干的？”

“你为什么要这么做?”

其他人开始责问方阿姨，她们拉近了和她的距离，也加大了声音的分贝。

但方阿姨依然沉默，她把自己变成一件无关紧要的摆设，甚至，她还把目光投向窗外，好像自己是个局外人。这里发生的一切跟她没有任何关系。

“一定是有什么误会发生了。”我企图说点儿什么。

这时候有个人站起身来，我才发现这是个男人，假如他混迹在女人堆里没人会发现这一点。他伸出食指指着方阿姨的头，中气十足地说：“抵赖和狡辩是没有用的，我们注意你很久了，掌握你的一切证据，我们今天来就是要还那些死去的猫咪一个公道。”

但他的大义凛然只换来方阿姨的一个白眼儿，就连我，隔那么远，也能在大量的眼白中看到无限多的不屑和鄙夷。

“不可能的，绝对不可能的，方阿姨不是那种人。”我知道这有点儿徒劳，但还是想尽量说点儿什么来改变局面，“她花光了所有的积蓄，收养它们，给它们食物，为它们看病……”好吧，我承认没人听我的喋喋不休。

“那么，你在哪里找到它的?”我问那个拎着司小琪尸体的女人，她现在正把司小琪往花篮里安顿，她用几朵康乃馨覆盖它寒冷的躯体，只露出那张始终微笑的脸，这多少缓解了场面的狰狞。

她抹去泪水，擤了把鼻涕，理直气壮地说：“你们家的白猫告诉我的！”

她指着方菲。

直到这个时候，我才注意到方菲的存在。

没错，它已经在那个不引人注意的角落潜伏了很久，悄无声息，一动不动，它观察着我们，但不希望被发现。现在，当所有人的目光都投向它的时候，我清楚地看见，它打了个寒战。

“就在今天上午，我锻炼回来，听见有东西在挠门，发出奇怪的声响——那种声音你们应该知道，叫人浑身难受。”这个介乎中年与老年之间的女人开始了很有条理的讲述。

打开门，她看见一只高贵的白猫坐在门口，用一双忧郁的深绿色眼睛看着她，她发现，在它的爪子下面，躺着一只死去的小猫。

“就是你们看到的那样，没有皮，只有耷拉着的脑袋。”她说。

看到她出来，白猫跑了。

而且，她用肯定的语气说这种事情并不是第一次发生，至少，她已经看见过三具以上的小猫尸体，一次在地下车库，有两具在小区的假山水池里，每一次看见，她认为都是在白猫的策划中。所以她不得不想到它的主人——方阿姨。

“可惜它不能开口说话，但这跟开口说话也没有区别，它希望我能站出来，结束这一切。”

“方菲——”方阿姨开口了，天哪，她终于开口了。

我感到一束惊惧的目光从眼前扫过，像是来自绿色翡翠的折射，但瞬间就消失了。方菲——这只骄傲的波斯猫，这只有着高贵血统的波斯猫，缓缓站起身来，它露出了符合它年龄的神态，通透、无动于衷、蔑视死亡，第一次，它没有接受主人的召唤，而是在一个相对固定的距离里来回踱步。

这个距离，对于方阿姨来说，估计是世间最遥远的距离，她绝望了。“你再不过来，我就不再叫你方菲了。”停顿了一会儿之后，方阿姨用她黏稠的声音对那片缓慢移动的白云说，“我要把你叫作司小琪。”

空气就是在这时候坠落到冰点的。

我们那帮尊贵的客人，狂热的爱猫人士，尽管对司小琪一无所知，但本能地感觉到血腥的复仇气息，她们决定带走包括方菲在内的所有猫咪，一只都不给方阿姨留下，“因为她不配。”她们说。

我那部分丧失的记忆奇迹般复原，可以肯定地说，混战就是在这个时候爆发的。

方阿姨用最大的力量阻止她们，因为她觉得她们无权这么做，于是她们中比较强壮的两个人把她按倒在地，骑在她的身上，另外两个人开始在房间里诱骗方菲和司小琪们，想把它们装进预先准备好的宠物袋里。在这个过程中，她们一点儿都不在意我们的感受。至于那个男人，我觉得在他花里胡哨的躯体里塞满了破坏的渴望，杯碟破碎、床单撕裂的声音只会让他更加亢奋，让我更加怒火攻心。他成了我的敌人，我大部分时间都花在和他的拉扯上，我的手就是在拉扯中划破的。我们像两只决斗中的羚羊，气势汹汹地互相对视。

方阿姨虽然一动也不能动，但她的嘴一刻也没闲着，骇人听闻的咒骂和叫人瞠目结舌的脏话源源不断地冒出来，好像受够了此前的禁锢，只想远走高飞。

终于，在方阿姨密集的咒骂声中变得疯狂的爱猫人士们抓到了方菲，也抓到了剩余的司小琪们。她们志得意满，露出胜利的微笑，她们说：“我们会带你们到安全的地方，过上幸福的生活。”声音就像天使一样仁慈。

方阿姨，我不知道她此时在想什么，她用了一个老年女人不该有的力气拼命挣扎，想去抢夺装有方菲的那只宠物袋。

于是我听到咔嚓的一声，或者说我并不是听到而是感受到咔嚓的一声，那是骨骼分裂的声音。方阿姨瘫倒在地。

我们的客人心满意足，她们恢复成彬彬有礼的模样放开她，跟我们说再见，还体贴地为我们带上门，楼道上留下她们片刻的欢声笑语，很快恢复了往日的宁静。

我把方阿姨扶到沙发上，为她叫了救护车。沉默正在拉长等待的时间，并让时间停滞。在靠近窗台的地板上，有一片阳光投进来的方形影子，它就像长在那里，不肯做出哪怕是最最微小的移动。

“你今天为什么会提前回来？”终于到了不得不说点儿什么的时候。尽管方阿姨的声音因为疼痛瘪下去很多，但她打足了精神，甚至，她还力图用点儿小调侃来挽救我们的倒霉，她说："你今天不用化装成鬼吓唬人啦?"

没错，这时间讲讲我的终极体验者是个不错的选择，毕竟我们没别的话可讲，我总不能问她那些刚刚离去的爱猫人士说的是不是真的吧。

于是我告诉她，我之所以早早回来是因为今天出现了一个奇怪的体验者，估计他这时正在医院里抢救。

顺带我还得告诉她这并不是我的责任，是他自己认错了人。免得她为此费神。

但我什么都还来不及说方阿姨的手机就响了，我被那尖锐的铃声吓了一跳。在此之前，我从来没听到过她的手机铃声，甚至，我都不知道她随身携带手机，假如我们有事通知对方，通常采用的是在冰箱上贴便利贴。

方阿姨用我见过的最笨拙的方式接听了这个电话，她的所有回答都只有两个字：哦，好。

"我不等救护车了，鬼才知道它什么时候来。"她吃力地把手机放回里层的衣兜，皱着眉头。

"应该在路上，很快到了，要不我再催催。"我拿出手机。

"不行，我得赶到医院探望一个危重病人。"她开始挣扎着站起来。她看起来还是像一件烧制失败的瓷器，肩膀僵硬，姿势古怪，有着破碎的风险，但没人知道这时候这件失败的瓷器从哪里获取到内在的力量，就连瘪下去的声音都又饱满起来。

"没准儿还能赶上和他说声再见。"她边走边说，显得有点儿刻毒。

方阿姨没有拒绝我把她送到楼下，片刻之后，驶来一辆黑色的蒙着灰尘的轿车，都还来不及看清开车的人，它就载着方阿姨绝尘而去。

自此，我没有再见过方阿姨，我们仅仅就房租的事情通过几个电话。

现在，终于可以讲述我的终极体验者了。

实际上，他并没有片刻的离开，恰恰相反，这一天，他占据着我全部的想法。

最开始，我被告知今天将有一名特殊的体验者，他将是“谎言”开业以来最年迈的体验者。“所以你要掌握分寸，适可而止。”除了和他签订更详细更具保障的协议以外，我的分管领导特意把我叫到门外，交代了一些细节。

“说实话，就连我都受不了你身上的阴森，真不知道这些老人家在想些什么?”他叹着气，匆匆忙忙离开，就像在我身边多待一分钟都会觉得寒冷。

我对这个勇敢的老人充满了不可思议的期待。

略早于预约时间一点点，展厅的门被礼貌地推开了。这扇门，我是必须提到的，它看上去除了显得古旧以外没有什么不一样，但它是个关键点。体验者一旦进入这个房间，它就会在他的身后悄悄关闭。

体验者会在这时候慌神，他们通常的做法是返身尝试把门打开，但这是徒劳的——门上并没有把手，这让他们的动作显得很愚蠢。

只有这个与众不同的老人完全忽略了这扇门，他甚至都没注意到门在他身后悄然关闭，他走进来，带着某种凝重的表情，保持着体面的形象：花白的头发纹丝不乱，格子衬衫衣领坚挺，含桑蚕丝质地的灰白夹克也很洁净。

我好奇地看着他，不，是司小琪好奇地看着他。

我并不是司小琪，但我忘记了这一点。

这种忘记叫人无能为力，就像不小心黏上的残破蜘蛛网，看不见在哪里，却老是能感觉到它恶心的存在。

毫无疑问，司小琪是认识他的，她不认识的只是他的衰老，难以控制的颤抖，无法克服的僵硬，精油香皂覆盖着的老年气味，都在传递着他的衰老。这是她不接受的，难道他不应该是那个脸上有笑容，说话有磁性，衣兜里始终放着钢笔和红色塑料皮笔记本的年轻人吗？他跟老没有关系，跟岁月没有关系，他就应该是那个样子，伟岸、挺拔，头发浓密，走过的时候携带着一股好闻的微风。

我能感觉到某种痛苦的抽搐，我知道，这是司小琪的心，在一个狭长幽深的隧道里遭受碾压，关于这次相聚，她没有显示出太大的吃惊，仿佛是一次如期而至的约定。她唯一吃惊的只是他的相貌，岁月的刻刀如此锋利、尖锐，是所有的想象都无法触及的。

他站在展厅的中央位置，环顾四周，屋里不为人知的地方密布着马蕊小姐精心设计的机关，操纵仪器就在司小琪的手里，但他对此一无所知，也丝毫不感兴趣。他的目光，牢固地停留在司小琪的照片上。照片里，司小琪的脸清晰地呈现，笑容里有他似曾熟悉的天真、执拗。

剧烈抖动的嘴唇、连带着牙齿磕碰的声音，他发出含混不清的低语，这让他的体面打了折扣，他变得悲哀、懦弱，无所适从，仿佛是司小琪的气息击垮了他，那手足无措的模样叫人担心。好在，他闭上眼睛做了几次深呼吸，他在司小琪的注视下摒弃了可耻的猥琐，适度地恢复成往日的模样。然后，开始某种有目的的踱步。

他在陈旧笨重的家具间隙里行走，在窗边驻足，他掀起窗帘的一角，脑海里没准儿浮现出一段弯曲的石板路和路边一棵死去一半的老桃树，但他看到的只是灰尘和他自己的影子。于是他在灰尘里穿梭，那些据马蕊小姐说来自枫林镇的灰尘在他的面前飞舞，他用手驱赶着它们。最后，他来到司小琪的婚床，同时也是她生命最后时刻停留的地方，那上面叠放着的缎面被褥，散发着米浆的味道和岁月酸腐的味道，他抚摸它们，好像想在里面探寻温度。

他想找到一个地方坐下来，他的累，是从骨头里向外渗透的，现在，渗出了他松弛的肌肤，融入司小琪的气息中。

终于，他找到一把虚弱的藤椅，咯吱一声，巨大的响动伴随着巨大的摇晃，他以为他会摔下去，但是两次摇晃之后，破损的椅子脚撑住了他的身体，他伏下身子，把脸埋藏在手心里。他在脑海里复原着司小琪的模样，或者说，他拼凑了一个完整的司小琪，既符合他的记忆，也符合他此刻的期许。

等他抬起头来的时候，被他拼凑出来的司小琪就站在了他的面前。这一天，她依然穿着泛旧的白衬衫，浅蓝色碎花腰裙，黑色绒面布鞋，她的两条长辫子，依然安静地垂在胸前。

“小琪！”他睁大了眼睛，他的两只手都撑在藤椅的扶手上，没错，他想站起来，伸出手，拥抱她，至少，能抓住她的手臂，留住这个短暂的瞬间，毕竟有多少回梦里，她就在他的眼里飞走，或者变成金色齑粉，一丝都不曾留下。

但他没法这么做，她鲜活的躯体、年轻的笑容阻碍了他，她是完全陌生的，是不属于他的。于是他像一具制作好的标本那样，保持着一个急于站立的姿势。他的手，他能感觉到它们紧抓住扶手的力度，像是要嵌进竹篾与黑色的污垢之间。

她站在他的面前，眼里充斥着怀疑，这眼神伤害到他。

“祁峥，我是祁峥啊！”他苍老的声音高低不平，嗡嗡作响。

“我知道你是祁峥，或者我应该叫你祁大教授。”司小琪慢条斯理地说，“但我不知道你今天要来，难道你不应该在五十年前的今天出现吗？”

她用细长的眼睛看着他，平静、松弛、毫无戒备。她忽略了他们之间隔着半个世纪的时光，也暂时地忽略了他的衰老，仿佛她的面前，依然是那个穿白衬衫、绿色军裤的瘦高个男人。

“所以说，这就是你五十年来一直都不肯离去的原因，你尾随着我，一刻也不放松，因为你觉得我骗了你。”老人努力地辨认着眼前的女孩，这个被他拼凑出来的司小琪，或许并不存在。

存在的只是这一刻，是他在过去的日子里隐秘守望着的，他称之为“终究审判”的这一刻。

“难道不是吗?”嘲讽在司小琪的笑容里蔓延。

“……没错，那确实是个谎言。”短暂的语塞之后，老人果断地说道。

“但我并没有骗你，我指的是在爱你这件事情上。”老人终于说出了这句话。

于是司小琪看到一个如释重负的老年男人，她看见他锁闭的眉头突然散开，脸上浮现出一层叫人慌乱的红光。他微笑着，慢慢伸出手掌，按压在心脏的部位，仿佛那里住着一个躁动的秘密，他的按压能让它获得安抚。他的另一只手朝司小琪摊开，她不太清楚，那手势是让她不要害怕，还是在跟她告别。她能感到他身体的某个地方正在出血，大量的殷红的血液在身体的沟壑里冲撞、流淌，最终汇聚成猛烈的血色瀑布，从高处坠落。

很快我就发现，没有血色瀑布，坠落的是我自己，我再一次被驱逐，从某个人幽暗的梦境里。

刺眼的灯光摇晃着，让人没法睁开眼睛，展厅的门被打开，有人进进出出，救护车的汽笛声由远而近，一切陷入短暂的混乱中。我做回了我自己，但没人在意这一点，憧憧人影中我看到我的部门主管在快速游走，可是他基本没有看见我，他在呵斥几个动作笨拙的工作人员。

我有着片刻的犹豫，不知道自己是应该下班，还是应该在展厅里再待一会儿，没准儿还会有新的体验者光临，而我又是一个忠于职守并且富于经验的情绪引导师。

这期间，百无聊赖的我又坐在司小琪的楸木梳妆台前，再一次，我从镜子的夹层里抽出一张破旧的电报纸，摊在桌面上，它已经破得不能再破了。第一次发现它的时候，它还没有这么脆弱，也许是无数次地暴露在空气里加速了它的破损，现在，这张年代久远的纸看上去就像风干的蝴蝶翅膀。

“七月二十日回枫祁”，这是电报上所有的文字。据我所知，这一天距离司小琪的婚期正好一百天，也就是说，一百天之后，司小琪没有等到他，她等来的是他在城里和方如雪完婚的消息。她的母亲，曾经迈着缠过的小足，摇摇晃晃地来到她的面前，这个消息让她担忧，但她唯一能做的只是出现在女儿的面前，用红肿的、不断流泪的眼睛悄无声息地看着她。

我认真地看着这份电报，像司小琪许多次看它那样。

我不知道它为什么还存在着。

没有太多踌躇，我吹了一口气，就像吹去桌子上沉积的灰尘。它们瞬间就破碎了、散开了，在我眼前升腾起一片粉尘的雾。片刻之后，无影无踪。

我发誓，这一次，并非来自司小琪的驱使。

思忖之间我已经到站了，我终于没有机会和马蕊小姐打招呼，或许有但我放弃了。

我站起身来，玻璃中的马蕊小姐换了一个姿势，他放下报纸，把一条小短腿放到另一条小短腿上，开始发呆，茫然地注视着对面的玻璃，他懊恼地盯着自己，咧嘴、翻眼皮、扩张鼻孔，做一些确信别人看不到的既可笑又可憎的表情。玻璃是个隐秘的世界，他在里面觉得安全并且自由。

我下了车，那辆载有马蕊小姐的车厢于昏暗的灯光中前行，显得更空阔，更晃荡，我不知道他将驶往何处，他在哪个站下，他会不会下，在他离开车厢的时候，或者在他人生的下一个站点，马蕊小姐，又会以一个什么样的形象出现。

好吧，我承认，太多的不知道让你和我都非常不满意，但又能怎么样呢，事情就是这样，我不能为了让你满意而去改变它。而且，我要告诉你的是，在我居住的那座城市，“谎言”依然在那里，依然生意兴隆，人们会在茶余饭后谈论它新近推出的主题。只不过我已经离开了它。

至于枫林镇，我曾经跟很多人打听过，没人认识这个地方。其中有一个老人说他听说解放前有个镇叫疯人镇，不知道是不是我说的这个地方。

烟　云

如果是在九月，在残留着热气的某个下午，如果灰白的尘土随着一辆驶去的汽车飞扬，昌青街就会像一条死去良久的鱼，而这股飞扬的尘土就会像从这条鱼泛白的肚皮上升起的一股臭气，它像烟雾一样悄悄弥散，弥散在这条破敝的街道里。或者，它穿过一扇倾斜的木门，无视那些剥蚀的惨淡墙壁，爬上有着苔痕的楼梯，停留在既漏雨又有灰尘飞舞的房间里。然后，开始在房间里弥散，开始在房间里的女主人身边缭绕，开始往她的身体里浸透。

九月的臭气就这样地留在她的身上，经年不变。

她会带着这种来自昌青街的臭气，在她既漏雨又有灰尘的房间里走来走去；她会在有雨滴落的时候推开窄小的玻璃残缺的窗户，有着青灰眼袋的眼睛极力注视着街道，像要寻找一个人，和他交换一次惊惧而忧伤的眼神；她还会在下午五时准点挎上一只过时的棕红色手提包，穿过街，再走到街的尽头。

这样做不是因为有一件重要的事情等着她，而是因为她不想拥有那种长时间被世界遗弃的感觉，实际上她已经深陷遗弃的深渊。

更多的时候，她会较长时间地坐在一架陈旧的钢琴前，翻动一本卷了边角的乐谱，仔细看的话，这并不是乐谱，而是一本织毛衣的书，它摆在那里只不过填充了一个属于乐谱的空白。然后，她开始弹一支曲子。琴太旧，大部分键失了音，能发音的也失了调，于是，单调的音再次响起之前会有大段的沉寂。从她窗下走过的人们能感受到的，实际上只剩下这大段的沉寂。

她和她破旧的房间，一同深陷在这沉寂中继续地破旧。尽管如此，她会长时间地端坐在陈旧的琴前，把这支熟悉的曲子弹上三遍以上。

昌青是一条街，这大概不用再说了。但并不是每个人都清楚，在残留着热气的九月，在飞扬的尘土中，这条街看上去会像一条死去良久的鱼。

知道这一点其实是需要一点高度的，比如高高地站在一辆行驶的解放牌军车上，钟逸民就是这样的，他那时候站立的姿势像一座乘风破浪的浮雕。他们的车刚刚走完那条死鱼的尾巴，那是一个不规整的几何图形，认出它是鱼尾巴需要一点儿想象力，此时正缓慢地行走在泛着白色的肚皮上，钟逸民就是在这时候发现昌青街像一条鱼的。要不了一刻钟，他感觉自己就要像这条死鱼嘴里吐出的一个气泡，绵软地破裂在空气中，消散在九月残留着的热气里。

没错，汽车正朝着鱼头的方向行驶，那是一片行刑地，不知道从什么年代开始，不再生长高大的树木，只有一些低矮的植物匍匐在土地上，认罪伏法的意思，其余的，只有冷漠的沙土。

现在，这块行刑地带着自古以来就密布着的阴暗愁云，焦躁地等待着这支义无反顾的队伍。

钟逸民失去了自己的重量，他感觉汽车不是在行走，而是在浑浊的水中漂浮着前行，那些仿佛在水中沉浮的人头使这种感觉变得真实可信。钟逸民的目光变得虚空，其实他的目光一直都这样虚空着，在他知道生命只有一条街的长度时，他的目光就没有清晰过。

他用他虚空的目光扫过那些难以辨别的若隐若现的脸，在那里，在那些目光难以探寻的地方，他与自己的名字遭遇，他的名字仿佛有了他身体的重量，正用一种沉甸甸的眼神乖戾地与他对视。

这是九月的一天，在押解着一帮死囚犯的车驶过之后，在就地正法的几声枪响后，昌青街恢复了往日的寂寞。残留在空气中的热很快消失了，冬天紧接着降临。

围观的人群散去之后，那块只有低矮植物的土地变得更加荒芜。人们还沉浸在恐惧与怅惘交织的情绪中，表情阴郁，唯恐被剩在这个阴云不散的地方，都急于离去。没有人注意矮树丛里传出一串哭声，更像一根细长的线，在空旷的地方来回缭绕。

这是多年以前的一个九月，田红在她临街的房间里，面对着一架破旧的钢琴，坐着度过了九月剩下的时光。每天都会有一束阳光落在她的身上，她在飞舞着的灰尘中静坐的侧影看上去就如一幅颜色残缺的画。

昌青是一条不值一提的街，在田红的眼里，这条街正在以一种无法挽救的速度往死亡的方向衰老。它不可能成为她的故乡，或者第二故乡，它什么也不是。谁会在乎一个临时栖息的地方。

所以田红一见到昌青街就对她的父亲说我们什么时候走。

“为什么要走?”她的父亲奇怪地问道，“我们刚刚才来嘛。”

那时候他们坐在一辆军车上，一辆用来拉加农 122 式大炮的军车，美国的牵引型大奔驰，价值十二万美元。

“美元你懂不懂?”田红的父亲对一直蹲在地上看车子的轮胎的一个小男孩说，小男孩红着脸跑开了。

你可以想象它的威武，它带着无法接近的军绿色，带着战争才具备的森严行驶在昌青街，无数昌青街人在灰黄的尘土中瞠目结舌。

田红就是在昌青街人瞠目结舌的目光中问了那个问题的。那时候她孩子的眼光正逐一扫过这条破败的街，军车的高度为她提供了宽大的视线空间，她看见在一家人的屋檐下，一个头发花白的父亲正在奋力打他流着鼻涕的儿子，看见这辆高大的车，父亲停止了暴打，儿子也停止了干号，他们的目光齐齐地尾随着车子移动，脸上都带着极相似的迷惑不解的神气。

先前在他们周围乱飞的灰尘、鸡毛、竹屑，这时都静静地落回了原处，田红透过那些静静飘落的灰尘看清了那个被打的孩子，他鼻青脸肿眼神淡漠，黄浓的鼻涕流在上嘴唇。田红发现她对昌青街的厌恶就是对那条浓鼻涕的厌恶，她觉得应该像甩鼻涕一样把昌青街远远地甩在记忆中。

田红不再去看昌青街了，低下头她可以看见昌青街的气息，正带着九月的残热，连同九月的灰尘，弥漫在缓慢行驶着的车里。

那一天，田红没有见到钟逸民，他那时正在机关托儿所的门外表演气功，他的周围聚集着很多看热闹的人，其中有很多是从周围乡下来的，来卖鱼，或者来卖菱角。

那时候，钟逸民的气功还没有练出火候，他看上去还是个没有发育完全的大男孩，他运气的时候，每一块消瘦的肌肉都像在跃跃欲试。钟逸民憋住气，大喝了一声，周围的人也跟着鼓劲，但他手里的青砖却完整无损，他自己疼得眼里冒出了金星。

围观的人群中发出了嗤笑，愉悦的情绪随着向后退散的人群向四周流淌。

“受伤了没有啊？”有人同情地问。

“看样子是受了严重的内伤了。”周围打趣的人越来越多。

钟逸民的眼里慢慢地涌上了一些落寞的神气，但他不在乎，他说，笑什么笑，有什么好笑的。

那时候，田红正坐在缓慢行驶着的车里，低垂着头，一言不发，任由来自昌青街的破败气息，在她的脸颊萦绕。

钟逸民第一次见到田红是在一场暗无天日的恶斗之后。昌青街似乎生来就适合这样的争斗，适合血腥与破碎。几声惨厉的叫声停留在那一夜的末尾，也停留在许多人失去的睡眠中，但他们早就适应了这样的夜晚，大部分的人只会在翻过身去再度寻找睡眠时愤愤地说：“这帮找死的小兔崽子，真是活得不耐烦了。”

有时候，极度的焦虑会让他们失去睡眠，会不会出大的差错，孩子们还小，丧心病狂是因为他们还没有活到足够的岁数，知道生命和岁月一样是容易消失的。于是他们中的有些人会爬起来，掀开窗帘的一角看看夜色中的情景。

田红行走在一地的断砖碎瓦中，带着鹿一般安静的神色。她敏捷地跳过那些可疑的斑渍，踩着晨曦投下的模糊影子消失在街角。

钟逸民的目光不会长时间停留在一个小学五年级的女孩身上，他只是诧异这个世界突然多出了一个看上去不那么破烂的人物，穿着白底碎花的棉布裙子，斜背着一个军绿色书包，安静地走在他的视线里。

而这条昌青街，仿佛从来就不曾有过一样完整的东西。田红的完整，那时候让钟逸民感到有点儿愤怒。

他的目光回到地上的断砖碎瓦，他能看到，那些残留着的血迹渗到青黑的砖里，仅仅一夜之间就变成奇怪的铁锈色，不像来自一个人的躯体，倒像是天生附着在这块砖上的锈。

还有墙上的一抹血痕，也是惨淡的，它糊在墙上贴着的大幅标语上，抹过某个字浓黑的一笔，剩下的部分，随着这张剥离了墙面的残破的标语纸，莫名其妙地消失在空气中。

昨夜，在那个已经被打得血肉模糊的人趴在他的身下，抱紧他的一只脚的时候，钟逸民的万念俱灰突然地降临。借着那一夜惨白的月亮，他见他抬起变了形的脸，朝着他吐出一串虚弱的血泡，他的嘴在动，好像在说：大哥，我疼，别打了。

钟逸民来不及抽出自己的脚，实际上他这时候也被一种疼痛包围着，他的脚像是活过了一百岁，灌满衰老，沉重得支撑不了他的身体，那一刻他无法动弹。

于是他的手茫然地停留在空中，保持着一个僵硬的姿势。方小强很快就俯冲过来，在泛着白光的月色下，他的动作敏捷得像一只饿极的鹰，然后他的脸上有一抹奇怪的似笑非笑的表情，其实这种表情从始至终都停留在他的脸上，直到最后他被对方飞奔而来的救兵追到县医院的门口，被一块断砖砸晕，昏倒在臭水沟里，都还没有变换。

多年以后，方小强的弟弟方小壮拍着钟逸民练过气功的厚实的肩，把一口烟吐在他们两人之间时，钟逸民透过渐渐散去的烟尘再次看到这一抹极其相似的奇怪笑容。

方小壮说，哥，走吧，昌青街有什么好待的，待到死也就这鬼样子。

钟逸民在这似笑非笑的苍白脸庞的逼视下，很快回到那个有惨白月光的夜晚，回到那个奄奄一息的人抱紧他的腿的那一瞬间，他的思想，连同他的手，再度陷入茫然。

他吐出一串自己也弄不清楚的话，抽回僵硬地停留在空气中的手，转身离去了。他知道在他离去的时候方小壮肯定在心里骂了一句杂种，但他不在乎，他在乎他的哥哥方小强像一只饥饿的鹰扑过来时脸上带着的那抹笑容，他在乎方小强带着那抹笑容时的无情，像拎一只小鸡一样把那个几乎是尸体的家伙从他的脚下拎起，反剪着手把他的脸按在墙上的大幅标语上，然后又紧擦着墙壁把他拖出三米远。

停留在大幅标语上，最后又消失在空气中的血痕就是这样产生的。

尽管多年以后方小强存在的气息已经淡若游丝，但那一刻，他的确在乎。

那个被他们打的人，他已经忘记是由什么仇恨引起的，能记住的是当他像一堆破烂的肉被按在墙壁上的大幅标语上时，显得很小很可笑，这场斗殴发生在小学校门口，标语上写着“教育必须为无产阶级服务，必须同生产劳动相结合”，他的脸紧紧贴在那些残破不全的白纸黑字上，在月光下呈着死亡的青色光泽，这真是钟逸民见过的最狰狞的一幕。

他一定向后退了很多步，退出了战斗，他触到了一片铁丝网，把自己挂在那里像一件被人遗忘的旧衣服。很快，一群手执木棒和砖块的更强壮的少年飞奔而来，那个被打的人的哥哥跑在最前面，他们飞奔的脚步声，令这个夜晚最后的寂静四分五裂。

没有人会在这时候注意一件遗忘在铁丝网上的旧衣服，紧跟着一场不由分说的恶杀，血沫迸溅之处留下一地的断砖碎瓦。方小强一派拼死逃命，他们四处奔逃的背影很快就融进了灰色的暗夜中。钟逸民看到了方小强，他在奔跑，速度快得惊人，细长的手臂打得很开，好像马上就要飞起来。但他无法像其他人一样融进黑夜，黑夜像推挤白天一样排斥着他，所以他一直在飞，在这无边的夜里，朝着月亮的方向。

然后，一切都消失了。

就连方才充斥在空气中的腾腾杀气也悄然落回大地，昌青街回到属于它的寂静中。

钟逸民这件被遗忘的旧衣服，面对着一地惨白的狼藉，面对着逐渐褪去颜色的血痕，独自飘荡了很长时间。

对于一个外科医生来说，黎明和夜晚总是一起来临的。就在田红迈着她小鹿一般安静的步伐跨过地上那些可疑的污渍时，她的母亲，县医院的外科医生蓝医生已经趴在杂乱的病历上睡着了。

整个后半夜，蓝医生只在忙碌一件事情，不断地缝合、包扎和清理伤口。作为一个有经验的医生，她在做这一切的时候是有条不紊的，她的眼睛只停留在伤口上。

门外昏暗的走廊上，坐了十来个受伤的少年，几分钟之前，他们还在为一个至今也弄不明白的理由拼死厮杀，但现在，他们坐在了一起，年轻的力量被挥霍之后，他们被疼痛、阴冷和茫然包裹着，坐在昏暗的地方，注视着走廊含混不清的尽头，同时也注视着彼此的沉默。

方小强被一块飞来的断砖击中后脑勺，在此之前他几乎跑完了一条昌青街。清晨，钟逸民站在他的病床前时他还处在深度昏迷中，他的脸上依然还有一种似笑非笑的表情。钟逸民等了好一会儿，希望他的等待能让方小强的沉睡终止，可是，一直到太阳升起在病床上留下一个方形的橙色影子，一直到这个方形的影子变成了一条狭窄的线，他还是没有醒来。外科主任对方小强的父母说，这个孩子要是不死的话有可能变成植物人。

植物人，对于昌青街来说这是一个完全陌生的概念，没有人知道这将意味着什么。

结果，方小强成了昌青街第一个植物人。

奇怪的是，他的母亲，一个总是活在焦虑中的，看上去已经憔悴不堪的女人，没有为这个昌青街最早的也是唯一的植物人伤心欲绝，她完全超出了人们的预判，像是突然捡回自己早已流逝的青春，回到那种为一个嗷嗷待哺的小孩忙忙碌碌的生活中。

这个在面粉厂工作的女人突然干净起来，那些一直沾在她身上的灰尘纷纷落了地，同时落地的还有一些堆积了好几年的赘肉，她变得苗条纤细，有了明晰可见的腰。她时常出现在菜市场，买一根没有肉的骨头，或者是要一根，昌青街的大部分屠户都会为她留着这根骨头。

田红没有朋友，她也很少讲话，她更像活在昌青街的外面，活在生活的外面，尽管如此，她每天必定许多次穿行在昌青街，这样地过了很久。

有一天，在小学校门口那块用来贴标语的墙壁下，田红站在钟逸民的面前。标语是新的，飘浮着极淡的墨香。那段时间总是频繁地更换标语，昌青街四处飘荡着这种淡墨香气。

田红看着他，这是第一次他们四目相对，然后田红说你帮我一个忙，我可以给你钱。

钟逸民的思维方式就是在时断时续的墨香中突然受到挑战的，在此之前，他有过无数次的帮忙，是从来不需要理由也不需要结果的，帮忙可以收钱，这是他第一次接受的新鲜信息。也许，他后来的很多想法都跟这句奇怪的话有关。

但那时他说，什么忙？

帮我收拾一下我妈。

为什么？

他愣住了，那个趴在病历上睡着了的散发着来苏水味儿的蓝医生？那个始终会用僵硬的颈椎和肩背呈现出几分紧缩着的痛苦的蓝医生？

你妈怎么了？困顿的钟逸民再度问。

你别管为什么。田红的耐心极其有限。

你帮我写封信给她，就写两句话：你做的事情别人都很清楚，小心被人收拾。

田红的声音浮在她的嘴边显得干涩而阴冷，她整个人融在那天清晨墨的清香中，脸上隐约现出许多年后孤寂与冷漠交织的影子。

钟逸民觉得属于她的幸福正在一步一步离她而去。

他一定有过为她把幸福留下的欲望，尽管对此他一点儿把握都没有。

的确，在昌青街人的视线里，田红的幸福脆弱得如同夏末停留在树枝末梢的一阵风。

有人这么说的时候，老七就会晃动着她蓬乱的头发，翻动着她突出的白眼儿，从肉感的嘴唇里挤出两个字：活该。

老七有着光彩照人的棕色皮肤，在此之前，这种肤色使她看上去就像一条泥鳅，泥鳅老七，昌青街人一直是这么叫她的。不过，自从小学毕业不再念书以后，几乎是一夜之间，她的皮肤就泛出光泽来了，她的嘴唇也变得更厚、更润泽，那段时间的老七无论走到哪里都像一条饱满的河，随时跳跃着细小的亮光。

除了帮母亲做酸腌菜，老七把剩下的时间花在一把火钳上，她把火钳放在炉子上烤热，用来烫卷自己的头发，但她总是不小心烫到自己的头皮，于是，有人总能听到老七家没有阳光的黑房子里传出一声尖叫。

然后，老七带着鄙夷的神气行走在洒满细碎阳光的昌青街上，在人们提到田红时，毫不犹豫地晃动着被她烫得蓬乱松卷的头发说：活该。

田红令老七感到厌烦的东西实在太多了，比如当她们相遇的时候，老七必须得用很大的毅力来控制自己，不去盯着她的脸庞看，但她常常感觉自己的目光就像即将遇到洪水的蚂蚁，在那张没有表情的白皙脸庞上慌慌张张地爬行。但是田红呢，她总是微侧着头，做出一副注视的样子，但她在注视什么？

老七可以发誓，田红看不见别人，当她注视着你的时候其实只看见她自己。也就是说，田红注视着你的时候就如同注视着一面镜子。

除此之外，田红每周一次穿着白色衬衣蓝色短裙站在昌青街口等待她父亲的身影也让老七厌烦，她站立的地方会突然变得透明，透明像水一样四处漫溢，掩盖了昌青街的凌乱与肮脏。那一天，因为田红站立的身影，浑浊的昌青街会显得透亮和明晰。

就是这样一个与昌青街格格不入的人，与所有存在都无法产生关联的人，让人无法不追随她。

老七的眼光无可救要，追随着田红使周遭变得透亮的身影，追随着她难得呈现的笑容，追随着她的稀薄、她的遥远。

老七的眼光因此而变得零乱不堪，她痛恨自己的眼光就如同痛恨自己的卑微。烧热的火钳越来越多地烫到老七的头皮，她的尖叫也越来越频繁、越来越凄厉，昌青街人胆战心惊地看着她的卷发，在有风吹过的时候轻轻往四周荡漾，他们看着她的眼神就如看到了发怒的狮子。

“你做的事情别人都很清楚，小心被人收拾。”田红的母亲蓝医生读着这封只有一句话的信时，一只绿头苍蝇飞进了她的办公室，疯狂地撞击纱窗。那是一个阴天，假如它冲出纱窗的话，很快就会被一个灰色阴暗的世界吞噬。蓝医生看着这只既绝望又疯狂的绿头苍蝇，她的头似乎也在接受着沉重的撞击。

也许，一切都可以改变。

从她还是一个女孩子的时候，改变现状一直是她最大的渴求。她在一个工人的家庭长大，家里满满当当地塞着大小的孩子，年幼的时候他们会像一窝叽叽喳喳的鸟，等待着父亲和母亲回来。她是他们中最大的孩子，没有任何人指派，就成了他们的照顾人，天经地义的，理所当然的，如果有某个孩子出了差错，责任全在她这里。

其实那时候她也很小，做饭要踩板凳，炒菜只能等父母亲回来，一面等待，一面又不希望见到他们，害怕在开门的一瞬间见到他们劳累而绝望的表情，弟弟妹妹们也害怕，缩在她的身后，抖抖索索的。没有人生气或咆哮，但就是不知道阴云是怎样聚拢过来，沉甸甸地压在每个人的头上。他们习惯于低垂着头，就连最小的还走不稳路的孩子，也喜欢弯着腰，看自己的脚尖。

有时候她憎恨所有的人，更多的时候她可怜他们。

于是改变一切是她唯一的想法，多年来她已经习惯于这样，在她觉得无力改变别人的时候，她会先改变自己。

蓝医生走进了换药室，一个被毒蜂蜇过的病人微张着他肿胀的嘴唇，殷切地等候着她。蓝医生把那封被她揉成团的信扔进废物桶里，它很快混迹在带脓血的纱布和棉球之间，难以辨别。

然而，最大的可能性就是，一切都不会改变。

避开病人惊惶而期待的目光，开始工作的蓝医生忘了那封信，她的心里还响着一只苍蝇撞击纱窗的无助声音，剩下的，就只有空落，极其漫长的空落，如同可以永恒的消失。

钟逸民开始专心地练气功，他的大部分时间都停留在洪师傅家飘溢着兰花馨香的院落里，洪师傅会气功，他用气功为大家治病，然后靠卖兰花为生。有人说洪师傅把强大的意念用在种兰花上，他家的兰花每一株苗都像新长出的韭菜一样茁壮。

钟逸民把兰馨深深地吸进肺里，他的目光渐渐变得迷离，渐渐变得遥远，他用这样的目光注视着眼前的一块青砖，觉得它越变越薄，而他的手掌却越变越大，越变越坚韧，他尽力保持着目光的迷离与虚空，用它持续着青砖的变薄，终于在他眼前，这块青砖薄到了透明，犹如一片青色的蝉翼，有着容易破碎的颤动，他有了十足的把握，伸出手来，轻轻就将它击破。

钟逸民吼了一声，的确，他有了十足的把握。

那些被他吸进肺里的兰馨随这一声闷吼而出，很快地缭绕在他的周围，半天不散。

砖断了，应该说砖裂了，裂成很多小块。

洪师傅没有回头，他正在看一棵兰花，它变异了，本来是单株的花，现在变成了双株并开，这样它就变成了珍稀品种，可以卖一个不错的价钱了。

钟逸民继续在洪师傅家的院落里学习吐纳、运气、意念。洪师傅家兰花的馨香纷纷附着在他身上，或者被他吸进身体里，被他运气运到身体的各个部分。

“洪师傅，为什么你家的兰花越来越不香了?”昌青街养兰花的人都会这么问他。

“也许吧，明年会好起来。”洪师傅含混地应答，他和他都会站在他们喜欢的角落，站在一块熟悉的光影中，面对想象中的空白，任由时光流逝。

在这期间，钟逸民忘了曾给蓝医生写过一封信，为了那个活在生活之外的田红，她的幸福，就算越走越远，也跟他没有关系。

我们说过了，田红的幸福正在离去，她的父亲越来越少地出现在昌青街，她伫立在街头等待着父亲的身影也越来越单薄，时光被她等待的身影拉得细瘦而漫长，每一分钟好像都有可能被扯断。

昌青街再也没有一辆绿色的军车驶过，昌青街再也没有田红父亲锯柴时散落的碎木屑，昌青街再也没有田红父亲从部队里带来的压缩饼干、美国罐头和小画书，昌青街不再有可以称得上时尚的东西，显得更加混乱，更加颓败了。

田红在夜里吞咽着大把大把的眼泪和孤独，她像痛恨昌青街一样痛恨她的母亲蓝医生，但她的痛恨没有任何归宿，就如她的生活，她可以生活在生活之外，却不可以活在母亲之外。

在那些田红吞咽着眼泪与孤独的夜里，蓝医生极有可能并肩和一个瘦高个的男子坐在昌青街唯一的电影院，在散发着孩子们尿臊味的浑浊空气中，专心致志地看一场电影。蓝医生疯狂地迷恋电影，她几乎从来不错过一部新电影，由此她也爱上了那间有着破烂红绒布做窗帘的电影院，爱上了电影院里永远挥散不尽的霉味与尿臊味，连同电影院外的一片灯光球场。

这个年轻的瘦高个男子是她的病人，有一天上午，她诊断出他患有盲肠炎，需要很快动手术。她这么说的时候，他一直看着她露出口罩的部分，他的注视一丝不苟，然后他说好，他要尽快来做手术。

蓝医生再次看到他的时候是在那一天的晚上，电影院里，在放正片前的纪录片的时候，在小孩子们还在吵吵嚷嚷出出进进的时候，他端坐在人群当中。蓝医生是在回过头和熟人打招呼的时候看见他的，那时候他的脸被银幕的光映照着，时暗时亮，泛着一种蜡黄的光泽，他盯着银幕的目光依然一丝不苟，就如同盯着蓝医生露出口罩外的眼睛。

“这个疯子！”蓝医生在心里说，她想他的阑尾这时候也许已经穿孔了。

电影散场了，人们裹挟着电影院里的沉重气息，四散而去。蓝医生磨蹭到最后，她看着他缓慢地从座位上站起来，蜡黄的脸上挂着一丝怪异的讪笑。

“你疯了！”蓝医生的声音像在空荡荡的电影院里跳跃。

“我姓袁。”

“那你就是袁疯子。”

“随便，我只是不想错过这部电影。”袁疯子弯着腰，脸上露出令人生厌的讨好表情，就像刚才电影里的反面角色。

“我这就回医院。”他说。

蓝医生冷冷地走出了电影院，她不太想和自己的病人多说话，也不太想认识病人，更不想承担超出自己责任的部分，哪怕是极其微小的部分。

但是夜幕中的蓝医生放慢了脚步，她有一些不属于自己的牵挂，在这个温柔的夜里突然降临，她收敛着颈椎和肩背的僵硬，有了许多次的回头，然而，在那些视线再也无法延伸的有着昏暗光线的地方，那个姓袁的疯子一直没有出现。

和他的师傅不一样，钟逸民练气功不是为了给相识的人治病，也不是为了种兰花，在他一次又一次用手掌、用脑袋，或者身体的其他部分击碎越变越厚的青砖时，在洪师傅站立的地方会传来一声轻微的叹息，但这叹息被弥散的兰馨掩盖，钟逸民没有听到。

“他练的是硬气功。”有时候洪师傅会站在自家大门口和熟识的人聊天，他们都知道钟逸民很厉害。

“硬气功是用来给人看的。”洪师傅说。

钟逸民需要青砖，大量的青砖，他步履匆忙，在废弃的土堆里寻找相对完整的青砖。洪师傅这么说的时候，他还是没有听到。

那时候开始有人叫他兰花大师，因为当他运气运到一定程度的时候，就会有一阵极淡的兰花清香围绕在周围。

说的人多了，人们也就信了。

而洪师傅家的兰花却在一株接一株地死去，他的意念再也无法救活它们。

属于昌青街的恶斗还在持续。疼痛、恐惧和死亡无法阻止少年的成长。方小强的母亲依旧准时出现在嘈杂的菜市场，为她处在深度睡眠中的大儿子寻找一根筒子骨，方小强像童话中的主人公，依然等不到一个可以令他起死回生的吻，他的弟弟方小壮却已经擦干净鼻涕，扣好永远没对上位的纽扣，冲打在队伍的最前列了。

和他并肩作战的还有那个老被父亲打的开弟，他曾经出现在小说的开头部分，那辆载着田红和她父亲的绿色军车缓缓驶进昌青街的时候，他正被他的父亲暴打。现在，他也长高了，而且细瘦，目光简单但坚定，他冲锋在前，每一击都有足够沉重的分量，可以让他听到父亲的棍棒落到他身上的声响。如果他被人打了，他也会和被父亲打一样沉默不语。

那时候昌青街有了第一家小吃店，就在电影院附近，两个外地人用油毛毡搭建了简易的棚房，出售一毛钱一碗的煮饵丝，棚房里有两张桌子和几条长凳，老板娘围着有洞的围腰，一切都有着足以和昌青街相匹配的破烂，所以，它很快成为昌青街新一代小流氓聚集的地方。

他们在那里商量各种事情，假如他们确实无事可做的时候，就会把所有路过的年轻女人调戏一遍。但他们唯独不想招惹田红，田红从远远的地方走来时他们都闭着嘴，他们会在令人尴尬的相视中对笑。

“逗她一点儿意思都没有。”有人会这样说。

他们最爱逗的人是老七。老七兴奋极了，她加快了用火钳烫头发的频率，终于使自己的头发变成一堆枯草，好在昌青街有了第一家美发店，不是只会剃头的那种，老七用药水烫了头发，再抹上光亮的发油，收拾了这堆枯草，这时的老七看上去有一种比她的年龄大得多的沧桑和风情。她还没有出现，呼哨声和打趣的声音就可以把她淹没。

袁疯子的阑尾真的穿了孔，而且伤口还发了炎，在那个万物都在疯狂生长的季节，他的伤口渗出了血，所以他不得不待在医院里接受很长时间的治疗。于是他有很多机会看着蓝医生为他换药，或者在她心情不错的时候和她聊一部有趣的电影。

那期间，这个姓袁的疯子忍受了难以想象的痛苦，每次换药，蓝医生要在他化脓的伤口塞进消过毒的纱布，以便抽出脓血，她的动作尽管轻柔，但每一次都足以疼得让他晕过去。

尽管如此，他却希望能在医院待得更长久一些，他拥有一种很奇怪的感受，幸福好像和他化脓的伤口一样，是疼痛的，但他要持续着，持续着一种极其缓慢的痊愈。

蓝医生目睹了他痊愈的整个过程，第一次她关注人胜过了关注伤口本身。这是一个艰难的过程，艰难得容易让人忽略不该忽略的东西，她忽略了她的丈夫，忽略了她终日不说话的女儿，自然也就忽略了昌青街人的眼睛。

她甚至把一封用来警告的信也忽略了。

确切地说，蓝医生是忽略了她自己，因为这一次忽略，她再也没有办法清醒过来。我们已经说过了，她喜欢改变，这是她的习惯。

昌青街的少年统一爱上了练气功，他们立志要拜钟逸民为师学习武艺，像一群无法驱散的苍蝇终日尾随着他。

“学气功不是为了打架的。”那时候的钟逸民已经有了各种各样的想法。

他不想把时间用在厮混上，而且他的生命也比别人来得珍贵，这样的觉醒是那个有月光的夜赋予的，在钟逸民的记忆中，假如他的记忆能存活到现在的话，那是一个用来分界的夜，它把方小强送进了另一个世界，而这个不懂得恐惧是什么的男孩，曾经警觉得像一只不知疲惫的豹子。

所以最后，他的拒绝是长者式的，语气也有了洪师傅一样的平静和通达——真正的高手都是很雍容的，不知什么时候，他明白了这个道理。

“呸，有什么了不起，高手又不止他一个。”方小壮将口里噙着的一根火柴棍恶狠狠地吐掉。

“就是，况且他从来就是一个胆小鬼，不敢往前冲。”方小壮有了很多尾随者，大家喜欢附和他。

“没错，我哥他们特瞧不起他，觉得他就会装。”

钟逸民在他们的议论中越来越矮小，但他不在乎，他有了别的想法，昌青街的打斗无休无止，他已经退出了。

方小壮在爱上练气功的同时还爱上了田红，那个不属于昌青街的田红令他万分羞惭，当他看到田红的时候，总能听见自己短促的呼吸声，他的心跳也会随着加快，要是不加以掩饰，那声音在他看来大得就像是整条街都能听到。

在方小壮又一次因为自己的心跳恼羞成怒，破口大骂周围的小兄弟时，开弟识破了他的心思。开弟忍不住笑出了鼻涕，他一流鼻涕就回到了孩童时代，让人想起那个被父亲罚跪在鸡圈旁的小个子男孩。

开弟罚跪多数是因为偷糖吃，因为他的奶奶得了严重的嗜糖症，假如吃不到糖，她就会颠簸着两片树叶般的小脚，走到街头向别人要糖吃，如果还是吃不到，她的身体就会像筛糠一样抖动起来，整条昌青街因为她的抖动而焦灼不安。

开医生尝试过各种办法来解决这个问题，先是偷医院的葡萄糖针水给他的母亲喝，但这一点很快就被院长发现了，因为他的母亲总是揣着一瓶针水四处游荡，想起来的时候就拔开橡皮瓶盖喝一口，然后发出滋滋的吸气声，有时候她会把瓶子递给周围的人，示意他也来一口。接下来他又尝试着用糖精兑水，或者煮蜜饯。但这非常难以掌握用量，有一次他食用了过量糖精的母亲像一团发面一样膨胀起来，清晨开医生找不到她的嘴，她虚弱的话语是从堆挤的脸颊中传出来的。

最后他们家必须秘密地藏着一种水果糖，包在方方正正的糖纸里，一分钱可以买到一粒。

因为这种糖，开弟的嗅觉被锻炼得极其敏锐，无论他的父亲——有一半头发已经花白的开医生，把糖藏在任何一个难以想象的地方，他都可以在第一时间找到，毫不留情地偷吃。

绝望的开医生在这种事情屡次发生以后，终于决定让幼小的开弟一次吃够，吃到他再也不想吃为止。那一天的整整一个下午，昌青街人看见跪在鸡圈旁的小开弟手里拿着一纸包糖，他的周围飘散着一张张红色或绿色的小糖纸，他得按照父亲的吩咐把一包糖吃完。

那一天的小开弟微微低垂着头，不停地吸鼻涕，他的鼻涕流得很长，他微垂的脸和鼓着的腮帮露出一抹淡淡的幸福感。

“小开弟，吃完了没有？”路过的人忍不住都要关切地问一声。水果糖在小开弟的腮帮里滚过来滚过去，他的牙齿缝里传出咯哒咯哒类似敲击石头的声音，他会抬起头望一眼问他的人，一言不发，漠然的眼神就像那天灰色的天气。

笑出了鼻涕的开弟拍着方小壮的肩说：“我去帮你找她，

我去跟她说。”

方小壮说：“去你×的！”

“哥，别这样，只要她还是这条街的人，迟早搞得定。”揩干净鼻涕的开弟恢复了自信和沉稳，终于又拥有了方小壮下第二把交椅的气度。

没料到方小壮居然会说：“算了吧，反正她迟早要走。”

他这么说的时候显得有点儿可怜。方小壮从来没有过的可怜相极大地刺激着开弟刚刚启蒙的神经，他想要是他不能帮方小壮搞定这个看上去虚弱而又倔强的田红，那他还怎么做方小壮的兄弟，怎么在昌青街混？

开弟决心跟踪田红。

他想跟踪她，然后在一个合适的机会跟她搭讪，也可以递一张条子给她，最好写几句在哪里见面、不见不散之类的话。但这不是他们做事的风格，这种行径容易被昌青街的人鄙视，当面讲，如果能看着她的眼睛说，那就算成功。

但开弟的决心很快受了重挫，他发现跟踪田红是件困难的事情，跟她说话那就比跟踪她还要更困难。

那时候田红已经在上初中，成绩稀松平常。袁疯子常常出现在她们家中，他一出现，田红就会觉得自己变得稀薄，如同一碗照得出人影的白粥，她常常把眼前的食物当成粥，有时候她觉得这碗粥就是她自己。总之，袁疯子来的时候把恍惚带给她，自己却变成永远不流逝的年轻附着在着了魔的蓝医生身上，她始终僵硬着的肩背柔软地松弛下来，就像一只在寻觅的小鸟，一旦找到了栖身处就会把小小的身子依偎上去，露出睡眼蒙眬的表情。

开弟看到了田红眼里越来越往心里去的迷惘，这样的眼神让他心惊肉跳，他开始后悔在方小壮面前的许诺，因为他的跟踪变得不可思议的艰难。

开弟喜欢在学校背后的一个拐角处等候田红，那是她回家的必经之路，他总是屈着一条腿背靠着那户人家的土坯墙壁，把双手插在他肥大的裤兜里，时间久了，他就像一只倒贴在墙上的壁虎，他的背总能感觉到土坯散发出来的那个季节的微热。

田红无数次地从他面前走过，混迹在稀落的人群中，目光落在他永远也找不到的地方。开弟无数次地错失良机，他奇怪她的目光在哪里，后来开弟觉得田红是个没有目光的人，她的眼里只有迷茫。

方小壮为什么会爱上这样一个没有目光的女人，小开弟在又一次长时间地守在女厕所门口，没有等出田红却等出一个白发苍苍的老太太之后，终于放弃了对田红的跟踪。这个裹着脚的老太太是开弟的奶奶，是这个世界上最爱为他揩鼻涕的人，现在，看到守在女厕所门口的开弟，她习惯性地掏出了一块灰色的皱巴巴的手帕。

“开弟过来，到奶奶这里来。”她挥舞着手帕，声音就像那块灰色的手帕一样皱皱巴巴。

开弟撒腿飞奔，跑出很远，他还觉得老太太踩着两叶扁舟，行走在颠簸的路面，一左一右地摇晃着像个不倒翁，固执地跟在他的身后。

开弟就是在这个时候决定不再跟踪田红的，他在方小壮无数次地暗示他，或者无数次地向兄弟们发火的时候，一言不发。

关于钟逸民的传闻多了起来，有人说他已到了“三花聚顶”的境界。到了这个境界，他的头上就会罩着红色或者紫色的光环，但肉眼凡胎是看不出来的，懂行的人这样说，而且到了这个时候，他就可以给人看病了，因为他能看到每个人头上的气环，如果这些气环暗淡发黑，那么这个人也就将告别阳世了。

传闻让钟逸民有点儿孤独。

“三花聚顶”必得在没有人的地方练，钟逸民再也没有去洪师傅家的小院了，小院里的兰花再也没有活转回来，洪师傅没有了生计，坐在老婆的旁边看她炒蚕豆卖。

钟逸民在后山的顶端练气功，每天清晨晨星未陨的时候，他都会慢慢地跑起来，他看上去真的慢极了，微微驼着的腰背使他的背影看上去就像一个正在衰老的人。

方小壮气喘吁吁地跑在钟逸民的身后，身边跟着他忠实的小开弟，他们在没有散尽的晨色中尾随着看上去极其缓慢的钟逸民，但是很快，他缓慢的身躯就在他们的视线里消失了。那时候小鸟刚刚开始歌唱，他们就在鸟的叫声里仔细搜索每一个草丛和每一块可以藏人的地方，但他们一无所获。他们站在渐渐褪去夜色的光亮里，看着对方发白的嘴唇，一种属于孩子的恐惧突然降临。

“啊——”方小壮的声音沙哑低沉。

“啊——”开弟的声音尖锐高亢。

但他们都听不见自己的声音，因为他们自己的声音被对方的声音盖着，然后，他们撒腿飞奔，唯恐被遗留在这充满诡异的晨色中，用最快的速度飞跑着离开了后山。

多年以后，方小壮对别人提起这件事情，他说小开弟的叫声是他这辈子听过的最尖厉的女高音。开弟露出他简单的笑容，他们都不承认曾经站在一片逐渐显露出的光亮里，望着对方脸上浮现出的恐惧，用尽全力地叫过。

袁疯子消失了，拘捕他的通缉令贴满了昌青街的所有电线杆。袁疯子的照片照得极模糊，他的嘴角挂着一抹黑黑的笑，像是来自无数深沉的夜。

他犯了破坏军婚罪，但他在这个罪名成立之前消失了。

田红的母亲蓝医生站在昌青街人民法院开庭审理的被告席上，有条不紊地供认了自己的罪行，她一边说一边摇晃着被告席破烂的高桌子，所以她的陈述一直伴随着一种几欲拆裂的凄惨节奏。

蓝医生的肩背恢复了从前的僵硬，她的身上仿佛还附着袁疯子来自深沉之夜的微笑。

最后，法官不得不阻止了她的摇晃，他说再摇，法院就得拿出钱来修一个新的被告席了。

“我有罪，不怪任何人。”她说。

田红行走在袁疯子模糊不清的视线里，田红觉得整条昌青街都充溢着他嘿嘿的笑容，她的心和她的躯体都被这嘿嘿的笑挤压着，她觉得他应该和这条可恨的街一起毁灭。

田红又一次等在小学校门口，那块墙壁已经许久没有贴标语了，那些残留着的干糨糊让凹凸不平的墙面更加斑驳。

田红等着钟逸民从他们家的“忠义”照相馆走出来，他跟随着父亲学照相，随时准备接替父亲的工作。但他现在很忙，县文工团经常邀请他表演硬气功，作为某次演出的压轴大戏，他还常常被其他县区借去做一些巡回演出，他不但拥有名气而且拥有见识，他的名气和见识都是昌青街盛不下的。

“如果你遇到姓袁的，帮我做一件事。”田红等到了钟逸民，对他说。

这是她第二次同他说话，我们说过了，田红很少说话，第一次也同样是站在这面用来贴标语的墙壁下，钟逸民很快想起几年前帮她递过的那封信，而且想起了那时候浮在她嘴唇边的寒冷。

“什么事，我能做吗?”他有了这个年龄的经验和平静，他看田红的目光已不是看一个孩子的目光。

“你先答应，你答应了我就说。”

“你先说，你不说我怎么知道能不能答应。”钟逸民故意用戏谑的口吻把对话陷入游戏。

田红没有陷入，她不说你先答应，她说我可以给你钱，她这么说的时候脸上没有笑容。

“钱？”为了摆脱一些说不清楚的东西，钟逸民还是想开一个艰难的玩笑，他说你上次的钱都还没有付呢。

田红的目光突然不再散乱，它们紧紧地聚在一起，像是一个尖锐的利器，深深地探进钟逸民的眼里。她说我迟早要付的，迟早而已。她抓住了他的手，她的手有着一种类似她母亲的僵硬，这种冰的僵硬使他本能地做了一点儿挣扎，直到他的手被田红放到她的肚皮上，触到她同样冰冷但柔软的皮肤，他的挣扎才停止下来。

“迟早而已，我会付给你的。”田红说，“这一次，如果你遇到姓袁的，帮我杀了他。”

钟逸民手下覆盖着的田红的皮肤，让他想到一条蠕动着的成熟的蚕，或者一条冬眠的蛇，田红的眼神探进他心里一个空寂的角落，仿佛在那里寻找刚才那句被雨淋得七零八落的话，有一瞬间，钟逸民什么都看不见，他只看到来自梅雨季节的寒冷和潮湿，犹如一片褐色的薄毯，紧紧地包裹了他。

他们真的什么都没有看见。方小壮缩回了他探出的脑袋，他贴着墙壁，确信自己这时候只是墙上一个灰白的点。

这天夜里，昌青街再度发生恶斗，这天夜里的风裹挟着血腥的味道在愁云低压的街道四处乱窜，干裂的闪电频频撕裂黑夜，一场酝酿良久的雨却迟迟不下。

这天夜里，那些无法入眠的成年人再次嗅到了来自昌青街的血腥气味，他们对自己说：“没有关系，他们总要长大的，等他们有了对象，生了孩子，就不会去打打杀杀了，我们不也是这样过来的吗？”

这天夜里，方小壮像是发了疯，在此之前他一直是个打架很节制的人，常常说“穷寇莫追”，阻止杀红了眼的兄弟，他不但有勇，同时也懂一点儿谋略，最重要的是懂得收敛，所以他一直是昌青街少年们的头儿。

但在那天夜里，他一直将敌军追到城外，追到那片用来砍人头的行刑地，追进小树林里，然后他不依不饶地在小树林里搜索。

紧跟在他身边的小开弟跑得流出了鼻血。尽管他有些许的诧异，但没有任何的迟疑，他跟方小壮永远是一体的。

等他们发现自己的兄弟已经被远远地抛在了后面时，显然已经来不及了，黑夜里，他们被几个扫堂腿绊倒在地，方小壮滚来滚去躲避密集的拳打脚踢，试图站起来反抗，结果每一次的反抗都会让他遭受更多更重的袭击。

小开弟却迅速地爬起来，跪在地上，采用他在被父亲打时的姿势，双手护着头，眼睛看着地面，一言不发。

幸运的话，他能看到一只细小的忙碌的蚂蚁，或是一只翻倒的七星瓢虫，依靠它们来度过这艰难的时光，就如他平时所做的那样。可惜，在这个只有闪电的夜里，他只能看到轮廓隐约的黑暗。

那个时候，他们的弟兄停止了追赶，他们围在一起行走在那一片阴云密布的行刑地边缘，他们一边抽着“红缨”牌香烟，一边高声谈论今天的战事，兴奋不已。后来，当他们中有人突然发现方小壮和开弟还没有回来时，远处，逐渐恢复了平静的小树林里，方小壮已被打折了一只胳膊。

断了胳膊的方小壮对开弟说：“真没想到，田红这妞烂得很。”

开弟正在找他的一颗门牙，方小壮说别找了找到也没用了。

开弟说：“那不一定，我交给蓝医生试试。”他吐了一口血沫子，现在，他的嘴里都是这种血沫子。

方小壮说：“但你别对别人说，尤其是泥鳅老七，要让她知道了，田红还活不活？”

开弟说：“当然不让她晓得，但你最好别去惹钟逸民。”嘴里的血沫子使得开弟在说这话的时候战战兢兢。

“我疯了我去惹他？”方小壮开始去看他折断的手，他叹了一口气，说，“我妈也该疯了。”

“或许这时候她就记得她还有一个儿子了。”过了半天，方小壮才幽幽地说出这句话。

这时候一道闪电划过，开弟在一块黑色的石头上找到了他的门牙，他觉得它平静地躺在那里，发出一些惨白的光，目的就是为了重新回到他的嘴里。

多年以后，开弟为自己安了一颗银牙，只要一开口，他的整张脸都会变得银光闪闪，就是这颗银牙，使人们彻底忘记了那个曾经流着黄鼻涕跪在鸡圈旁的小开弟，其实人们是忘了他的童年，唯一能记住的是他的奶奶，在她的口袋里，一直放着一块皱巴巴的失去颜色的手帕，那是为他准备的。

田红的父亲最后一次来到昌青街是为了帮她确定工作，昌青街人最后一次看到那辆高大的牵引型大奔驰缓缓驶入，又急急驶离。

田红的父亲还带来一个穿军装的女孩，她是部队文工团的舞蹈演员，说一口四川话，现在，她是田红父亲的未婚妻。她一直坐在驾驶室里没有下来，田红父亲过一会儿就朝她那里望上一眼。

那时候宣传队刚刚分离成两个机构，滇剧团和文工团。

“滇剧演员需要功底，现在学怕是来不及了。”老宣传队的领导带着他们先到滇剧团转了一圈，田红看到了那些曾经鲜活地旋转在舞台上的戏服，离开了舞台，它们就死了，领口和袖子都粘着污渍，在有灰尘的房间里，像一堆腌菜，再也没有舞动起来的斑斓光泽。

田红的心里被这样一堆暗淡堵塞着，她说我不想唱戏。

文工团的练功房比之滇剧团的仓库还要更破烂，但文工团有许多年轻人，田红他们进去的时候，她们正相互扭着手打架玩，她们跌跌撞撞把墙角堆放着的旧脸盆撞得叮当乱响，那些旧脸盆是用来接屋顶漏下的雨水的。看到领导来了，她们装模作样地去练功。

“也可以学跳舞，女孩子多。”老领导微微秃着的脑门儿渗出了细细的汗。

“跳舞？也许她矮了点儿。”田红的父亲想象不出她可以跟跳舞扯上关系，她的肩背像她母亲一样有一种紧缩着的僵硬。

老领导不说她矮，他说跳舞就是有点儿辛苦，他一边说一边擦着不属于这个季节的汗。

田红就是在这时候看到那台钢琴的，那时候它被一块深色玫瑰红金绒台布覆盖着，四周垂着浅黄色的流苏。金绒有毛质感，细小的绒顺着一个方向倒去，被光照着显出一点儿别样的颜色。

田红朝着它走去，她有一点儿好奇，她伸出一个食指用力按下一个白键，一道清亮的光从键上弹跳出来，又很快消失，留下一道淡淡的痕在她的眼睛里。

田红被自己按下的键吓了一跳，她回过头去对他的父亲说我想学琴。

“对对对，”老领导突然反应过来，“我们现在有一个反映全世界各族人民大团结的舞蹈，刚好需要一个钢琴伴奏，你正合适。”他松了一口气。

田红的父亲很感动，他说那太好了，太好了，田红要好好学，将来当一个艺术家。

他郑重其事地向老领导行了一个军礼，他说以后田红就请您多照顾了。老领导慌乱之中向他鞠了一躬，他一弯下腰，就把头顶上秃着的部分暴露出来了。

田红的父亲急于回到车里，但他又觉得应该对她说点儿什么，于是田红的父亲做出了语重心长的样子说，红红，你不要怪我们，有些事情长大了你就明白了。如果你要怪就怪我好了。

他突然觉得千万种悲伤都蜂拥过来，紧紧地挤在他的声音里，让他的声音细若游丝，即将断裂。好在这时候老领导叫来了马老师，要给田红做一下示范，马老师将负责教她琴。

马老师非常胖，一坐下来，上半身就被分成了三大段，但她一坐下来，一段极其悦耳的旋律就响起来了。

田红说我知道了，你先去吧！

田红的父亲说那好。但他站着不动。

田红的目光像是要进入到乐曲最深处。

于是她的父亲再度谢过领导，又站了一会儿，转身走了，他走在乐曲最轻快热闹的时候，不知道是不是因为他的心也是轻的。

马老师弹的是一首著名的印尼民歌《宰鸭歌》。田红的目光一直停留在马老师粗胖的长着老年斑的手上，她觉得它们就像一群长着翅膀的小肥猪，在琴键上飞来飞去。既不知道疲惫，也不知道忧伤。

清晨总是要来的，其实，每当方小强的母亲这么想的时候，清晨就已经吞噬了她的睡眠，悄然来临了。她走进厨房，用一根裹着布头的细铁丝点燃一个很旧的煤油炉，她看着蓝色的火焰很快从沾着厚厚油渍的底盘上蹿上来，均匀地围成圈，然后她用一口熏得发黑的锅覆盖住那圈轻轻跳舞的蓝。

方小强的母亲守着这一锅没有油腥的骨头，她看见锅里的水慢慢翻滚起来，那些细小水泡簇成的沫子慢慢聚拢到一起，又被推挤到边上。这时候水汽升腾起来，它们把她包裹在一片白色的气雾中，让她和她一直守候着的东西，同时陷入模糊。

方小壮有一次对小开弟说他真想请钟逸民来他们家看看方小强还能活多久，他说要是他死了的话他妈恐怕就记得她还有另外一个儿子了。

方小壮说这话的时候还吊着胳膊，一副潦倒的模样，但小开弟相信他说的是真的，关于生死，方小壮有一种过早到来的通透。

“无所谓。”开弟说，“大人都是这样的。”

“比如我爸，他想打我的时候才会记得我，他不想打我的时候，根本不知道我在哪里。”开弟再次露出了他简单的笑容，这种笑容相对于方小壮的潦倒来说，格外灿烂。

多年以后，站在相同的地方，方小壮和开弟再次交换了这个问题，那时候开弟的嘴里已经有了那颗闪亮的银牙。那是他们在离开昌青街之后第一次回来，所以他们都为这条街这么小这么破旧而感到吃惊，他们一致认为昌青街的大人们不喜欢小孩子全是这条街的缘故，在这种破烂的地方，比如我，小开弟说，也很想打一个人。大人们没有其他人可以打，只好打自己的孩子。

老七穿着一条白色的前面开口的裤子招摇过街，这条裤子让昌青街的女人们笑得直不起腰，它紧紧地贴在老七已经变得丰腴的腰臀部，无情地把她的小腹部和髂骨勾勒出来，使她的下半身看上去就像一只蝗虫。老七迈着蝗虫的步伐招摇过街去和方小壮约会，她鄙夷地朝着那些笑得直不起腰的女人们望去。

老七的这条裤子，就连身经百战的方小壮都有些害羞，他一直不敢看她微微鼓起的小腹和她呈倒三角形的髂骨部分。

老七说这种紧身裤比喇叭裤都还要时髦，当然，那是指在大城市里。

方小壮说："时髦个屁。"他一边这么说，一边悄悄地脸红。

老七不再觉得田红可恨，因为田红再也不会在夕阳染红半边天空的时候伫立在街头等待她的父亲了，田红不会因为这种等待让一段时光变得清澈和透明了。而田红的父亲，连同那辆威武的绿色军车，正在昌青街人的记忆里寂寞无声地淡去。

纵然如此，田红依然没有活在昌青街，现在，她活在了她的琴声里。老七在文工团看见过她练琴的背影，她不能确定，那里坐着的是田红还是她的母亲蓝医生，她们的背影已经非常地相像。

老七从来没有过的惆怅，当她觉得伸出手去就可以触摸到田红的背影呈现出来的僵硬时，她觉得自己距离那个老是用火钳烫头发的泥鳅老七十分遥远。

后来老七的心中常常涌起这种惆怅，在她和方小壮一起离开昌青街的时候，在她又离开方小壮独自一人来到沿海某座城市的时候，在她站在灯火阑珊的尽头将自己隐在一片暗淡阴影中的时候，她又看见了那个融在一片乳黄色晨曦中的背影，她又仿佛可以触摸到一种深不可测的僵硬。

老七的心被一种淡淡的惆怅撕扯着，这种撕扯使她无论走多远都好像依然留在昌青街，准确地说，是留在昌青街破烂而残缺的往昔。

其实方小壮在决定离开昌青街之前已经有过几次倒卖走私货的经验，这些小小的经验加剧了他对昌青街的厌倦，他说成天在昌青街打打杀杀的也没有意思，打的又都是熟人，抬头不见低头也要见。

这期间还发生了一件重要的事情，钟逸民受省城某一家单位邀请做了一次大面积的巡回演出，这一趟他走得很远，一直到了中缅边境。这件事本身并不重要，重要的是他带回一种三寸见方的图片，图片上有裸体美女，摆出一个令人血脉偾张的姿势。的确，即使是见多识广的人，乍一见到这样的姿势，也会脑袋发涨。

钟逸民解释说这是从香港带回来的，要卖十元钱一张。香港那时还是极其遥远的国外，所以这个昂贵的价格也是合理的。昌青街一共有五个人拥有这种照片，因为钟逸民只带回来五张，但至少有五十个人看到过，他们中绝大部分是年轻男性，在无数隐秘的夜里，这些照片，使他们的想象长出了触角，在黑暗里生机勃勃地舞动。

方小壮也花钱买了一张，那时他已准备离开昌青街，他解释说主要是因为老七想要，买给她的。然后他说哥，你跟我们走吧，你功夫那么好，又有见识。

方小壮吐出了一口烟，让烟雾缭绕在他们之间，他说昌青街有什么好待的，待到死也就这鬼样子。

钟接过他的五元钱，卖出了手中最后一张照片，他突然有些怅然若失，也许他应该留一张给自己。钟说了一串自己也听不清楚的话，转身离去了。

方小壮带走了老七，带走了几个弟兄，方小强依然睡在一间朝北的小屋里，钟逸民的气功表演已经不再令昌青街人吃惊，他正式接替了父亲的照相馆，终日坐在一幅北京天安门的背景画之前。开医生没有儿子可以打，剩下的头发迅速地白了，新的小流氓还没有成长起来，昌青街暂时呈现出一片前所未有的宁静。

这时候，田红的琴声响起来了，透过她家临街的小窗，飘浮在几乎是空寂的昌青街。

不知为何，那个表现全世界各族人民大团结的节目一直没有排出来，文工团的领导看田红实在无事可做，允许她把琴搬到家里练。琴已经很旧很旧了，无论是谁来弹它都会忍不住叹气。

昌青街一直在田红时断时续的琴声中沉寂着，它的存在仿佛就是为了毫无目的的长吁短叹，除了这样它再也没有其他的选择。直到有一天，小学校门口那块标语墙上突然出现了“严厉打击刑事犯罪分子”的大幅标语时，昌青街才像是打了一个激灵，重新振奋起来。

田红与钟逸民之间定然有一个不可告人的协议，这是在裸体照事件暴露以后，昌青街人最渴望知道的秘密。然而，这个秘密随着钟逸民的枪决和田红的缄口，永远地掩藏在没完没了的猜度中了。

钟逸民发现，他带回来的那五张裸体照给昌青街带来了类似这样的消费需求。那时候，方小壮和老七在内地的城市里贩卖走私货，他常常想起他们，在照相馆生意极其萧条的时候，或者在他为小学毕业的学生们照一张一毛五分钱的标准照的时候。他甚至觉得他还应该出门一趟，再带回一些什么有价值的东西来。

后来，钟逸民的手里又出现了一种小照片，他依然说是从香港来的，依然要卖一个不可思议的价格。但这种照片看上去很蹊跷，它的确太像一张普通的照片了，尽管它被细心地着上了色，或许正是因为这些奇怪的颜色使它显得更拙劣。而且，里面的人还没有头，照片是从脖颈开始拍摄的，这多少有点儿影响人们的想象力。但重要的是，无论如何，这是一个年轻女人的身体，有令人窒息的光滑曲线，充满了无数的秘密，就算是最糟糕的颜色也无法掩盖她的温柔肤质散发出来的一种年轻女人才有的味道。

这种照片曾经一度供不应求。

洪师傅的老婆也从儿子的枕头下翻出那张照片，她一看就说，这不是田红吗？她的头呢？她为什么不穿衣服？

细心的人们必须相信诸如洪师傅老婆这样的女人，因为她们有相当丰富的信息来源，而且她们也有机会在澡堂子里见过田红的身体，所以，经过无数次私下里的交换意见，终于可以确认，这些照片没有来自香港，而是来自“忠义”照相馆的暗房。

那段时间洪师傅的老婆烦得几近疯狂，因为洪师傅从早到晚都蜷坐在她的身边，牢固得如同他们家门口那只被砸破了头的小石狮子。她认为，作为一个男人就应该去练自己的气功，种自己的兰花，喝自己的小酒，如果实在无聊了，也可以去下一盘棋，找人吹一次牛，或者打上一架。总之，就是不要蜷在老婆的身边，翻着似睡非睡的眼睛让她觉得时间是如此难挨。

活在烦躁中的洪师傅老婆几乎是毫不犹豫地检举了钟逸民，政府不也在动员大家检举犯罪分子吗？但是很快，她就发现事态的不一样，终于有一天，钟逸民的名字被打上大大的红叉叉张贴在标语墙上。

恐慌随着那个绝望的红叉在她心中嘭地扩散开来，一直扩散到她的每一根头发梢和每一个指尖。

洪师傅的老婆开始不停地讲话，对着她所能见到的每一个人，反复地说我不知道，我真的不知道，我以为只是开一个批斗会。

说得多了，她的两个嘴角就堆上了白色的沫。直到后来死去，洪师傅的老婆也没来得及把自己的嘴角揩干净。

其实，除了流氓罪，来自公安的消息说，钟逸民的死刑主要是因为叛国罪，那一年他巡回演出到中缅边境的时候，曾经伸出一只脚踏过界碑，对着其他人大叫：我不是也出了国了吗？哈哈哈。

他的笑声有着某种不祥的征兆，听上去令人感到毛骨悚然。那时候没有人觉得他的举动可笑，所以，他的笑声只能延续很短的时间，在茂密的丛林里一掠而过。

他的笑声之后，紧紧跟随着一段若有所思的沉默。

所以说，人在任何时候都不能忘乎所以。昌青街的人这样总结。

那一年的九月，田红在她家临街的楼上，面对一架破旧的钢琴，度过了剩下的时光。

不是每年的春节那些外出的人都会回来，实际上他们回来得很少，所以即使在过年的时候，昌青街也并不热闹，而且那座名叫后山的小山开始滑坡了，许多单位陆续搬到了街的外面，许多人家也跟着搬离，一条新的街正在悄然形成，昌青街显得更空寂更寥落了。

老七的脚步是沉滞的，当她再度行走在凸凹不平的昌青街的路面时，每当一串缤纷的焰火伴随着孩子们清亮的叫声升上天空的时候，她的浅驼色长毛皮草大衣就会被映照出诡异的色泽，她看上去就像一只蛰伏在草丛中的有着华丽皮毛的兽。

“真不敢相信。”老七对着因为吸食海洛因而变得瘦骨嶙峋的方小壮说，“要是我们没有离开家，今天会是什么样子?”

“还是这个样子。”方小壮哑哑地笑，消瘦使他的笑在夜色中格外阴森。

其实老七自己很清楚如果没有离开家，没有离开昌青街，她会是什么样子，昌青街头，混迹在人群中的一个失去年华的女人，一件起毛球的黑色旧毛衣，一个老旧的发型，一张带着索然秋意的脸。

他们在田红的窗下站了一会儿，听到一阵时断时续的琴声，然后他们听到一段更长的空寂，这是一段无法逾越的空寂，它附带着他们曾经熟悉的生活的气息，它是属于昌青街的，现在，这种气息包围了他们。

方小壮觉得很冷，他不停地打喷嚏……

他忠实的朋友开弟一把扶正了他。他们朝着街头走去，远远看去，或者高高地看去，他们就像朝着鱼头的方向行走，他们已经站在了鱼鳃的位置。但是，他们自己并不知道，昌青街像一条鱼，没有多少人知道。

因为那得是在九月，在一个残留着热气的下午，如果灰白的尘土随着驶去的汽车飞扬，昌青街看上去就会像一条死去良久的鱼。

连长的耳朵

最先发现连长耳朵出了问题的不是传令兵，尽管那时他正在和连长通话，可以确定，他已经准确无误地把目标的坐标数据传达给连长。然后，他的目光和注意力都重新集中到眼前的两台步话机上，它们正轮番发出刺耳的铃声，来自前线指挥部的数据几乎是一拥而上，他不可以有任何理由掉以轻心。

最先发现连长的耳朵与往常不一样的是一号炮瞄准手，准确地说是他最先感觉到这一点。那一天，当连长叫出“坐标”两个字的时候，如往常一样，瞄准手其实已经基本调整好方位，只需要做一点儿极其微小的调整，他知道后面的一发炮弹将在纵轴上向前延伸，呈现层进式翻滚的爆炸。短短几秒钟内，目标会在翻滚式的爆炸中成为平地。

每次他都是这样提前做好准备的。

因为他是一个有经验的瞄准手。

连长的声音好像在破裂的玻璃中穿梭，早在几天以前，瞄准手就觉得连长的咽喉堆放着玻璃，当他挥动着旗子叫“开炮——”的时候，声音是从玻璃的空隙中挤出来的，挤得非常艰辛，同时他的身体里也在发生一次爆炸，那些堆放在咽喉的玻璃更大地破碎，变成了碎片，变成了粉末，变成了火药的气息，弥散在他身体里任何一个可能的角落。

那天是开战以后的第九天，一号炮瞄准手清楚地记得，也是开战以后第一次激烈的炮火轰击，在此之前，他们没有真正进入战争，几次时间不长的交锋更像是在演练。

再在此之前，他们甚至连前线在哪里都不知道。当部队在一片没有边际的荒地上行走时，他们的方向和目标都是模糊不清的。

那一天，他记不清连长发出多少声“开炮”的命令，也就是说，他已经记不清连长身体内发生了多少次这样的爆炸，直到后来他感觉到连长的耳朵聋了。

连长的耳朵一定经受不了来自他体内的爆炸和炮弹爆炸时互相对击的冲撞力，这一点，炮兵们都有相当的经验。

瞄准手的眼睛离开了瞄准仪，他看见连长握着小旗的手停顿在空中，仅仅是一秒钟，但在密集的炮火里，这样的停顿显得突兀而漫长。然后，连长的脸上露出一丝犹疑的神色，他的脸上覆盖着黑色的火药和灰尘，但不能遮盖住这样一丝游走的犹疑，它们令人担忧地停留在他的眼中，并混合着一股细细的鲜血缓慢流出。

还有一股同样细小的鲜血从连长的耳朵里流出，但瞄准手没有看见，他已经来不及去看，因为仅仅在一秒后，连长的小旗挥下来了，那一声穿破玻璃的指令也发下来了，只是这一次，瞄准手没有感觉到他身体里的爆炸，他好像已经失去了爆炸的力量，身体里只有奄奄一息的火星。

那是那天他们发出的最后一排炮弹，瞄准手可以断定，连长给出的坐标是他自己做出的判断，而且没有出错。这样的经验瞄准手也具备，我们说过了，他是一个有经验的瞄准手。

有时候，在转动瞄准仪的时候，他会随着手指轻微的转动产生幻觉，他的目光在精微到毫米以下的距离间扩散，于是他看见了灰白的尘土裹挟着灼热的火光，像海啸时浓烈的波浪，翻滚着向前席卷。

过一会儿，待到一切都平息下来的时候，大地就会留下一些触目惊心的坑，犹如那些在夜里也会睁大眼睛的黑色墓穴。

那天的炮火攻击很猛烈，指导员的战地日记为此做了记载。

有一个高地被敌军布满了坚硬的军事堡垒，步兵部队付出了惨重的伤亡代价但还是久攻不破，据说军事堡垒采用的是很原始的方式，但对于不熟知这种方式的部队来说，是完全新式的。

他们发起过好几次冲锋，但都没有成功。

消息不是从前线指挥部传来的，对于炮兵阵地而言，来自前线指挥部的消息通常只有两种：命中目标，或者，没有命中目标。

消息是炮团的士兵自己看到的。

那一天，在炮兵阵地旁边一条通往后方的黄土路上，运送伤员的车络绎不绝地驶过，它们不像是载着人，倒像是载了满满一车高低起伏的呻吟，悲惨的叫唤在汽车离去很长时间之后都还在逐渐消散的灰尘中回荡。

这中间肯定有正在死去的人，因为有些人能听到越来越短促的呼吸，或者鲜血在纱布上缓慢扩散的声音。

总之，在那些超负荷的汽车驶过之后，有一些东西遗留在炮兵阵地，使那一天的空气充溢着血腥的疼痛。

整个炮兵团好像有一根重要的神经被刺激得发起抖来，大部分的人都觉得那一天大地发生了剧烈的抖动，每一门大炮都在灼热的高温中呼啸，每个人都感觉这猛烈的呼啸会让人随之粉身碎骨，阵地陷入到烈火中。

连长就是在燃烧着的气焰中失去他的听力的，当然，他看到了火光，但他并没有看到火焰，燃烧着的不过是气焰，蔓延在整个阵地。

在一次猛烈的爆炸之后，连长忽然觉得周围一下子安静下来，一声极其轻微的碰撞，响在他的耳朵里，他不明白，世界上有什么东西的碰撞能产生这样的声音，清脆得可以折断，温婉得可以化掉。后来他想，那应该是某个妇人耳垂上的两枚玉坠，在她回首与顾盼之际轻轻相撞。

连长不是浪漫的人，他这么想是因为他把手停顿在空中的那一秒钟内，确实想了一下他的妻子。

她在食品公司的屠宰车间上班，总是在凌晨四点钟就起床，穿着胶质雨靴，罩着厚实的防水围裙，在一间阳光无法到达的房间里长时间地操作。

即使是最干燥的季节，那间屋里都要充溢阴冷的潮湿，地上永远都流淌着污水、血水和泥泞，空气里永远都散发着恶毒的臭味，散发着黑暗。

而她，就像活在一个没有尽头的噩梦里，带着脸上缺乏睡眠的蜡黄，带着冷峻的厌恶表情。她的耳垂跟任何有光泽的，会叮咚作响的东西无关。

所以，连长关于耳垂的任何记忆都是来源蹊跷的，连长的世界突然清静下来，清静得令人怀疑，清静的同时还带来了寒冷，在他周围蔓延着的燃烧悄然熄灭，他不知道为什么突然间热浪开始像冰一样凝结。

连长茫然地向四周望去，他的脸上带着一种失去声音之后的困顿。

这天夜里，每一个战士都发到一双钢板鞋，这是用来防止跌入陷阱之后受伤的。丛林里或者荒地上都密布着敌人布下的陷阱，里面插着带剧毒的尖利竹签和铁签，摔落的人无疑都要被刺伤，几分钟内，甚至几秒钟内，人的意识就会散失，这是因为剧毒会引起并发症，很难救治，即便有救也必须高位截肢。

这种在鞋底缝进钢板的胶鞋就是为了防止跌入陷阱之后受伤，但它好像来得迟了些，今天下午的冲锋，步兵部队就严重受到这种陷阱的干扰。

“跑着跑着就不见人了！”许多年以后，在一家部队疗养院，退休的瞄准手在牌桌上对他的麻友说，“你根本就不知道哪里可以踩，哪里不能踩，看上去都是一样的，本来跑得好好的，突然就不见了……”

其实当年他并没有看见步兵的冲锋，他和其他炮团的战友一样，只是看见了拉伤员的军车向后方驶去，他只是这么想而已。当然，对于战争，他是有足够的发言权的。

瞄准手的心里掠过了那些在他的眼里突然消失了的年轻的身影，虽然只是一瞬间，但像有一块暗淡的云浮过，遮住了那天原本明媚的阳光，他摸了一张牌，用这张他正需要的牌驱散了愈来愈浓的云。

“后来才晓得，冲啥子冲啊，整座山都被挖空了，高地是被陷阱包围着的，要是没有陷阱，那就一定埋着地雷……碰碰碰，光顾讲了。”

瞄准手恢复了宁静，心绪回到了他历经风雨的年迈躯体，他悠悠地说：“好在那天我们炮兵很要得，硬是把高地轰得稀巴烂，让步兵退了十公里，要不然，嘿嘿……”

“要不然啥子？反正我们也不会三缺一，你又不是步兵！”麻友们说。

他们都很高兴他能主动结束这个话题，尽管有时候，对于战争中的死亡，他们多少都还有些好奇，但现在他们老了，死亡越来越像某天清晨的日出，静静地等候在漫长的黑夜的尽头。所以他们爆发了一连串老年人的笑声取代了这个话题。

笑声像是冬末开封的冻河，流淌得很细。

没有人知道连长的耳朵出了问题，这个事情，连同他耳朵里和眼睛里流出的细细鲜血，都被忽略了。在炮兵阵地里，这样的情形是正常的，所以忽略也是正常的，接下来，他们需要片刻的宁静，来修复被狂轰滥炸的耳朵和神经。

炮兵阵地陷入死一般的沉寂中，浓烈的硝烟正在缓慢地消散，在这缓慢扩散的烟雾中，忽然传来连长的声音：

“离开这里！危险！”

那些耳朵里还在狂响着炮火声的战士被这声音吓了一跳，因为它太大了。

发生什么事情，很多人在询问。

在猫耳洞里写战地日记的指导员也被这声嘶力竭的叫喊唬得一怔，他停下笔，探起身来向外望去，透过逐渐变淡的烟雾，他看见连长奔跑的背影，远处站着几个误入阵地的山民，连长边跑边挥舞手臂让他们离开。

瞄准手想连长是真的聋了，只有真正的聋子才会在寂静的时候用尽全力去讲话。

对了，连长其实是副连长，因为他姓付，正连长就对全连战士说，大家以后就不要喊他付副连长了，这样喊，他猴年马月才当得上连长呢？于是后来，大家就只喊他连长了。

关于那一天的战役，指导员的日记为它做了记载，那是进入战争以后的第九天，也是炮兵阵地第一次剧烈的炮火轰击，在此之前也有过几次进攻，但规模并不大，就像平日里的演练。

所以这一次，所有人都为之惊心动魄，在那篇日记里，详细地记有那一天的天气、负责人、战况以及战士们的表现，然后，指导员还提到炮火轰击结束后阵地陷入死一般的寂静中。

在那篇日记里我们可以发现指导员是一个非常爱好文艺的人，接下来的文字极其优美。阵地陷入死一般的寂静中，他说硝烟像清晨的薄雾在周边的树木丛林间缭绕，慢慢被风吹淡，可以看清楚周围的山和树，还有远处红彤彤的落日。

假如不是在战场，这样的文字会被认为是一篇文辞华丽的游记。

“几个老百姓突然出现在阵地上，他们是出来干活的，不知道为什么迷了路，他们站在那里非常危险，连长叫他们迅速离开。”

关于这几个突然出现的老百姓，这是唯一的记载，当时他们没有引起过多的怀疑，因为炮兵阵地的周围时常出没有这样的山民。

炮火一停息，即使留在大地上的热浪都还没有消散，他们就会陆陆续续地出来，在残留着零星火星的树林里，在留有弹壳和钢铁碎片的土地里，砍柴、打猎、拾蘑菇、收取苞谷。

这种时候他们会让人觉得，战争对于某些人来说远没有地里剩下的苞谷重要，哪怕那些苞谷长得错落稀疏，豁着难看的嘴，发育不良的籽粒就像虫蛀的牙。

当时的情况是这样的，是连长最先看到那几个山民，他们穿着当地人的服饰，有着当地人的肤色和表情，出现在阵地上使他们有点儿害怕也有点儿愧疚，看得出来他们只想尽快离开。

但是假如不是连长最先发现他们并朝着他们跑去，事情也许不是后来那样的结局，这是许多人后来的说法，当然这样的说法只能当作马后炮来处理。起码他们说话的口音会暴露身份，至少会引起相应的怀疑，只可惜，在那时，连长是唯一向他们跑去的人。

“离开这里，危险！”他的声音大得惊人，像是没有从激烈的战火中回过神来。

他们中的某一个人为他们之所以站在这里做了一点儿很无力的申辩，当然，连长是什么也听不到的，为了听清他在说什么，也为了快速为他们指出退出阵地的路，他朝他们跑去。

于是很多人看到了连长朝他们跑去时的背影，包括指导员。但大部分人不再关注这件事情，因为这不算是个新情况。

跑近了，连长才发现那个试图解释点儿什么的是个女子，她单薄得就像一个孩子，叫人难以分辨性别，能暴露她的只有耳垂上悬挂着的一对玉坠，或许还有她被浓密睫毛覆盖着的黑眼睛。

但连长当时根本无法注意她的眼睛，因为他的目光被那一对玉坠截住了，那是一块碧绿的玉，拥有两粒水滴状的珠子，错落着轻轻碰撞，像要从一片巨大的叶子上滚落下来。

珠子的绿就像一只蜻蜓的翅膀，在雨后正对着阳光展开，光泽从一片纱幔中透过来。

那时候连长的耳朵里还响着细微的碰撞声，清脆得可以折断，温婉得可以化掉。在此之前，这种声音出现在他的耳朵里让他觉得来源蹊跷，但现在，他的眼前突然出现这样一对玉坠，炮弹发射时的巨响刚刚结束，大地好不容易停止发抖，在四处弥散的浓烈的火药味中，它们就这样地突然出现了。

这像是为某种机缘而诞生的巧合，连长本来一直在努力控制他的耳鸣，这样的声音让人发狂，但现在，他的努力显得无济于事。

“离开这里!”他只能再次重复。

戴玉坠的女子在连长朝他们跑来时露出了惊恐的神色，在她的眼睛里，但她很快就控制住了，他们不再开口说话，顺从地沿着连长指出的道路，迅速离开了阵地，很快就消失在密密的树林中。

对于炮火停息以后的耳鸣，炮兵们有千奇百怪的感受，细小的蚕啃食桑叶，水滴落在光滑的青石上，风吹过干瘪的树叶，闹钟在深夜里行走，诸如此类的声音会将静谧无限地扩大，并且粗暴地折磨他们的神经。

而大部分的士兵会听到炮火的轰响，从远处翻滚向前，又翻滚着离去。由于老是听到炮火的轰响，他们的脑神经严重地衰弱，尤其在寂静的时候。

所以，当一发炮弹真的穿过硝烟落在阵地前方的时候，那些总是听到炮火轰响的士兵都以为这只是一次耳鸣，发生在他们的幻觉里。

这是第二次激烈的炮火攻击之后，也就是战斗进行到第十一天之后发生的事情，距离第一次激战不过短短的两天，指导员的战地日记依然为此做了详细的记录。

那一天，猛烈的发射刚刚结束，士兵们退离炙热的炮车还不到半分钟的时间，敌军的一发炮弹就呼啸着降临了。

但是直到第二发炮弹降临，火光裹挟在浓黑的硝烟里，像一朵盛开的红云，在彼此的瞳仁里越来越饱满地绽放，士兵们才突然意识到：阵地正在遭受敌方的炮火袭击。

这是始料未及的，阵地出现了短暂的混乱，但这样的情形很快就被制止。

很快，前线指挥部下达了转移阵地的命令。

这是一次毫无准备的大转移，所有牵引型大奔只能停留在阵地以外等候，被轰炸过的土地留下巨大的坑洞阻碍了机车的行驶，士兵们必须用人力完成这场突如其来的大转移。

瞄准手突然感觉到一种漫无边际的重量，超出他体能千万倍的重量落到了他的身上，落到他身体里的每一个器官上，他的肺，他的心脏，他的胃，他的血管，同时发出了轻微的吼叫。

瞄准手同时还闻到了皮肉焦煳的味道，他们当中一定有一个粗心大意的人来不及脱去衣服，垫在散发出灼热温度的炮架上，发射过炮弹的炮架，温度高得惊人，瞄准手曾经幻想过用它来烤一块涂着花椒油的牛肉，他一直这么想。

他不知道是谁的手，接触着这可以用来烤牛肉的钢管。

一号炮的一侧轮子陷入一个巨大的弹坑里，它严重地歪斜着，高傲的炮管不再指向天空，它像一头庞大的犀牛，或是一头大象，掉进猎人的陷阱，越挣扎就越衰弱。

全团有好几门大炮都在仓促的转移中翻进坑洞，几乎是所有的士兵都赤裸着上身，看过去阵地好像刚刚换过服装，衣服全被垫在大炮上，一层又一层，用来隔绝钢铁的高温。

敌方虽然没有采用层进式的攻击，但依然可以感觉到灼热的气浪越来越近。

如果他们使用的是同一种炮型，具有同样的射程和速度，如果他们中也有这样的瞄准手，在命令下来之前就能调适好仪器，并且能估算出下一排炮弹的大体位置，瞄准手想，这样的大转移根本来不及进行。

他想他会在某个地方，和他的大炮一起，随着一声巨响飞升到空中，他身体的碎片会和钢铁的碎片一起，缓缓下坠，在这个过程中，他不能确定他的心是否还能和他同在。

哪怕再坚持一秒钟，瞄准手觉得他的内脏都要破裂了，他的眼睛里流进黏稠的液体，不知道是汗还是血，它们阻挡了他的视线，能看到的景物，都在不真实的摇晃中剧烈地颠簸。

连长跳下来了，连长在瞄准手就要放弃的时候稳稳地站在他的身边，他和大家一样赤裸着上身，手里拿着衣服，他分担了瞄准手的一部分重量，给了所有人信心。瞄准手的视线不再摇晃，他看见那些青色的血管，在连长的额头上、脖颈上、手臂上凸露出来，他感觉到它们的愤怒和不安，他让自己的力量和这些正在挣扎的血管一起膨胀，一起呐喊，一起发生血沫飞溅的爆炸。

终于，大炮被推出弹坑，那个骇人的坑洞，在瞄准手回头看它的时候，犹如地狱的眼睛，不甘地与他对视。

那一天，虽然阵地最终没有成为核心轰炸区，敌方的炮火攻击擦肩而过，但还是有许多门大炮来不及撤离，留在硝烟弥散的阵地，带着孤零零的被遗弃的感觉。

那场突如其来的大转移让瞄准手和他的战友们侧身让过死神，非但如此，它还掩盖了连长的耳朵，虽然直到最后，瞄准手也没有明白，连长为什么要对他受伤的耳朵加以如此执着的掩盖。

那一天作战的时候，指挥口令是由正连长来发出的，连长说他的嗓子坏了，发不出声音，但瞄准手知道，他坏的并不是嗓子。

阵地为什么会暴露。

每个连队接下来要面对的是这个事情，一个临时的特务调查组迅速地组建起来，深刻的反省与检查将会成为接下来最重要的工作。

失去听力的连长变得尤为敏感，在别人的怀疑还没有降临之前他就已经感觉到它们，他越是试图证明点儿什么，就越显得力不从心，唯一的结果就是让他的言行和情绪都变得更加古怪。

有时候他能准确无误地回答对他的质疑，反应快捷，回答精准到无懈可击；有时候对一切的提问他都保持令人尴尬的沉默，像是在最大限度地忍耐；有时候他答非所问，倒更像是一种逆反情绪使然。

更多的时候，他会惊奇地看着对方的嘴唇，他的惊奇会让说话的人感到不安，忍不住想去摸自己的嘴，因为在他的眼睛里，语言就是些看得见的小动物，说不定这会儿正在嘴角边轻快地跳舞。

瞄准手担忧地注视着正在发生的这一切，他自己也被叫去问询过，同样的问题，他会想象连长会怎样回答。他的耳朵聋了，别人会以为他在装。

怀疑的焦点在于那个分辨不出性别的女子——从连长口中大家知道这一点，还有和她在一起的两个山民，为什么给他们指路的是连长而不是别人，他们之间有过什么样的对话，争论一直围绕着这个问题。

我问，你们是什么人。

她说，我们是山下的农民，山里有我们的苞谷地。

我让他们离开，这里危险。

她说，我们知道危险，但不知道怎么走，路被炸坏了。

我说，平直向西走，树林里有小路。

她说，好，我们马上走。

我就立马回来了。

连长编造了这段对话，说的次数多了，他自己也忘了当时的情况，如果说还记得点儿什么的话，那就是那个女子耳垂上的玉坠，当时它们正轻轻相撞，发出奇异的声音，和发生在连长耳朵里的声音相互应和。

这样的应和让连长觉得耳朵里的声音不再来源蹊跷，他拥有了暂时的平静。

也许他还隐约记得那个女子眼里的惊恐，但它们稍纵即逝，没有给他留下更多的印象。

实际上，这种声音一直居住在连长的耳朵里，再也没有离开。

许多年以后，连长坐在一棵高大的楸木树下，等待那一年的夏天随着飘落的楸木花一起结束的时候，他的耳朵里依然有规律地响着两枚玉珠相撞的声音。

其实他是希望它们停止相撞的，为此一直等待了很多年，清醒的时候，他已经遗忘了来自自然的很多声音，比如打雷，比如鸟鸣，比如花开，如果他要想听到它们，就必须进入梦境。

当然，这些都不重要，重要的是他同时还遗忘了寂静，尽管他所剩的时间已经不多，但还是满心希望在这不多的时间里，在他保持着清醒的时候，世界是寂静的。

没有任何证据可以证明连长出卖了阵地，但是怀疑伤害了他。

连长的行为显得更加怪异，他长时间地默不作声，或者在夜里起来，穿着钢板鞋，在阵地周围行走，好几次他惊动了值夜岗的哨兵。

“连长，连长！”他们低声叫他，但他毫无知觉。

指导员认为这是压力太大导致的，他看得到这样下去的危险性，所以在有足够的证据让事件水落石出之前，谁也不许再说三道四，他下达了严格的封口令。

指挥部一直没有下达任何命令，新阵地在平静中度过了为数不多的几天。

“这样下去，再过两天是不是就可以回去了。”瞄准手对连长说。为了让他听见，他的声音就像在吼叫。

他真的很想家，也想部队的营地，想他刚刚在营房后面种下的葡萄，想周六晚上篮球场上的露天电影。

那时候他痛恨坐在队伍后面的部队家属们，在电影开始之前，她们发出足以掩盖一切的喧嚣，孩子们在铺满了瓜子壳的地上窜来窜去，在人群中打闹，直到电影开演，她们的注意力得到吸引，这样混乱的场面才会结束。

但此刻，在寂静的炮兵阵地，在显得有些漫长的等待中，他却加倍地怀念那电影开演前无比混乱的场景，他还怀念大片的绿油油的菜地，怀念清晨的起床号，怀念独自站岗的宁静时间，他惊讶地发现，只有那些曾经无比痛恨的，才能在这种时候进入他的怀念中来。

“我一定要找到那个女人，让她还我清白。”连长这样回答瞄准手。

那个有雾的清晨，他的话是灰白的，他说话时候的表情也是灰白的，他整个人就像雾一样游走在阵地上。

“不是，连长。”瞄准手急于解释。

“我是说，也许我们很快就可以回去了。”

他马上意识到这是个危险的话题，有可能动摇军心，还有可能制造不必要的麻烦，于是，他的声音像那些弥散的雾，低低地急于离开。

“怎么可能，战斗才刚刚开始，世界上有这么短的战争吗?”连长接下来用一个粗俗的玩笑嘲笑瞄准手，并很快离开了他。

瞄准手受到震动，不再相信自己的判断，也许真相不是他感觉的那样，一切的感觉都是不可靠的。

连长真的开始了寻找，尽管在别人看来，这样的寻找艰难且不切实际。

连长唯一能利用的机会是外出巡逻的时候，其余时间，他和所有人一样不能离开阵地，于是，他所带领的分队是走得最远，也是巡逻最仔细的分队，他们穿过荒地，在丛林中行走，穿过浓厚的雾障，小心翼翼地绕过积水的沼泽地，他们细心地盘问遇到的每一个山民，有时候一条猎狗跑过或是一只山鸡扑扇翅膀都会引起他们半天的猜疑。

每一回收队，连长都会把不甘心的目光放置在望远镜里，渴望它们能到达更远的地方，最好能穿越丛林，翻过悬挂着白云的山峦，来到某个人口密集的小镇，在那里，它们会细细搜寻一个戴绿色玉坠的女子，她说不定就站在某个屋檐下，或者水井边，等待着与他的目光相遇。

对此，连长深信不疑。

这样地持续了几天，其间只有一次接到命令，所发的炮弹不过寥寥数发，就像只是为了给大家一个提醒，这场战争还没有结束。

指导员的战地日记无可记载，大部分内容他用来描述周围的景致和自己的心情。

由于无事可做，他们加大了阵地巡逻的力度，只不过每一回出门，瞄准手都会接受一次私下的交代：“跟紧连长，不要让他单独行动。”

这句话有时候是指导员跟他说，有时候是正连长跟他说，不管是谁来说，这句话都会让人变得猥琐。

后来的一天，准备战斗的命令是在黎明时分就传达到了的，但开炮的命令却迟迟不下，整个炮兵阵地都处在高度紧张的待命状态。

一直到中午时分，天边出现一块绯红的云霞，突然就变成乌黑的云，气势汹汹地朝着阵地方向移动，整个世界暗淡下来，就像夜晚突然降临，那些还来不及消失的光，惶恐地收缩着身子，呈现一缕骇人的玫瑰色艰难地从乌云的边缘透射出来。

十多里外的前线指挥部却晴朗依旧，他们在这时候发出了炮轰敌军某高地的命令。

这回发出命令的是正连长本人，连长始终无法集中的注意力让大家担忧，此时他在连部指挥所里负责全盘协调与监管，这原本是正连长的工作。

连长的注意力受到关注，而他的耳朵再次被忽略，我们说过了，在炮兵阵地里，忽略是正常的。

乌云越压越低，沉闷的雷像是来自大山的深处，打着滚，慢慢地升到空中，在阵地上空爆炸。

正连长抬头看天，在离他很近的地方，闪电和雷同时炸响，把天拉开了一道口子。他把开炮的命令紧紧咬在牙齿里，这两个字一出口，后果不是他能控制的。

没有人知道，此时身处犹豫中的正连长是否有了不祥的预感，他想拖延一点儿时间，至少等雷电稍弱一些。

但是传令兵很快带回了前线指挥部的命令，同时也带来了指挥部的语气和情绪，他的声音在雷电中颤颤巍巍：“连长，快开炮，前线要求支援，指挥部问为什么不开炮。”

指挥部再次命令，必须马上开炮！

可以想象，一场艰苦的厮杀正在进行，前线需要炮兵的支援。

连长的那一声“不——”和正连长“开炮”的命令几乎是同时响起的，稍后一点还紧跟着指导员的一声“卧倒”，时间只发生在零点零一秒之内，可以确定，在事情发生之时，他们都做出了相应的反应。

连长本来想说“不要开炮——”但后面的话在这样的时间内已然失去了意义。

一发炮弹在很近的地方与闪电相遇，引发了爆炸，连长目睹了它们的相遇。

那时候，由于对传令兵与正连长之间的对话一无所知，突然出现的状况呈现在所有人的眼前，所以他一直密切地注意着天气，他看见有一发炮弹刚刚离开炮管就遇见了闪电，它来不及升上更高的天空就发出了强烈的光，紧接着是一声惊天动地的巨响。

但连长能看到的只是光，他相信自己一定在这强烈的光下眨过眼，因为他不知道弹片是怎样从天而降，击中正连长的，但他知道，当这种炮弹在地面爆炸的时候，弹片就像放射的蘑菇往四面飞溅，如果在空中爆炸，方向会发生改变，卧倒解决不了任何问题。

总之，正连长的头被弹片击中，另一块弹片穿过了他的肋骨，但他还活着，他倒下的时候看见连长朝他跑来，边跑边叫喊什么，可惜他什么都听不到，他的耳朵上还罩着通信耳机，剧痛分散了声音。

正连长仰面倒下时，看见的是天空中另一个炸开的响雷。

传令兵发着呆，对着一道接一道下发的命令，他没有任何回应，直到指导员在他的耳边大吼“接命令——”他才回过神来。回过神来的传令兵很快发现连队的通信系统中断，也就是说，指挥部的命令收到后，他没有办法把计算兵计算出的坐标数据传达给发命令的人。

这时候连长已经站在刚才正连长站的位置，那里遗留着一摊鲜血，正连长戴过的耳机凌乱地躺在鲜血里，悄无声息，再也没有任何声音会从里面发出。

连长从地上拾起耳机，但他没有戴上，他挥舞着双手朝指挥所大声喊叫：让我看见坐标数据。

连长的每一个举动都在指导员和传令兵的眼睛里，但他们听不见他的叫喊。

“他说什么?”指导员大声地询问旁边的人，电闪雷鸣和其他连队发炮的声音掩盖了一切。

一个年轻的计算兵突然站起来，他说他听见连长说让他看见数据，指导员还没说出快去，这个反应灵敏的计算兵已经揣着写有数据结果的纸条冲出指挥所，向连长跑去。

连长拿到了数据，他的眼睛让他平静得一如秋阳下的麦田，他的耳朵里还响着我们熟悉的声音，但没有任何东西可以影响到他。

“听我命令——”连长的身体再次发生爆炸，在他咽喉处堆放着的玻璃划破了他的声音，使得他喊出的每一个字都带着血丝。

这是一次猛烈的爆炸，压过了狂暴的电闪雷鸣。

连长的专注发挥到极致，在报出坐标数据后，他仰视着天，跟闪电毫无畏惧地对视，片刻之后，终于响起他“开炮”的命令，炮弹在电闪雷鸣的间隙发射，准确无误地击中目标。

“击中目标！”

“击中目标！”

“好的！”

传令兵听到了前线指挥部发回的消息。

大雨倾盆，瞄准仪的指针变得模糊不清，瞄准手在努力捕捉连长的声音，凭借感觉做到百分之百准确。

尽管此时他又一次感受到身体里的躁动不安，那些器官在看到正连长被击中的那一刻就疯狂地活跃起来，愤怒地冲撞他的身体，想来到外面，做点儿什么。

尽管他像是无法控制它们的情绪，但此刻，他必须保持着绝对的冷静，保持着对这个并不伟岸的人，这个在身体里堆放着玻璃的人，绝对的信任。

他想非但他自己如此，发射手、填弹手、通信兵、计算兵以及其他所有的士兵都必将如此。

你没有权利选择把信任交给谁。

战争，就是这样的。

“开炮——”

“开炮——”

“开炮——”

连长让自己发生一次又一次的爆炸，好像他的周围布满了他的仇敌，那些看不见的空气是他的仇敌，那场突然降临的雨是他的仇敌，他的耳朵也是他的仇敌。正连长的鲜血还在他的脚下，混合着雨水，四处流溢。

雨太大，通信班放弃了对通信系统的修复，防水系统启动，炮弹在风雨中呼啸，通信班的战士替换了传递信号的计算兵，他们在风雨中奔跑，临时的指挥所暴露在了风雨中。在指导员被雨水浸湿的眼睛里，那些劈开稠密的雨点前行的身影，和闪电没有区别，和吹乱了雨的风也没有区别。

骤雨很快过去，这场蔚为壮观的激战却从傍晚一直持续到深夜，出现在指导员的日记里只有寥寥数行。

这个亲历炮火的人终于感受到文字的空泛，用六个圆点省略了所有刻骨的回忆。

在某个短暂而沉闷的梦魇里，连长能看到那一天的景象，来不及升上更高的天空就跟闪电相撞的炮弹，会让他的梦魇结束在一团裹挟着火光的赤红云雾中，他能听到爆炸的声音，雷鸣的声音，还有红云像一朵蘑菇向外扩散的声音，只有在这样的梦里，他的耳朵才没有被欺骗。

但这样的梦总是很短。

连队受到史无前例的嘉奖，受到重伤的正连长连同其余几个受伤的士兵被转移到后方医院接受治疗，连长代理正连长的职务，瞄准手升任班长，并在阵地火线入党。炮兵阵地将往前线方向推进十公里。

那个戴绿色玉坠的女子遭到遗忘，发生在她和连长之间一度被猜疑的对话，同样也被遗忘。

连长带领巡逻小分队穿过一片密集的树林，炮兵阵地要向前线推进十公里，各个连队都派出侦察分队勘探路线，几天前的暴雨冲洗了硝烟和火药的气息，它们曾经沉积在树叶上，弥散在空气里，夹杂在小鸟的鸣叫中，现在，它们随着雨水汇集成的小溪流散了。

每个人的心情都因此而变得愉悦。

虽然没有人说话，但连长知道他们的愉悦，因为他的心也是轻的，如同这个明快的清晨。

昨夜的梦，连长看见了自己在屠宰车间上班的妻子，其实他很少梦见她，甚至很少想到她，他不知道这是不是因为她缺少笑容的缘故，是的，她缺少笑容，也缺少眼泪，她的肤色和她的心情一样黯淡，就算是最明媚的天气也无法为她的黯淡增添光彩，假如她在梦里出现，那只会让这个梦更加沉闷和冗长。

那一天，连长对她说，过两个月我就要上战场了。

她在做饭，锅里的油遇到水正在噼里啪啦地响，她说听说了。

连长说这回不知道要多长时间。

她说没有关系，反正你平时也不在家。

连长的心里很堵，他想是不是太冷落她了，让她变成这样。

他把家里打扫了一遍，有许多该男人做的体力活，她已经做了，家里是满的，好像没有他的空隙，他在打扫房间的时候就感受到这一点。

夜幕降临，连长要归队了，从家到部队驻地有二十公里的车程，现在他能赶上的，只有最后一班车。

连长在渐渐浓郁起来的夜色中匆匆行走，他感觉到身后有人跟着，浅浅的脚步声是他熟悉的。他想控制着自己不回头，但最后他控制不住了，同时控制不住的还有一滴悄然流下的泪。连长抹去泪才回头，他看见了她黯淡的脸，在一盏昏暗的路灯下。

她一言不发，跟了很长时间，一直到车站，到了非得说点儿什么来结束这段漫长的路程时，她说那我回去了，明天要早起上班。

连长的心在这段无声的路程中翻滚得几近失去知觉，这时候才突然清醒过来，好好好，他忙不迭地说好，说了好多个好，连他自己都觉得说多了。

早点儿回去休息，他本来还想说一句“保重身体”的，但说不出来了。

那时候是春天，连长的每一句话都会带上那个季节的枯燥，同时还有逐渐来临的暖和。

班车很快驶离，连长来不及看清楚夜色中她的背影。

现在，这个梦为他延续了那一天的情景。他看见她在春日的某个夜晚中行走，油腻的头发，黯淡的表情，使她看上去显得臃肿的不合身衣服，是他曾经熟悉的，但她的耳朵上多了一副叮咚作响的绿色玉坠，它们改变了她为他而设的熟悉，她的笑容是他认不出来的。

除此之外，连长还听到了她的声音，他吃惊地发现耳朵在梦里会发生改变。

那天清晨，带领巡逻小分队穿过一片树林的时候，连长有着和年轻士兵们一样的轻快心情，他不能确定，这是否源于昨夜的那个梦，以及和那个梦有关的一切。

树林变得非常密集，小分队在一个岔道口停止了行进，他们面前出现了两条路，通向不同的方向，不能断定这两条路能否在终点会合，他们手中的地图无法提供准确的信息。

“现在我们必须兵分两路。”连长对瞄准手说。

瞄准手本来想跟着连长，他的耳朵不行，虽然不能断定，但他需要一个知道这一点的人。

连长说，一班长，你带领四名兄弟，其余两名跟我，如果两条路不能会合，我们三小时后返回原地。

连长不再问别人，在他意识到发问只会给他增添麻烦的时候，他的讲话方式就发生了改变，他不需要你的回答，如果你一定要给他的话，他会用专注的目光来听。

瞄准手本来想说点儿什么，但他把它们咽回去了。

于是瞄准手挺直身体说是，对于命令，他的身体总是先于思想做出反应。

那一天，在以后的许多日子里，瞄准手开始质疑自己的身体，要是他的身体做了其他的反应，是否还有其他的结局等待在这两条小路的尽头？无论是任何一种结局，瞄准手认为都比他即将看到的景象要好得多。

一小时四十分钟以后，瞄准手和他带领的士兵同时认定他们正在行走的这条小路通往丛林深处，也就是说距离炮车通过的大道更远，失去了设伏的价值，他们决定原路返回在计划的时间内与连长会合。

枪声就是在这时候响起的，在他们刚刚做出返回的决定的时候。来自丛林的另一个方向，在这个只有鹧鸪和年幼的斑鸠在鸣叫的早晨，枪声显得格外尖厉和萧索，呼啸着的余音震落了一只松鼠，它连滚带爬地从树梢的顶端向下逃窜，还没有到地上就又蹿上另一棵树丛，牙齿咯咯作响。

瞄准手的身体再一次先于他的思想做出反应，他们一起朝着枪响的方向飞奔而去，在此之前，他们只来得及仓促地对望一眼。实际上，通往枪响的方向没有一条可以行走的路，他们在密集的树丛间穿梭，跨过一些低矮的灌木丛，钢板鞋在柔软的腐殖土上留下一个半天不能愈合的脚印。

有一瞬间他们失去了方向，刚才枪响过的地方变得依稀难辨，他们只好停下来努力地回忆和辨认，而这时，好像是在给他们引路，又传来一声枪响，虽然只有一声，虽然还是响在遥远的地方，但听上去就像是一个不容置疑的催促。

片刻之后，他们赶到枪响的地方，那里笼罩着森林的寂静，受过惊吓的树叶在枝头停滞不动，一只被惊醒的猫头鹰停留在树枝的高处，蜷缩着身子，警觉地睁大它什么都看不见的眼睛，注视着下面这群忙碌的人们。

他们四处寻找，很快就看见了倒在血泊中的连长，还有连长身边一个完全赤裸的女性身体，也许他们先看见的是她，显然她已经死去，但她的身体还活着，每一寸肌肤都还有鲜艳的力量，散发着叫人心惊肉跳的气息。

这样的局面是这些没有经验的年轻士兵所不能掌控的，瞄准手清楚地记得，在急剧的奔跑之后空白突然占据了他的大脑，也许奔跑只是一个本能的反应，但他确信在奔跑中，哪怕是最急速的时候，他都没有丧失思考，只是当平生第一次面对一个女性的身体时，空白才突然降临的。

后来，当这样的场景无数次出现在他的眼前，固执地占据了他记忆中一个重要的领地时，瞄准手不能肯定，自己的选择是否跟那时的空白有关。

在他最有可能选择婚姻的时候，他选择了孤独。

其实他选择了逃避。

在后来的很多时间里，瞄准手学会了面对所有的猜测和非议，也学会了忍受孤独，他丧失了一切倾诉的欲望，每当一个人度过冬日寒冷的夜晚，他的脑海中就会浮现出许多年以前的这一幕。

这时候，假如不是另一支巡逻队伍及时赶到，瞄准手不知道如何结束与这个场面的僵硬对峙。

他们是其他连队派出的巡逻兵，由一个有经验的指导员带队，他所做的第一件事情是蹲下来检查连长的伤口，由于连长是脸朝下趴在地上的，必须把他翻过来，于是他们发现连长的身体还有温度，他的胸口中了枪，但心脏还在跳动。

然后他们还发现连长手里握着那个死去女子的裤子，这个发现并不惊人，只是让人无语，这个看上去一目了然的场面已然无须这样的佐证，它阻止了一切猜测，让事情变得毋庸置疑。

指导员立即下令制作一副简易的担架，在担架做好之前，他砍下巨大的树枝，用浓密的树叶覆盖了那个触目惊心的身体。

接下来，他们对周围进行了仔细的勘察，在稍远的地方，他们找到了两名已经牺牲的战士，还有两个被击毙的男性山民，除了一把粗制的枪以外，他们的身份得不到证实。

“仔细查看现场，做好记录，我们的所见关乎你们连长的未来——不管他死没死。”指导员严肃地说。

“是!”瞄准手的回答让他自己听见一声来自胸腔又在喉咙里翻滚的哽咽。

他们再次回到现场，这一回，他们发现有一条模糊的血路，在连长躺过的地方，沿着血路认真寻找，可以找到一棵树，在那里有连长坐过的痕迹。

更大的疑团在那棵树的附近，有一个不大的陷阱，有人曾跌落其间，陷阱被破坏，情况变得难以捉摸，如果连长不能醒来，这个事件的真相，也许将被巨大的树枝永远地覆盖在密林深处。

离去之时，瞄准手尽量控制了自己的眼睛，那片巨大的树枝，它应该回到树上，继续着饱胀汁液的生长，就算枯萎和腐烂，也应该在树上。现在它覆盖着一个难以启齿的秘密。它的每一片树叶都是干净的，那是一种无与伦比的干净，如同就要滴下绿色的水珠，可惜这样的干净，只会让底下它所覆盖的那个躯体，散发出更加诡异的气息。

连长彻底醒来是在三个月之后，他错过了那场战争，时间到了另一个季节的末尾，他能看到裹挟着尘土与枯叶的风在窗前驻留。

当然，这期间他也曾经醒过来几次，有两次是在夜里。

他记得有一次他甚至走到了门口，把门推开，因为他听到了门外有震耳欲聋的炮火声，门外就是他熟悉的炮兵阵地，战斗正在激烈地进行。他看见自己在红色的光线中行走，身上交替着出现明亮和黑暗的影子。

但连长再次醒来时发现自己又躺在床上，胸前有一个巨大的缝合的伤口。

他记得有一颗子弹曾经穿过他的心脏，把他的心分成两部分，其中一部分遗落在丛林的深处。

现在，他只能感觉一半的心跳。

连长尽可能详尽地描述了这剩下一半的心跳，很多人听到了他的描述，听得最多的是部队医院的医护人员，他没有病友，鉴于他的特殊情况，一直是独住一室，受到特殊的监管。

他的记忆始终开始于他在担架上醒过来，慢慢地醒过来，他先看见在树的顶端，一朵白云紧紧地尾随着他的目光。然后他看见两旁的树木，像是都在急匆匆地赶路，朝着与他们的行走相反的方向，树木的空隙处透出无数白亮的耀眼的光，交替着晃动，使他有一种飘浮在半空中的感觉。

接下来他突然想起他的心，只剩下一半，一颗子弹将它一分为二，其中的一半已经离开了他的身体，留在丛林的某个角落。

返回去返回去，他开口说话，但由于剩下的心急于找到丢失的另一半，他的嘴里只能发出一连串谁也无法听懂的怪异声音。

这个短短的情节被他无数次重复，有无限多新奇的版本，每一回都在增添新的内容，就像从一棵树的根部长出粗壮的枝条，很快就会变成一棵新的大树，原来的那些枝条，已经枯死。

至于说在此之前发生过的事情，连长会用他的耳朵告诉你——那是一片空旷的空白。

关于他的耳朵，只有唯一的说法，响在他耳朵里的声响是我们多次重复过的，连长对此没有做其他的描述。

他看着问话的人，眼神安静而有所期待，仿佛你也能听到他耳朵里的响声，你和他一样，适应了这种声音的陪伴。假如在一个短暂的梦魇里他能听到来自这个世界的真实声响，连长会急于醒来寻找耳朵，直到他能确定那些轻微的碰撞重现。

这种状况一直持续着，持续了很长时间，直到他认为这个世界应该是寂静的。

那已是许多年之后。

于是所有的问话都在连长安静而有所期待的眼神中终止，再也无法进行。连长在努力地回忆，需要他回答的问题都写在纸上，他能看懂它们，但回答不了它们，在许多问题的下面，他只能写上不知道。最后他被要求写一个情况说明。

这是一份相当详尽的情况说明，花费了很多纸张，但这上面没有他们需要的结果，写到和瞄准手兵分两路以后，连长花费好几个夜晚来回忆接下来发生的事情，却一无所获，最后，他只好从躺在担架上开始接着往下写。

他的一部分神经遭受破坏，医生说，不但影响了听力，还影响到某些回忆，那部分神经掌控的思维将永远是空白。

医生尽可能精准的结论让部队领导面面相觑，这意味着真相将无从知晓，这个事件的处理也将难以进行。指导员的手里还拿着那份详尽的情况说明，他一直想对别人倾诉，原来纸的分量是让人无法承受的。

连长终于能和他的妻子团聚，那时候他已经是完全没有身份的人，经历了漫长的治疗、询问和等待，始终如一的安静与沉默，他，连长，变成了一个巨大的精神包袱，他的存在，让这场已经结束的战争变得无休无止。争论每天都在进行，战争遗留下来的疼痛，不得不因为这样的争论而扩散。

这件头疼的事情到了必须结束的时候，这个沉重的精神包袱必须被解开，里面的任何一个物件都必须被清理、被遗弃，最好被遗忘。

于是，到了那个冬天的尽头，连长出现在他妻子工作的屠宰车间。

他选择这样一个时间离开部队是有道理的，那时候星星还没有西坠，通往车站的小路还没有扬起灰尘，除了站岗的哨兵整个部队都停留在浓烈的梦中。

路过停放大炮的营房时，连长停了一会儿，在稀薄的星光下，每一门大炮都泛着黑森森的光，炮口停在一溜线上，朝着天空，一个未知的目标，保持着整装待发的阵容。

他回到了几个月前部队就要出发开往前线的那一天，他记得那是一个风和日丽的日子，空气里有能感觉到的温暖。坐在高大的牵引型大奔中，他的视线是广阔的，可以到达田野与远山交接的边缘，到达天的边缘。

那条黄土路上，炮车的行进不紧不慢，在飞扬的尘土中，队伍首尾都没有尽头。那一刻连长的心是完整的，前线在他不知道的地方，也许是山地，也许是戈壁，也许是草原。战争也在他不知道的地方，就算朝着它们行进，他的心也还是完整的。

现在，在稀薄的星光下，连长看到的大炮们，已是从战场归来，受过战火的洗礼，在他的眼里，就如那些长大的年轻士兵，而他的心，已经只剩下一半了。

连长不能在那里停留太长时间，哨兵已经向他行过礼，他目光疑惑但严谨地沉默着。连长没有在那里继续停留的理由，他能做的是让那些排列在他的视线以外，在夜的边缘模糊不清的大炮，消失在他的身后。

见到他的妻子时连长耳朵里的碰撞发生得异常猛烈，他确定整个世界都处在这种声音中。

在一盏只会延长黑暗的灯光下，在几个难以辨认性别的人中间，连长找到自己的妻子，她在一个案板上熟练地操作，和别人一样，围着巨大的防水围裙，穿着雨靴；和别人不一样的是，她脸色蜡黄，表情严峻，像是所有的生活都让她厌倦。

案板上白花花的板油，猩红的内脏，流动的大肠在她的手中得到梳理。污水从她的鞋底流过，流到连长站立的地方，使他也站立在血污与恶臭之上。

顺着流淌的污水，她终于看到了他。

在此之前，她曾经到部队驻地寻找过他，因为战争结束了，消息是确切的。部队领导一致认为她有权利知道暂时不能与丈夫团聚的理由，于是在一间逼仄的办公室里，她听瞄准手讲述了当时所见的全部情况。

对于瞄准手来说，在他无数次的讲述中这是最艰难的一次。

当他一走进办公室，一眼就看见靠墙的地方端坐着一个令人不安的女人时，艰难就开始了。

她的不洁净，她的怀疑，她的焦躁和漠不关心，偶尔的厌恶，都会使他带上情绪，他语无伦次，颠三倒四，老是试图证明点儿什么。有好几次，负责处理此案的参谋长不得不提醒他回到主题。

“不要说得太远，拣最重要的说。”他用手指点着桌子，发出一种警觉的咚咚声。

他的另一只手里还拿着那一沓连长写的情况说明，由于多次的翻阅，那些纸张都要碎了。

在参谋长的眼神下，瞄准手的讲述变得更加混乱，但他没有忘记重申一个观点，他认为连长遭到了陷害，这一点他一直都在坚持。

尽管混乱，连长的妻子还是听懂了所有的内容，她的脸色因此而变得更加黯淡，身后那面灰色的墙，因为漏过雨而长着各种形状的霉斑，那时在瞄准手的眼里，都比那个女人鲜亮而生动。

“他不会做那种事情。”最后她对参谋长说。

“我们都希望如此，但一切要等他醒过来之后才能下结论。”参谋长很高兴她能开口说话。

在此之前她一直一言不发，她的沉默让他不安，因为不知道她的内心在想些什么。

后来在处理事件的时候，参谋长发现连长比他的妻子还要沉默。他们仿佛在私下里有一种约定，对于解释不了的事情，沉默是最好的应对。

他们彼此相像的沉默令参谋长异常愤怒。

连长的妻子被允许隔着玻璃窗探望他，窗子其实很小，勉强够装她的脸，怎么看都像一幅被挤压之后变形的肖像画，她匆匆的目光横空掠过，来不及落在他静止不动的躯体上，然后就转身离去了。

她在这么做的时候，就像在走过场。

连长的眼睛在他妻子转身离去的时候突然睁开过一次，就是在那天夜里，他听到激烈的战斗之声，就响在病房的门外。那块小小的玻璃，映红了炮弹爆炸之后的火光。

瞄准手尽量不去想连长的未来，如同他尽量遗忘在一片树枝下蜷缩着腐朽的躯体，这种绝望的努力贯穿了他孑然的一生。如果她的身体在翠绿的叶子下悄然融化，变成水，变成泥，渗到土地的深处，她的眼睛，瞄准手不能确定，是否还会朝着天空，或许是她故乡的方向，不甘心地闪烁着深黑色的光。

连长曾经住过的宿舍，连同宿舍外的草坪都陷入了深深的空落中，这种空落一直持续到新的连长上任才得到填补。

路过连长的宿舍，瞄准手能看到一扇咯吱作响的门虚掩着，离去之后的空阔与凌乱在这扇门的里面时隐时现。风吹过时开启的玻璃窗户也会噼啪作响，偶尔有一只萧索的麻雀停驻在草坪中央的双杠上，半天也不挪动脚步。

这一切在他的眼里就像为了维持住某种悄然离去的现状。

指导员的日记并不完整，他喜欢描述自己的心情，连长的事件未曾出现在他的日记里，也许他预感到这是一件最好不要去涉及的事情，于是在处理这件事情的过程中他尽量沉默。只是有一次当争论进行得非常激烈的时候，他说过一句话：连长不是这样的人。

那么他应该是个什么样的人，指导员发现他其实并不知道。

他只知道，连长来自农村，有妻子但没有孩子，他的妻子是城里人，很少到部队上探亲，所以他没有见过她。

他还知道连长非常勤奋，是那种所有人都能看得到的勤奋。

部队到达前线的第一天，发防毒面具，发完的时候才发现剩了一副，是连长自己没有要，他自己缝了一个口罩，好几层的，里面放着土。这个口罩一直放在他的背包里。

除此之外，他发现他真的不了解他。

很多年以后，在指导员老迈得有足够的时间来回忆的时候，他想到这个不知下落的连长，不知道他是否还活着，活得怎么样。

于是在他们家阔大豪华的书房里，某个抽屉的最底层，指导员找到了他的战地日记。

也许那段被有意遗弃的空白一直都在等待，他一翻就翻到撕过的那一页，一溜儿窄窄的纸的边缘把时间的前后都隔断。

他的手缓慢地滑过那道不明显的印迹，纸张里藏着的硝烟味道，随着他滑动的手悄悄散发。

没有人知道那张被撕去的纸曾经记载过什么。

没有人知道那张纸被他遗弃在哪里。

连长曾经有过很多设想，立功、升职、给他的妻子调动一个工作，也许离开屠宰车间会让她变得明亮。但现在，他能做的只是这样，迎接着她的目光，知道她在说话，耳朵里却响着其他的声音。

也许他的目光应该是猥琐的，至少也要有含糊的躲闪，但是没有，连长的目光始终是安静而有所期待的，就像那些属于他的灿烂日子，从来不曾变老。

他在起床号吹响之前就起床，跑在队伍的前列，发出低沉而有力的口号；他赤着上身在操场上做俯卧撑，故意卖弄身上结实的肌肉，赢取周围士兵兴高采烈的喝彩；他挥舞着有力的双手指挥士兵们唱歌；他全副戎装在拉练的途中接过体弱士兵的装备。

但老去的东西实在太多了。

他的妻子，每天清晨，吃力地蹬着一辆装满猪肉的三轮车，他习惯于在那段上坡的路上等待她，帮她骑过最难走的一段，然后看着她消失在通往菜市场的路上，他觉得她就是在这段路上变老的。

还有他的军装，老旧得不能再去触动，好像一动就会变成枯死的蝴蝶翅膀，碎成粉末，化成尘埃，而一直以来他都坚信，这些褪去颜色的军服能承载所有的记忆。

然后是他的白发，他剩下一半的心，他一部分的记忆，连长甚至都不知道，它们是如何老去的。

他穿着最后一件军服，那是一件橄榄绿的绒衣，磨破的地方被妻子细心地缝好了，衣服老旧但依然干净，没有让他显得衰颓与破落。

连长到了在夏天也会感到寒冷的年龄，他穿着那件使他觉得温暖的绒衣，注视着门前一棵高大的楸木树，那些肥美的花正在飘落，假如最后一朵离开树梢，那一年的夏天便结束了。

每一年的夏天都会结束，不同的是，这一年，他的妻子不会再出现在他的面前，用一个简单的手势喊他回去吃饭。他送走了她，就在这个夏季。

比之以前，连长更加适应了耳朵里的碰撞，但他还是觉得他已经老了，在不多的时间里，世界应该是寂静的。他在等一朵最后的花，它贪恋树上的鸟鸣，迟迟不肯落下。

但夏天总是要过去的，就算它不肯落下，停留在枝头，它也会枯萎和干瘪，或者被一只远飞的小鸟带走，或者融化在某一场持续的小雨中，连长老迈的眼里涌出一层白色的雾障，杂七杂八的念头裹在突然袭来的瞌睡里，整个地笼罩了他。连长老了，这样的瞌睡占据了他大部分的时间。

那朵花终于落下来了，隔着白色的雾障，隔着沉重的眼睑，连长看见它轻飘飘地离开了树的顶端，在树枝的缝隙里，穿过重叠着的叶片那些有光亮的地方，慢悠悠地下坠。

连长听到了它坠地的无声。

然后，他的耳边突然响起一声巨大的“站住，不要跑”，那是他自己的声音，也是他那时候唯一能讲的话。

连长被自己的声音吓了一大跳，因为许多年来，他已经忘记了自己的声音。

“再跑就开枪了！”连长用了足够快的反应朝那个女子追去，她已经跑出好几米开外，隐在了密密的丛林中，白色的身影偶尔才会出现，就像猎人眼眸中时隐时现的白狐。

这是一个属于山林的女人，她轻易地穿过那些高大的缠绕着藤条的树木，或者低矮的长着青苔的灌木丛，她就像一棵奔跑的树，一片流动的树叶，要不然就是穿过树林的一束晨曦，让连长觉得眩晕。

必须抓到她。

连长除此之外没有其余的想法，这一系列突然发生的事件必须经由她的口来得到证实。在看见她意外地出现在眼前时，连长就被这个意识牢牢攫住，那时候他们正行走在另一条羊肠小道上，与瞄准手带领的小分队相去甚远。

准确地说，他们是在毫无防备的情况下突然相撞的，连长一眼认出了那副叮咚作响的绿色玉坠，他不记得什么时候眼睛突然变得敏捷。

这一回，连长看清了她浓密的黑眼睛，同时还看清了她脸上来不及更换的惊恐表情，这样的表情同样还停留在另外两个同她在一起的男性山民脸上。

僵持着的时间里，空气不再流动，惊讶地停滞在他们周围。

“你们是什么人，哪里来的?”连长的语气本就充满了怀疑。

“我们，是山下的农民。”她的声音是被剪过的线，细细碎碎，理不出头绪的一堆，不回答还好，蹩脚的口音只会暴露身份。

“连长，他们口音不对。”稍后站着的侦察兵大声对连长说。

连长听不见，连长的耳朵里只有翠玉相碰之音，但危险在停滞不动的空气里，他能嗅到。

“你们到过炮兵阵地，为什么要到阵地?”这样的发问已经不再有太多的空间，那个女子不再懂连长的话，沉默着，不知如何是好。

“快说，否则我们有理由开枪。”

枪在手里变得焦灼不安，枪管里滚动着火焰，犹如那些嗅到血腥气息的凶恶军犬，只想挣脱绳索投入昏天黑地的厮杀中。

控制自己就是控制局面，这一点大家都是懂的，连长在他们的沉默面前有些焦躁，他以为他们说了些什么但他没有听见，虽然如此，他依然控制着自己。

最终是那个小个子的山民突然去掏枪的，在连长眼里他看上去像一个孩子。他一定失去了所有等待的信心，恐惧攫住了他，让他不相信会出现任何的转机。

其实一开始当他看见他们的时候，所有意识便被恐惧占据了，现在，他仿佛听到了有人拉动枪栓的声音，于是一股反抗的力量扭结在一起突然地爆发出来，他掏枪的动作快得惊人。

但是有比他更快的人，那个长得强壮的山民，发出了一声威猛的大吼，他像是感觉到他的身后，那个孩子正在掏枪，那把拙劣的短枪没有多大的杀伤力，是用来壮胆的，它改变不了问题，只会让事情无可挽回，可那个孩子并不知道这一点。

“连长，他们有枪。”侦察兵的叫喊隐在了那一声大吼之中。

那个强壮的山民，使用了毕生积攒的蛮力，扑上去，抱住了侦察兵的两支长枪，把枪管对准自己，他知道自己会死，所以没有松手，他让那两支长枪再也没有办法离开自己的身体。

侦察兵的子弹全部射中那个不要命的男人，他们一直无法抽回自己的枪，即使在子弹射穿了他的身体，一个个圆形的洞透出他身后的亮光以后，也办不到。

最后他突然变得稀薄，像射击场千疮百孔的靶子，或者像一只失去线的破烂风筝，轻飘飘地落在草地上。

在不可挽回的结局到来之前，他曾经回过头对那个惊呆了的女子叫：“快跑!”用他们自己的语言，连长没有听到，但他知道他在说快跑。

连长几乎耗尽了所有的子弹才击毙了那个掏枪射击的小个子山民，他的动作并不慢，所以听上去枪声是同时响起来的，而且，他清楚地记得，每一枪都射中了他的要害部位，但是他却死不了。

那个小个子的身体在那一刻发生了严重的错位，他的肉体不再存在，躯体只是一种表象，动作也只是表象，他像是一团迅速聚集起来的烟雾，一团有强烈欲望的烟雾，他让连长产生了虚无的错乱感，自己只是在跟一团看不见的烟雾作战。

连长一边射击一边发出了绝望的叫声，他的叫声从枪声里隔离出来，是另一种尖锐的子弹，同样穿过了那个小个子男人的身躯。

但是没有什么能阻挡他的欲望，他那么强烈地想解救那个强壮但后来变得稀薄的男人，为此宁愿把自己变成一团烟雾，变成看不见的敌人。

那是一把无比粗劣的短枪，但他让它发挥了巨大的力量，在他开枪的时候，连长就知道已经失去了士兵，不是枪的原因，是那个还是个孩子的小男人，他变成了烟雾，全部的魂魄却附着在飞出的子弹上，于是所有的子弹都有了灵魂。

尽管如此，连长还是猛烈地射击，他不再有任何可能存在的选择。除此之外，他必须活捉那个穿白衣的女子。

“站住!”他向她追去，她有时从浓密的树丛中现出身来，白色的身影让人觉得那是太阳落在树丛上的一道光线。

奔跑中连长忘记了自己的耳朵，他的前面，那正在飞速逃离的仿佛是他的声音，离开了很久，有着接近透明的绿色。

声音是绿色的，后来连长一直这样认为。

最后，他们的奔跑结束在一个伪装得并不细致的陷阱里，假如不是过快的速度，他们不会同时掉进这个就连制作者都不怎么有信心的陷阱里，尽管如此，陷阱底部依然插有浸过剧毒液的尖利竹签。

连长的钢板鞋救了他，感觉触到竹签的时候，他同时找到了重心和平衡，他的身高，刚好够返身趴在陷阱的边缘，抓住一株细嫩的车前草。

连长费了很大的劲才爬出陷阱，那时候，瞄准手和他带领着的小分队正在飞速奔跑，朝着枪响的方向。

瞄准手记不得他们五个人的奔跑持续了多长时间，他能记住的是当他们出现在现场时，仿佛只经历过一次眨眼，或是一次不经意的回头，在他们跑过的地方，一丛灌木的边缘，留着一窝被踩碎的鸟蛋，一条被惊醒的毒蛇，朝着他们离去的方向，惊恐而茫然地竖着头。

连长费了更大的劲才把白衣女子拖出陷阱，她负了伤，在大腿的内侧，伤口小得看不出来，但是致命伤。

“你到底是什么人？快说!”连长没有忘记使命，在挣扎中他丢失了枪，只能用手指对着她的头。

“我只是一名志愿者，还有那两个死去的，我们都是志愿者。”她开始平静，看着他的眼睛，用的是自己的语言。

“为什么开枪？”连长的声音和手指都在发抖，耳朵里的声音响得疯狂。

“我原来是老师，我丈夫是军人，他在运送伤员的时候踩到了地雷。”

“要是不开枪，大家都可以活着，全死了才高兴吗？”

“他连一块完整的肉都没有留下。”

“他们那么年轻，只有 18 岁你知道吗？”

“他说等仗打完了，他要陪我回学校去，要我接着教书。”

“他们家里的老父亲老母亲还等着他们回家过年，现在你让我还给他们什么，空气啊？”连长开始咆哮。

“他还说等这场战争结束，我们就生一个孩子。”她持续平静，耳垂上绿色玉坠纹丝不动。

“你必须跟我回去，我们优待俘虏。”连长努力退去眼睛里的潮湿，动手想将她拉扯起来，他知道她负了伤，回到连队才能保住她的性命。

死亡，并不是每个人都希望的。

但是，她的手里却突然多了一把枪，那是连长失落的枪，她在陷阱里发现了它，在和连长进行那番毫无意义的彼此都不明白的对话时，她一直把它坐在屁股底下。

连长的手快要靠近她的时候，暴露出了大部分的胸部，她毫不犹豫地朝着他的心脏开枪。

这是连长始料不及的，他吃惊地看见她扣动扳机，那双有着浓密睫毛的眼睛不曾眨动，耳垂上绿色玉坠也保持着惊人的静止。

然后，连长感觉到自己的心被分成了两半，子弹穿透了他的身体，在后背上留下了一个洞，其中一半的心从这个洞里飞出，落在身后不远处一蓬低矮的灌木中，那时候连长疑心自己深陷梦境，因为他确信听到了那小部分的心离开身体时发出的扑哧声响。

连长急于找到自己的心，往后退了许多步，不得不靠着一棵大树缓缓坐下。

她再次扣动扳机，但枪里不再有子弹，大部分的子弹都进入了小个子男人的身体，这最后的一颗像是遵从了魔鬼的旨意，为连长自己留着。

他们在距离不远的地方默然对视，他们都能感觉到生命幻化成涓涓的河流，在地底深处，在不为人知的地方，缓缓地流淌。

他的血在流，她大腿内侧的毒性也正在往心脏蔓延，她看见他靠在树上短促但均匀地呼吸，知道自己的时间会少于这个只剩下半颗心的男人。

于是，从贴近身体的地方，她找到一卷小小的地图，那上面详细地绘有炮兵阵地的地形，他们本是为这张地图而来。她把它撕成破碎的纸条，放进嘴里咀嚼，她看起来饿极了，实在不像是在吞咽一张地图。

然后她做出了异常的举动，开始脱裤子，并顺势检查了自己的伤情，整条腿都有些发暗，乌云一样的青灰色还在扩散，缓慢但无从阻拦。

她集中精力，努力控制住和那些青灰的毒气一同扩散的意识，加快了速度，把脱下来的裤子扔到连长的身上。

一股淡淡的女人的异味扑面而来，连长离开了梦境，她的举动让剩下的半颗心剧烈地跳动，仿佛就要脱离他的身体，然而，连长真的不能听见自己的心跳声。

这个剧烈的动作消耗了她剩下的体力，她不得不倒下，朝着天空的方向，没有人知道那时她看见了什么，她还活着，起伏的胸脯在延续艰难的呼吸。

然后，她开始脱上衣，实际上是在撕扯上衣，这个过程显得极其艰难，虽然看不见连长吃惊的目光，但她能感觉到，为此她甚至羞涩地浅笑过一下。

这个笑容，只有那只停留在树枝顶端的猫头鹰才能看到，可惜在白天，它是瞎的。

其实从一开始，在她开始脱裤子的时候，连长就隐约预感到其间的用意，他不明白的是，在那个小小的身体里埋藏了多么强大的仇恨，语言阻止不了，行动阻止不了，神也阻止不了。

除非死亡，那种不留余地的同归于尽，是她想要的公平。

在她忘记所有的疼痛、所有的耻辱，把自己的身体呈现在一个陌生男人眼前的时候，连长有一种想哭的感觉，他只有一半的心了，所以这种想哭的感觉来临的时候，他没有泪水。

他任她艰难地呼吸，艰难地伪造现场，然后艰难地死去，朝着天空的方向，睁着她始终不甘心的眼睛。

连长自己的生命也正在汩汩流淌，朝着远离他的方向，他没有办法让它停止流淌的脚步，但是他在等待，等待她做完这一切，然后朝她爬去，抓牢那条还残留着女性体温的裤子，替她穿上，整理好，还有周围被她弄得凌乱的景象也要恢复，最好不要有任何可疑的踪迹，他是清白的，她也是。

这时候他的耳朵里还在响着玉石相撞的声音，但他知道，这里面还有瞄准手带领他的士兵奔跑的声音，他们也许就要到达了。

连长坚持着爬到她身边的时候，耳朵里就什么声音都没有了，他不知道自己是否还活着，还是陷入梦境，因为，他听到了森林里无边无际的寂静。

在清醒的时候，这种寂静是不会来临的。

在那一年的夏天就要结束的时候，年迈的连长听到最后一朵楸木花悄然无声的坠地，他吃惊地睁开瞌睡的眼睛，黏稠的泪液使他的眼睛就算睁开也只能看到飘浮的白雾，如果这是梦境，他希望能早一点儿离开。

遗憾的是连长不能分辨这是不是梦境，一如那天，在茫茫无尽的森林中，他挪动着负伤的身躯，爬到那个睁大眼睛望着天空死去的女子身边时，不知自己是活着还是在梦中。

现在，他再次听到了来自森林的寂静，它们停留在他的耳朵里，取代了两枚玉坠的轻微碰撞。

对了，它们是绿色的，对于连长来说，声音都是这个颜色。

心理医生

我和小敏相识的那一年，在我的记忆中，有一个极其漫长的雨季。

在那一年的雨季，我们生活的城市里，突然出现了一条巨大的花斑蛇，它总是突然地出现在人们不设防的视线里，然后又迅速地消失。它引发了一个老人的心脏病，导致一个中年妇女神志不清，还让两个少女患上了暂时性失语症，它让我们这个城市的很多机构突然忙碌起来，比如电视台和报社、110 指挥中心、120 急救中心、大自然保护协会、热爱动物极端组织。

当然，最忙碌的还有来自民间的捕蛇者，这条大蛇华丽的皮和细嫩的肉看上去价值不菲，于是，随处可见那些手拿铁丝网兜或长柄三角叉，怀里揣着麻醉枪的捕蛇者。他们骑着电瓶车，在城里任何一个可疑的地方疯狂地寻觅。

也许寻觅是我们这个时代的特点，我可以向你保证，在这个城市里疯狂寻觅着的，绝不仅仅是这些忙碌的捕蛇者。

我之所以能够这样肯定是因为我们自己的目光，也会常常地停留在那些不属于我们的事物上。所以这个故事，是跟寻觅有关系的。

我和小敏第一次见面是在一个既有阳光又有风的日子，我清楚地记得，在我的窗外，一棵枝叶茂密的银杏树猛烈地晃动，风把它投映在墙壁上的影子撕破，阳光又使它们复原。

那一天，在到达我的诊所之前，公交车上的小敏经过一番接近执拗的挣扎，她对自己说：“今天，无论如何，我，不会在七星街西门下。”

七星街是本地最繁华的商业步行街，至少在当时是这样的。

我说的当时，指的是 2010 年。

而七星街西门，正如你猜测的那样，它是一个站。对于一辆不断行驶着的公交车而言，它只是一个点，对于任何一个以各种方式经过这个地方的人而言，它依然还是一个点。点，你是理解的。

这一番挣扎迅速地消耗着她极其有限的精力，使得她的意识逐渐模糊起来。关于自己发病的情形，小敏已经有了相当的经验，因为她已经有了两年的病史，她被诊断为更年期综合抑郁症，大剂量服用米氮平和赛乐特，用来缓减病情，其实并没有任何的缓减，在我看来，只能减弱她的心理压力。

问题的关键在于她显然还不应该进入更年期，这样的病名和这样的药物只能让衰老提前降临在她的身上。

在她的意识逐渐模糊起来的时候，她会努力地控制一种有可能变得清晰的东西，就像控制一种突如其来的痛恨。

而我，之所以能有这样真切的感受，完全得益于小敏的精准表述，她是大学教师，思维缜密，表达清楚到位而富有深度。

小敏是来找美发师阿肯的。

我见过这个美发师，一周之前他还住在这间房屋里，我去看房子的时候他正在搬东西，他的东西凌乱不堪地放在一些图案诡异的箱子里，我必须保持相当的谨慎不去触碰那些可疑的纸箱，所以我离他一直有一定的距离。他的眼睛始终被一部分染成棕褐色的头发遮盖着，我不大知道他长什么样，但无论如何，他是很年轻的，很让人喜欢的。

这个我记不住长相的美发师曾经对我说："你的头发看上去很干燥，没有光泽，如果你做几次倒模的话，会得到改善，你看起来就会更健康。"

"免费的话我可以考虑一下。"那时我的心情很不错。

"我可以给你打折。"

说完这个讨人喜爱的大男孩就走了，他已经搬完了最后的东西，房间显得很大很空，他留下的气息在那一刻十分浓郁，所以我一直开着窗，希望那种属于发廊的气味能尽快消散。

美发师阿肯和小敏之间，定然发生过一点儿什么，这是我的猜度，显然这种猜度是得不到证实的，我所能判断的是，曾经有那么短暂的一段时间，乘公车到七星街西门站，拐进街口，低着头进入那栋门面狭窄的建筑几乎成为小敏生活中的惯性。低头是因为她不能让别人认出自己，虽然我们这个城市拥有不少的人口，但我们是本地人，周围有太多熟识的面孔。

为此小敏自己做了艰难的抵制，但抵制只会加速惯性的形成。

而且，他们之间发生过的这点儿什么，哪怕只是意料之外的一点儿暧昧，都是小敏不愿意去面对或承受的。

所以，当年轻的美发师阿肯不辞而别的时候，小敏暗自松了一口气。当然，不辞而别只是他习惯的方式，他这样的年龄，还是对什么都没法在意的时候，我只是这么猜度而已。

对他的不辞而别，小敏一面暗自松活，一面又产生另一种纠结，这是她的问题。小敏如果是一个马拉松运动员的话，一定是那个在心里猛烈抱怨路途漫长但在脚下拼命追赶的人。

她就是这样的。

所以，那一天，小敏突然见到改头换面的房间里坐着一个完全陌生的女子，而不是年轻的美发师阿肯时，她的脸上掠过一丝暗自庆幸，尽管这样的表情转瞬即逝，但还是被我看到了，我的一切猜度来源于此。

然后，这一丝暗自庆幸还来不及收拢，她的一张脸就布满了突如其来的狐疑和恐慌，这是在这种情况下应该有的表情，而她的眼睛里则隐约闪烁着怅然。

就在这短短的时间内，我看到了她瞬间变换的表情，阅读表情是我们的第一堂课，就算我不是一个有经验的心理医生，还是看到了一块错综复杂的暗斑，它附着在小敏的内心深处，在一个不为人知的地方悄然生长。

在小敏到来之前，我已经坐在那个可以看得见窗外的位置，度过了一段完全静止的时间。

我的目光穿过了银杏树狭窄的空隙，失去了目的，也失去了方向，它好像熟悉了生活的无聊，又不急于摆脱。它虚弱但没有明显的焦急，在狭窄的树叶间的空隙逗留，在素不相识的人群中来回逗留，仿佛就为了等待一个类似小敏的人。

所以，当小敏带着灰白的神气出现在我的面前，并交替着浮现出几种表情时，我并没有惊讶，我们只是在阅读对方，而且，这种阅读持续了一点儿时间。

也许我们之间确实存在一种“气场”，这应该归功于当时还残留在那房间里的淡淡气息，它是从一个美发师身上散发出来的，混合着烫发剂、染发剂、弹力素和吹风机的味道，或者还有头发的味道。当然，这些味道是很淡的。

我和小敏之间注定会有一些联系，在她保持着有钱人的优雅转身离去时，我这样想。

一场细小的雨降临了。

在细小的雨开始降临的时候，不知从何而来的大蛇悄悄地出现在某一条小河里，贴着河底，缓缓游走，它的身体呈现出一条无可挑剔的直线。它向河的两岸看去，就像在找寻什么。

小敏是我的第一个病人，也是我唯一的病人。

因为我还是一个作家，在一家杂志社工作，今天，二十年后的今天，我依然清楚地记得，同时作为一个心理医生和一个作家的时候，我背负了沉重的职业负担。这一点你必须向病人说清楚，否则，这种行为就太接近卑鄙了。

但你该怎么解释才最合理呢？于是，当我提到这个问题的时候许多人都会露出奇怪的神色，我完全可以理解他们因此产生的不信任，但在消除他们的不信任时我又显得力不从心。

“这就是说你有可能把我写进小说。”

这是一个相同的问题，被不同的人问了很多次。

“这是职业道德所不允许的，我尽量不这样做，而且，我们之间还会有一个协议。”

我必须实话实说，虽然他们如此低估我作为作家的想象力令我觉得耻辱，但还是尽力让他们接受一点：一个作家和一个心理医生就职业而言是并不冲突的。

可惜，大部分的人很难接受，他们本来已经存在太多的不安和压力，一个有可能把你写进小说的心理医生只会加剧这种焦虑。所以，我的门前一度冷落，而就在我的楼上，一个私家侦探的生意却出奇地好。

他是一个走在街头时很难辨别出身份的矮小男人，也就是说，他有时候什么都像但有时候什么都不像。为了符合一些顾客对私家侦探形象的预期，他会戴一顶奇怪的帽子，一旦戴上这顶帽子，他就必定会戴一副墨绿色的墨镜，好像它们是孪生姐妹，不能分离。

戴着帽子戴着墨镜的私家侦探不时匆匆从楼道经过，表情严肃，目中无人，步伐坚定，像一个受过特殊训练的特务。你会觉得他矮小的身体里蕴藏着某种坚定的能量，这样的能量会让你联想到一间阴暗潮湿充溢着血腥味的审讯室，他就是那个在严酷拷打中说“打死我也不说”的那个人。

小敏是唯一不相信我是作家的人，她说你是作家，为什么我不知道？我只好告诉她，因为我是一个不出名的作家。

小敏在我这么说的时候露出一种不置可否的表情，用来表示她根本就不相信。

后来，在我那间小小的诊所里，在那些依然残留着的来自发廊的稀薄气息中，我多次目睹了小敏的发病。那些气息停止了消散，它们驻留在这里，犹如房间的主人，我一直认为这是因为小敏的到来。

我第一次目睹小敏发病的那天，下着中等大小的雨，对于雨，今天，也就是二十年后的今天，我写到它的时候，像是隔着一个很长的梦，它停留在记忆某个温暖而潮湿的地方。

今天，我们多的是雾岚天气，一旦变天，四处都流溢着雾，天气预报说这种天气会持续一段时间。

透过窗户可以看见从屋檐流淌下的雨水，就像一片银白的帘，我们坐在水流淌的声音中，姿态就像有所等待。然后，小敏接了一个电话，其实这是一个征兆，但我当时并不知道这是一个征兆。有了征兆的小敏和我一起持续着刚才那种有所等待的姿态，我们总是这样地枯坐，好像这样会使我们变得更加默契。

“从职业的角度而言，你不像其他的心理医生那样喋喋不休，这算不算好？”她曾经这样对我说，“幸好，心理咨询不是按照说话的多少来收费，不然我就该饿死了。”她这么说的时候我开了一个玩笑，但我确实一点儿都不快乐，所以我们的笑声听上去显得很空。

过了好一会儿，小敏说她很不舒服，她需要吃一点儿药。

我看见她在皮包里一阵狂翻，掏出一个小药瓶，她服药的样子就像一个贪婪的瘾君子，又慌乱又熟练。她的脸变得潮红，继而又变得苍白，然后又是潮红，这样频繁的交替让我觉得害怕，我的眼睛一定露出了恐惧和慌张。我说我帮你叫一辆救护车好吗，但必须你来付费。在这里，我没有任何的矫情，因为任何一笔额外的开支都会让我担忧。

小敏不停变换着颜色的脸上掠过一丝复杂的表情，像是在笑，尽管这是一种让人生厌的表情，但也让我稍稍放了心。

“你就知道钱，你生命中还有没有比人民币更重要的东西？”也许是那些长时间枯坐的经验，小敏和我之间开始出现这样一些痛心疾首的玩笑话。

“当然有，那就是美元。”我没有撒谎，但小敏以为这又是一句玩笑，她的手虚弱地在空气中挥了挥，像是在为这个玩笑做一个回应。

“我没事，我没事。”小敏一面说没事一面拼命冒汗，在她的额头上，我看见一些细细密密的水珠一点儿一点儿地从她的皮肤下挤出来，也可以认为是渗透出来。它们那么辛苦地渴望蒸发，那么争先恐后，那么绝情，像是早就厌倦了作为一粒汗附着在她的身上。非但如此，她全身的器官都好像变得不安起来，我真担心它们会像那些想离开她的汗一样，有一些非分的想法。

这样的情形尽管让我害怕，却并没有让我觉得陌生，有时候我能感觉到自己内心的不安，虽然并不知道它们来自何处，为什么让我突然东张西望。

总之那一天我想得很多，尽管小敏反复重申她没有事，但我的恐惧没有因此而减弱，她让我看到一种比疾病更可怕的东西，这种东西使她病入骨髓，任何药物都将束手无策。

看起来，她的病跟某种心理暗示有关，最要紧的是，她自己无法阻止这种暗示的降临。相反，是她自己制造了这些暗示，当她越是恐惧的时候，这些暗示就越频繁。小敏深陷在一种恶性循环中，如同一个没有接口的圆。

圆，你也是理解的。

那天，小敏恢复过来之后就离开了，她没有向我提及那个蹊跷的电话。她只说在她发病之前看见了一座木质结构的房子，默立在一片银白的水中，后来周围的一切都变得模糊了，只有这间房子变得清晰，越来越清晰，清晰到她能看清里面的一束目光。

“真的，里面什么都没有，只有一束目光。”

小敏让我觉得寒冷，她走的时候挽起了她的包。那是一个昂贵的包，有着华丽的蟒蛇皮，即便在天阴的时候都会泛出贝壳的光泽，它会让你觉得它还活着，与这个名叫小敏的孤独女人形影不离。

我送她消失在逐渐稀疏的雨中，那条冰冷的蛇像是缠绕在她的手臂上，回头望着，朝着我的方向吐出它猩红的舌头。

回到诊所，我又回到一种漫无边际的空阔中，我的目光又陷入飘浮不定。远处的那个公交站台，那个叫七星街西门的站台，在我的目光里就如水里的一座孤岛。

我没有意识到站立了太长的时间，我还把手插在了上衣口袋里，我的目光一度没有方向，而这个姿态一直是我深深痛恨着的。

为什么，我们总要跟自己的痛恨如此相似。

关于那条美丽的大蛇，当这个城市像沸腾的开水一样谈论着它的时候，我有一种感觉，有一天会与它不期而遇，当然，当时我并不知道我们之间居然会发生一些关联，我只是想为那种不期而遇的感觉写一个故事。

写故事是我的专长。

但我迟迟不能动笔，我是如此疲惫，当我推开家门看见那个无论任何时候都必将伫立在窗前的身影时，我知道，我的疲惫是与生俱来的，它附着在我的身上，就如同那个远眺的人将希望放在窗外一样。

“我们吃饭吧！”所有沉寂在房屋里的清冷此时都活跃起来，“吃饭”是我们的必修课，要是世上没有吃饭这件事情，我们在这间活跃着清冷的房间里还有什么其他的事可以做。

我看见他缓慢地回过头来，倾斜着肩膀，他的倾斜让我看到一个无形的担子，正牢牢地压在他的肩上，使得他举步维艰，他的纤长的手被珍惜地放在裤兜里舍不得拿出来，每天，当我们的晚餐就要开始的时候，他就用这样的姿势踱到餐桌前。

曾经，我是多么迷恋那双纤细的手，迷恋它带给我的细小温度。有多少个浓黑的夜，它弹出的烟头会在黑暗中划出一个恍若流星逝去的弧，而我，对逝去竟会有如此狂热的喜爱。

“每个人都有权利选择自己喜爱的生活。”他说。

是的，我实在想不出可以反驳他的理由，尽管我觉得一个人一旦结了婚，有了妻子和孩子，就只有权利选择他们共同喜爱的生活。

“或者，你可以试着教一教孩子们，现在的家长都那么看重素质教育，而你，又弹得那么好！”

“我为什么要去教那些庸碌的孩子，你根本不知道他们有多么愚蠢，他们活着的唯一意义就是浪费物资。”

“但这样可以改善我们家的经济状况啊！”就这一点我们周围有那么多的例子，我可以振振有词地为他列举。

“你觉得我们家的经济状况需要改善吗？”

有一种混合着猜度与鄙夷的表情开始从他的眼睛里向外扩散，我只好把涌到嘴里的那句“为什么不”嚼烂咽下去了，也许我应该把它们嚼得更烂一些，这样就不会被那些坚硬的笔画羞愧地支撑着胃了。我知道接下来他就会说：“你和那些根本没有任何天赋的孩子一样，让人看不到希望。”

也许就是从那一刻开始，希望在窗外出现了，他的目光变得迷离而悠远，有了可怕的穿透力，他能探及的远处用我世俗的目光是永远也看不到的。

我不知道他如此遥远的视线，可曾有那么几个瞬间，会落在我的身上。

相处一段时间之后，小敏的许多古怪做法令人生厌，但她是我的病人，至少在那时，我有强烈的欲望治好她，所以，我必须拿出足够的信心和毅力来宽容。

比如有一次，又是下雨，小敏逼迫着我冒着雨坐到她的车里，而她则回到我的诊所，她用蹊跷的热情要求我给她打一个电话，我照做了。

虽然我还是那么爱钱，但我已经实在不好意思按标准计价收取她的费用了，她把我这里当成一个固定的去处，而且从来不预约，好像知道我是一个不需要预约的心理医生。她长时间地坐在我的对面，身边放着那个蟒蛇皮包，就像盘踞着一条冰冷的蛇。有时候让我觉得看到了自己的影子。

打完电话，小敏看上去气色很好，晦暗的天气反而使她显得透亮，她几乎是兴高采烈地迎接了我。那一天，小敏依然没有解释为什么让我这么做，我自然也没有问，我所能判断的是这其间有一个不为人知的小奥秘，而她已经被它纠缠了很长时间。

我不能问，除非是到了她自己愿意跟我说的时候，否则一切只会是徒劳。

那一天我们回避了这个问题，比较多地谈论了美发师阿肯。

说到他，小敏的话题突然变得松活，她说她得病之前大把大把地掉头发，不得不每周到美发店做护理，她就是在那里认识美发师阿肯的；

她说阿肯是个很认真的大男孩，做头发的时候他的手指灵活得像在跳舞，她喜欢看他转动剪刀的样子；

小敏还说那段时间她好像活在一种微醺当中，阿肯在她身边工作的时候她会有一种轻微的眩晕感，即使不在做头发的时候她也会有这种感觉；

而且，每次，她说，阿肯会用手很轻地拨正她的头，带着欣赏的目光端详镜子中的他的作品，那时候，她觉得她就是为这个名叫阿肯的人诞生的艺术；

小敏说……

总之，一切都是小敏说的。

最后她还说："当然，我这样也并不是说我爱上了他，你应该明白的。"

我想我是明白的。

但我还是忍不住问了一个极其小女人的问题，"你那次护理头发一共花了多少钱?"

"一万多吧！"小敏很淡地说。

"有没有效果?"

“效果？你为什么要在意效果。”

是啊，我为什么要在意别人的效果，我在为自己脱口而出的市侩气懊恼的同时，突然发现，穷人是很难理解富人的，如果是我，宁愿头发掉光也不会为一个根本不知道有没有效果的东西花一万块钱，除非我疯了。相反富人就很容易猜出穷人的心思，而且理解他们，因为富人也许也曾经经历过贫穷，即使没有经历过，他们也能看到。

毕竟在这个世界上，穷人是那么多。

小敏宽容地保持了沉默，于是我说，没什么，随便问问，跟治疗无关。

那天，也就是小敏谈论阿肯的那天，她停在我们楼下的酒红色的车被人吐了一口痰，尽管被雨淋得七零八落难以辨别，但那仍是一口痰。

同时，有一个神经受到刺激的老头想找一个听众讲一讲与那条大蛇遭遇的经历。他是从外地赶来的捕蛇者，据说很有名，他要捕的蛇，从来没有逃脱过他的手心。

但没有人听得懂他浓重的外地口音。这个绝望的老人穿着一件单车雨衣，在雨里四处奔走，只要一有机会就抓住过路人的手，想告诉他什么。他急于表达却语无伦次。

终于，有一个耐心的过路人听懂了他说的话，他说他看到了那条大蛇的尾巴，它伏在树丛中一动不动，于是他就把它拉出来，那条蛇丝毫也不反抗，而是回过头看了他一眼，他看见它的头上长了一对角，一对金色的角，所以他说这不是一条蛇而是一条龙。

说完了话的捕蛇者长长地舒了一口气，立即丧失了所有的倾诉欲望，他恢复了沉默的本性，默默地离开，在离开之前，疲惫不堪的他把一口痰吐在小敏的车上。

除了正式上班，我的大部分时间都停留在诊所里。我必须得做点儿什么，以此来推迟回去的时间，尽管每天必须推开那扇仿佛尘封了许多年的门，尽管每天还要对着我从来也看不见的希望说："我们吃饭吧！"我还是宁愿每天的这个时段来得晚一点儿，再晚一点儿。

那些年我的记忆似乎也被冷清占据着，每每想到它我的血液就像要停止循环，为了删除它们我做过一些努力，而且，就我们这个年龄段的女人而言，有些努力是必须的。

很多个夜晚，我们都在跟失眠抗争，我在我们家逼仄的书房里，对着一张摆放了很久的白纸，或者那台老式的电脑，被自己吐出的烟雾笼罩着的时候，小敏或许正将她的身体整个地浸泡在乳白色的热水中，昏昏欲睡，或者她在她们家宽大的房间里走来走去，身上穿着华丽的丝绸睡袍。

有时候我的耳里会传来一段钢琴声，那是我的丈夫，在他自己的房间里，他和他的希望互相陪伴。而我会闭上眼睛，这样我就看不见那些从我的笔端流出的文字，它们在我的眼里是那么死气沉沉。但我同时也将看不见一双纤细而灵巧的手，它们的翻转像是在那个干燥的冬季等待一场不能降临的雪。

我们都羞于描述自己的心情。

“所以说，小敏，你不要再无休无止地谈论阿肯，他在你的生活中其实并不重要。”

我终于厌倦了她的躲避，厌倦了这个把固执的气息留在我的诊所里的美发师。

“也就是说，阿肯这个人的存在，唯一的意义就是让你意识到危险，危险，我说对了吗？”

“我不懂你的意思。”她诧异地睁大了眼睛，浓郁的咖色眼影让人看到那些失去睡眠的夜晚。

我觉得在我被自己吐出的烟雾笼罩着的时候，小敏可能正在发病，我只是说可能，她的汗珠和她内心的恐慌一样纷繁复杂，一心想着离开她，却又做不到。她唯一能做的就是蜷缩在一个她认为安全的角落，吞咽大把的药片。

我们就是这样活着的。

“也许我可以说得更清楚一些，阿肯为你提供了一种可能，那就是你有可能爱上他，当然你说过你并没有爱上他，我只是指这种可能性的存在。”

沉默着。

“你是用沉默表示认可吗？那好，你是大学老师，是知识分子，你还具备跟你的知识相匹配的道德素养，但你却有可能爱上一个美发师，你认为，这能说明什么？”

还是沉默，我几乎可以断定，她并没有听进去，这一天我非常焦躁，跟小敏没有关系，这是我自己的问题，但那天多少有些迁怒于她，我的语气尖锐得像一把锋利的刮胡刀，这跟平时懒散而贪婪的本性大相径庭，贪婪的人总会有些小心翼翼。

起码那一分钟我认为，回避问题的关键只会让她更加沉沦。

我的焦躁令小敏吃惊，而她的皮包，卧在她的身边，在我看来就像一条入睡的蛇，突然受到猎物的攻击，猛地抬起头来，丑陋的小眼睛放出警惕的光，类似小敏此时看着我的目光。

是的，这能说明什么？

焦躁和无聊一样，是生活的常态，我任由内心的焦躁延续，它来自多年以前一个被我们遗弃的孩子，尽管也许那还不能叫孩子，但是如果能让他在子宫里安全地孕育，他现在应该可以背着书包，挺着他瘦弱但坚毅的小肩背，在站台上等候上学的公车。

但当时我们甚至没有给他这个权利。

“假如不能给他财富，给他天分，给他健康而优越的环境，那么生下他来就是一种痛苦，为什么要孕育痛苦？”他说。

这是多么奇怪的逻辑，但我居然想不出反驳的话，这个让我迷恋的男人在那时占据着我的智商，同时也占据着我的判断。

“我觉得相守就是快乐，他也许会因为这种快乐而幸福。”

“错，大错特错，你以为生活是童话，只有你们写小说的人才相信童话。看看我们的周围吧！”

这个小学音乐教师挥舞着手臂，他纤长的弹钢琴的手在空气中晃来晃去，像是在指挥一个庞大的交响乐团。那时候他刚刚辞去工作，无所事事，性情怪异，会为任何一种无关紧要的眼神或语气大发雷霆。

他让我感到难以适应，而我却天真地以为一个孩子的出生可以改变一切。

“看看我们的周围吧！所有的资源都在减少，唯一不会减少的就是人，到处都是人和汽车，孩子一旦生下来就意味着永无止境的竞争，以争取自己的生存空间，你不觉得这很残酷吗？”

“可是，最起码，我们应该给他这个权利。”我的声音很弱，很小，我自己同时也正在缩小。

“权利？权利是骗人的，尤其是用来骗那些没有思想的人的。”

他开始拥抱我，用他的气息再次征服了我。我说过了，那时候我的智商和判断都被他占据。

“而且，我们将来还会再有孩子的，要给自己足够的时间……在不久的将来，在我拥有旷世的作品以后……”

他的低语就在我的耳边，像是从遥远的地方飘过来，中间隔着一些破碎的东西，比如一把缺了齿的塑料梳子，散去了的青花瓷碎片，或是有很大裂缝的水晶玻璃。

于是我信服了他，同时也信服了那个看不见的旷世之作。

但我的内心没有信服，它充满了疼痛，躺在产床上，让一具冰冷的扩阴器把身体打开，觉得自己被切割。焦躁就是在切割开始的时候产生的，而且就这样开始延续，从来没有中断。

那一天，有一团雾一样的东西离开了我，它从我的身体里出来，连同那个在我子宫里还没有成形的小小生命，一同流逝。

透过蒙眬的泪，我能看见它们，它们正在消散——极其缓慢地消散，接着又汇集成一段浅灰色的袋子，像节日里被风吹动的彩带，在那间充溢着血腥与药品味道的产房里盘旋了一周，然后，它们向着敞开的窗户飞去，越过正在飘舞的淡蓝色窗帘。我吃力地撑起身子，惊讶的目光尾随着它们留在我视线里的最后的影子，我看见它们跃出窗外“啪”的一声散开，变成了看不见的碎片，融进了阳光的缝隙里。

医生说“好了，你自由了”，她收走了那具可恶的扩阴器，我的身体慢慢合拢。

那时候他纤细的手还握着我，那是最后一次我们手指相扣，但是我的手心里，再也没有了曾经存在过的温度。

“你认为，这能说明什么？”小敏反过来问我。

“如果你问我的话，我会认为你有一种潜在的判断，任何一个人都有可能爱上一个不属于他的人。这里的任何人，包括你，和你的丈夫，包括我们所有人。”

“而且，你的这种判断极其固执，基本上没有什么东西可以改变它在你潜意识当中的坚固位置。”

“当然，你也可以认为我说的不对，前提是你思考过这个问题，但是你思考过吗？你知道你的问题到底在哪里，你焦虑的不是自己，你焦虑的是这个社会，你用自己的经验移植了一种普遍的焦虑，就是被遗弃的焦虑。”

我还想继续讲下去，因为我觉得只要坚持下去，就能触摸到她内心的那块暗斑，我是有能力帮她的，但首先她要摆脱那些种类繁多的进口药，摆脱对它们的依赖，建立对我的信任。

但小敏打断了我，她说她会去思考，看我说得对不对，她语气诚恳，眼光却凌乱无章，叫人无法相信她真的会去思考。

整整一个雨季，我对心理咨询师这个职业充满了敬畏，我觉得它不但能带来巨大的财富，伴随而来的还有不可言说的名望。为此我停止了那些死气沉沉的写作，专心为小敏治病。我热切地等待她的到来，每天，打开窗户，看见那个孤岛般的小站，常常淹没在来往的车流中，觉得有一种准备就是为她而设的。

我会成功的，在她之后会有众多的患者需要我、依赖我，而我也有足够的能力来帮助他们。我的门口从此会门庭若市，电话从早到晚响个不停，我要做的就是用我镇定而理性的声音拒绝，理由是所有的时间都已经被预约。

当我那寻觅的目光不再停留在那个名叫七星街西门的站

台，而是转移到工作室的门口时，我会因为类似这样的幻想而露出令人吃惊的傻笑。

小敏是坐公车的有车族，她说开车就像从一栋空房子搬进了另一栋空房子，公车里杂乱的人杂乱的声音让她觉得尘世烟火的可爱。所以，不到万不得已，小敏不开她那辆酒红色的车，她把它留在车库里，覆盖着静静的灰尘。

我等待小敏就像在等待戈多，直到有一天突然发现等待的时间已经太过漫长，这时才突然有一种不祥的预感，她是不是失踪了，小敏那张风平浪静的脸混迹在人群中多么容易消失。

不祥的感觉折磨着我，我担心这中间出了差错，这种差错加剧了而不是减轻了小敏的病情。

恐慌和挫败就在这时在我心里迅速成长起来的，它们像是浇了生长素的芽，长势疯狂，枝叶张牙舞爪地漫游，穿透血液和骨骼，仿佛就要触摸到我的皮肤，然后，像一只孵化成功的小鸡，或是发育成熟的果核，被一股无法阻止的力量带到了阳光下。

几天以后，小敏的丈夫证实了我那该死的预感，他坐在那里——我的对面，小敏经常坐的角落——轻声说小敏失踪了，他既不激动也不悲哀，只是看上去有点儿可怜巴巴。他说你要是有消息请及时告诉我。

这是一个疲惫的成功男人，他总是清楚自己应该怎么做，包括在这种时候，他停留的时间和他说的话一样恰到好处，他招人喜爱地表露出一种可怜，这真是太要命了。

最后，他说，小敏信任你，她很难相信一个人，也许只有你才能帮助她，帮助她就是帮助我们这个家庭，全靠你了。

这一刻，我试图抵抗什么，但做不到，唯一能做的是向这个跟我毫无关系的男人保证：一旦有小敏的消息就会及时跟他联系。

那时，我的表情怪异得接近躲闪，就像小敏的失踪跟我有千丝万缕的关系。而我却始终不明白，为什么我会在那一刻，在向他保证的那一刻突然带有那么一副诡异的表情。

我痛恨这样的表情，就如痛恨自己的生活。

也许那条怪异的大蛇并不知道人们对它的关注，或者它知道了但不畏惧。总之它我行我素，依然突然出现在一些出乎意料的地方，比如黑龙潭公园的出水口，比如郊区低矮的灌木丛中，或者盘踞在某户靠水而居的人家墙角，甚至，在下雨的时节，随着那些在地面流淌过的水，招摇穿过车水马龙的街。

它常常和那些寻找它的人擦肩而过，与不愿意见到它的人意外相遇。

它像是一个奇迹，或者像一个神话存活在我们这个城市里。

关于它的报道不停地出现在报刊上，就连我们这个文学杂志都为它登了一幅看上去不怎么狰狞的照片。

终于，日报社的一个记者厌倦了对它无休无止的追踪，以一篇题为《它究竟在寻找什么》的报道结束了人们对这件事的关注。除非，这条价值不菲的蛇再做出点儿什么惊人的事情，或者再遭遇点儿什么惊心动魄的待遇以引发新一轮的热议。

是的，它究竟在寻找什么？这个聪明的记者凭借他长时间的跟踪做出判断，这条从不袭击人的蛇只是在寻找什么，他用这篇报道告诉人们别再管一只正在寻觅的动物，至少，他是不想管了。

而我，却突然发现，在拿起报纸的时候，在用一个平等的角度与那条传说中的蛇相遇的时候，它那小小的眼睛正望着我，发出寒冷而寂寞的光。我们的目光对接，半天没有思维和语言，这样的沉默就像是我们之间有过一个不为人知的秘密。

我已经彻底忘记当时我是怎样突然想到小敏的那个包的，毕竟时间已经过去了很多年了。

我在想到那个包的时候听见报纸被我发抖的双手晃得稀里哗啦的声音，那个时而盘踞在小敏身边，时而缠绕在她手臂上的包，在它醒着的时候，有着和这条大蛇一模一样的花纹和一模一样的眼神。

这不是我想要的结论。

小敏的丈夫是在她失踪三天以后找到我的，他说他知道小敏在我这里接受治疗，虽然他觉得她可以有更好的方式来调理心情，比如听听音乐、出门旅游，或者打打麻将什么的，但如果她愿意，做什么他都会支持的。

在我的面前，他没有说任何一句不利于小敏的话，也不涉及他们之间的关系和感情，但他让我感觉到了他的隐忍。

最后，在他要离开的时候，递给我一张名片，上面写着一家声名显赫的房地产公司。

但是，小敏不来我这里已经超过了四十天，她的丈夫，以一种立体几何的形象呈现在我的面前，那些被遮住但是又能用虚线表达出来的部分，永远是我不能理解的复杂。

后来，我的生活出现了一次转机，当然，这只是一个假象，但我那时真的以为那一次转机可以彻底改变我的人生，于是对再度出现的小敏多少有些心不在焉。

关于她的出现，我和她家的那个立体几何仿佛保持了某种默契，既没有联系，也没有谈论，就像这样的结局都在我们的意料之中。

我们继续着风平浪静的治疗，只是在治疗的过程中，牵挂其他的事情会使我偶尔分神。

那时我正在绞尽脑汁四处筹钱，有一个矿老板答应让我和他合作，开发一种名叫钯金的矿。尽管对于钯金我一无所知，非但如此，对于任何跟金字有关系的事物，比如黄金、铂金、基金，我都是一无所知。但那时，矿老板那张鲜艳得就要滴油的嘴让我产生了强烈错觉——我简直就是一个贵重金属专家了。

可以断定，这依然是寻觅的目光带来的后果，寻觅使我的眼睛始终停留在远处，停留在模糊不清的地方，而无法看清眼前，自己的脚下。

我是在一个饭局上认识这个矿老板的，那段时间我们社长带着我频频出现在各种社交场合中，因为我们杂志正面临着文化体制改革，需要与一些肯出钱的企业合作办一些项目。她选中我的确是因为我看上去有大把大把的时间，是那种有家不愿回的人，而且我还能有效地衬托出她残存的姿色。

“有时候，我们这种女人可以提升某些男人的高度。”她这么说的时候，表情严肃，眼神高傲，丝毫不觉得羞耻。

我们在酒桌上配合得几近完美。

“她是我们《完美》杂志的编辑，还是我市最著名的心理咨询师。”

社长总是这样介绍我，她这么说的时候我的心中就会掠过我唯一的病人小敏的影子，她孤单地坐在我的诊所里被窗外弱黄的光线遗忘，就像一个做得精美但已经陈旧了的皮影，锣鼓声响起的时候被丢弃在黑暗的箱底。

然后她接着说：“但是我真心希望你们永远也不要见到她，或者给她打电话。”

这是我们社长说话的一贯风格——故弄玄虚。

“因为，这表示我们的心理都很健康。”

她精彩的开场总是立即被掌声和哄笑声掩盖，接下来的觥筹交错就沉浸在轻松愉悦的氛围中。

有时候她得意忘形，会忘记这段精彩的台词已经在同样的人面前第二次或者第三次出现，在无法提醒她的情况下，重复啰唆会让她变成一个絮絮叨叨的老太太，而我则羞愧难当。

我就是在诸如此类的一个饭局中认识那个嘴唇会滴油的矿老板的，那次我和社长依然互相搭台又互相解围，就像两个相声演员，才华横溢，妙语连珠，把矿老板的漂亮助理变成一件华丽的摆设。我们坚信，只有像我们这样的女人，才能使一场庸俗的饭局变得风生水起，别开生面。

那一天矿老板在席间说欢迎我们来投资他即将开工的合法矿厂。在微醺的人群中，只有我对这句话感兴趣，换一句话说，只有我对一切的不切实际抱有幻想。

隔着两个人，我们就同样都一无所知的钯金谈论了将近二十分钟，他的唾沫星子穿过他鲜艳欲滴的嘴，无情地喷射在我的脸上和脖子上，使得我不得不中途离席到卫生间补了一次妆。

但我根本不在意，假如真的像他说的那样，五十万元可以回报一千四百万元或者还要更多的话，谁在乎他嘴里喷的是口水还是硫酸。

我开始为五十万元四处奔波，但小敏却恰恰在这种时候变得更加依赖我，难道这就是她在离开我四十多天之后得出的唯一顿悟？

出于私心我为她制订了一个锻炼计划，希望她不要把她无限的精力投入到我有限的时间里，因为在此之前我们的关系就已经变得扑朔迷离，我已经不可能像一个正常的心理医生一样在限定的时间内和她相处，拒绝她就像拒绝一个朋友，成为一个难题。

而她，依赖我就像依赖她的一个朋友，天经地义地占用我的时间从来不会心生内疚。

我迫切地需要她扩大一点儿圈子，迫切地需要腾空彼此的心，哪怕只是一点点，都可以用来适当地容纳其他的东西。

所以有一次我看见她和我楼上的那个私家侦探在楼道里聊天的时候，竟隐约有些高兴。他依然生意兴隆，时间仓促，因为要是不需要出门的时候，他就得躲在房间里乱发短信，发那种提供婚姻证据或者出售窃听器出售电话查询设备之类的短信。

但那一天私家侦探好像在给自己放假，他既没有戴帽子也没有戴眼镜，穿着一套类似睡衣质地的衣服，出出进进，显得很休闲，不是那么神秘，容易贴近的样子。

他们在楼道里聊天，无非也就聊一聊天气或股市，他们都很开心，发出的笑声在狭小的楼道里四处穿梭。

小敏一面三心二意地练瑜伽，一面频繁地约我见面，于是我比那些捕蛇者还要忙碌地在这个城市乱转。

我要去借钱，你完全可以理解五十万元对于一个又要还房贷又要供养旷世之作的女人来说是多么巨大；我要去和矿老板见面，依靠那张流油的嘴持续着发财梦的升温；然后赶回杂志社改没有改完的稿子；我还要上气不接下气地杀回诊所，耐心地听完小敏喋喋不休的倾诉。

有时候我很为自己担心，当匆匆的步履越过这个城市某个繁华的路段时，我的脸上会带着着急的神色，仓皇的目光就像在寻觅。这种时候，我真的不知道自己同那些疯狂的捕蛇者有什么区别。也许我和他们一样，正在被动物保护极端组织跟踪却浑然不知。

面对她，尽管有时候有些分神，但我还在坚持竭尽全力，虽然她的信任正在成为我们之间的负担，但我已经说过，我能看见那些如同老年斑一样长在她心上的惶恐和焦虑，因为它们同样长在我的心上。

当我不经意间发现自己正用那个一直痛恨着的姿势伫立在窗前，远眺着名叫“七星街西门”的站在车流与人流中若隐若现时；当我打开房门让那些沉寂在角落里的清冷突然地活跃起来，紧紧地将我包围时，我清楚地意识到：

关于生活，关于未来，我和她都不再相信，我们的心因此而无依无靠。

还是在那间小诊所里，小敏讲述了她的第一次发病。

那是在两年前秋季来临的时候，阳光投下的光线有着逐渐变冷的暗黄。一个迟到的女生披着这层秋日薄薄的阳光从她的讲台前轻盈走过。那一天的小敏很恍惚，因为头一夜她的丈夫很晚才回来，浓醉着，身上带着香气，她自然又是一夜无眠。现在，这个轻盈的女生走过之处，留下一阵淡香。

小敏说那时她觉得那一阵香气就是她的丈夫头夜带回的香

气，她坚信不疑，而且不容许我对此进行探究，她说她知道那个女生是白天上课，晚上到夜总会上班的，她们学校的很多老师都知道。

她像是被电触了一下，身体里的水分哗地一下全部沸腾起来，冲到脸上和头上，变成汗水蒸发。那时小敏的眼里只有那个漂亮女孩骄傲的脸庞，她在一片逐渐变得模糊的混沌中清晰地绽放笑容，那堂课，小敏没法坚持上完。

我一直努力让小敏明白，她在为一种虚拟发病，疑点并不能成为证据，但她把疑点夸大成事实。

比如在一个雨天，她的丈夫在车里给她打电话告诉她要去接晚点的飞机，但她没有听见雨声，那么她就断定他在某一个房间里而不是在去接机的路上，然后她就会联想到房间里必定还有其他的人。

等她自己做了试验，证明这样的判断是错误之后，她又欣喜若狂，在此之前，一切的努力都是徒劳。

小敏总是被诸如此类的小暗示弄得焦头烂额，而这些来源蹊跷的小暗示又像夏天的小苍蝇一样无处不在，它们围绕着她，就像围绕着一块散发着臭味的腐肉，发出热烈而奔放的嗡嗡声。

我想，我的主要工作就是驱散它们。

我还是借不足五十万，有好几次，那些围绕着小敏的小苍蝇转移到我的身上，我觉得我的身体正在变质，腐烂正在一点儿一点儿地向外扩张。

借钱是一件挑战尊严的事情，霉斑是从那里开始生长的，也许，我应该向小敏开口。但是这样的话，她将不再是我的病人。

我徒劳地驱赶那些顽固的苍蝇，驱赶在眼前形成一片雾障的嗡嗡之声，透过这片雾障，能看见她过度失眠的苍黄的脸。无论如何，我不可以中断我们之间一开始就很微妙的关系，所以，宁可去求那个被油水撑得发亮的矿老板，也不能求小敏，那一天我做了这个决定。

做完这个决定之后我集中精力为小敏做一个放松练习，这个练习是为了培养心理调适能力，以此来代替药物治疗。我让她采用最舒适最放松的姿势平躺在沙发上，她躺下的身躯凹凸有致。

“这是一个很好的练习，我们可以用它抵抗失眠和焦虑，现在，你可以闭上你的眼睛。”

做这个练习我必须集中全部的精力，并且保证我首先是轻松的。小敏看起来很期待这个练习。

“现在，我们要做三次深呼吸，每一次呼气的时候，记得把身体里的所有烦恼汇集成一股浊气，尽量缓慢彻底地呼出。吸气的时候你会感觉到空气非常清新，而且有淡淡的兰花清香。”

我悄悄点上了兰花精油香薰。空气里飘散开兰花的气息，它们开始向外驱逐一直留在这个房间里的发廊的气息。

呼气——吸气——呼气。

尽量缓慢，尽量放松。

我集中了全部的精力配合小敏完成了这套起始动作，我很累但必须坚持，这是我一贯的作风。

但是，我的声音突然在我最后一次呼气的时候，毫无征兆地离开了我的身体，到了后面。我的身后是一面墙，那么，它就一定穿过了这面单调的墙，停留在更远的地方。

总之，我的声音是从我身后很远的地方传来的——

“现在，我们就要穿过眼前这条种满粉红色蔷薇的小路，路面长满了柔软的青苔，如果不介意的话，请挽着我的手。”

为什么是“我们”，而不是“你”？我什么时候成了自己的病人？

青苔果然是柔软的，踩上去有一种来自骨头的舒适与信任，我试图做的反抗就成了徒劳。

“继续往前行走，兰花的香气越来越浓郁，保持着平稳的呼吸，让心里的愉悦慢慢地增加——一点儿一点儿地增加。”

我已经偏离了教材，而且偏离得很远，超过了将它拉回的限度。

“现在，我们的眼前出现了一片草地，兰花的香气就是从这里发出的，因为兰花正在盛开，我们会在这里休息，继续调整呼吸，我们还有一段不长的路要走，在这条路的尽头我们将看到一栋白色的房子。”

为什么要提到房子，还是因为我真的看到了它？

那是一栋纯白的房子，外形就像一架高贵的三角钢琴。它的质地是凝固的云，这种云会浮在午后高远的天空，像是画在上面的，即使有风也纹丝不乱。

我很快就会为小敏描述这世间独一无二的房子，而且不会漏过任何一个美妙的细节。

包括淡黄色碎花窗帘的银色蕾丝花边，包括悬挂在窗上的珍珠贝风铃和门后用来悬挂外衣的欧式琥珀镀金衣架。是的，就是这样一栋房子，我不知道它为何出现在眼前，也不知道它为何出现在我的教材里，总之，它就是这样地出现了。

多年以后，这栋房子依然固执地存活在我记忆中。

从专业的角度来讲，房子可以意味安全，也可以理解成庇护，难道它的出现是为了填补一种共同的来自心理的缺失。那时候，无论是我还是小敏，都像一只离开了壳的蜗牛，柔软的躯体暴露在阳光下，随时都有被晒干的危险。

如果说这次心理训练能成功的话，这里是一个关键的点，我们将在这里发现内心的缺失，并真正意识到它。

当然我并不指望一次心理训练能改变现状——我和小敏的。

小敏的手机在这个时候突然尖锐地响起来。

有一刻我分辨不清声响来自哪里，因为我被自己的声音击中，它刚才远离了我和我精心设计的教案，但现在它重重地跌落在我的身上，猝不及防，所以我只看见小敏的包在剧烈地抖动，就像一条肥胖的蛇发出凄厉的尖叫。

显然，这是一次失败的练习。

接完电话的小敏就像一只受伤的鸵鸟，一边叫着“来不及了来不及了”一边夺门而逃，她的“对不起，下次再接着练”的声音是从楼下隐约传来的。

我趴在书桌上无力地朝声音消失的方向挥挥手，几分钟之前，我一定是浸泡在自己的汗水里，或者浸泡在自己的挣扎里，抬起手的地方留着一个清晰的印迹。然后，我离开座位走到窗前等待风，等待清醒。目光有了惯性，很快就会与那个名叫“七星街西门”的小站相接。

但这一回，我的目光来不及到达小站，因为，我看到了那条巨大的花斑蛇。

小敏暂时地忘了这次失败的放松练习，那一晚她和丈夫双双出席了一家跨国公司投资的酒店开业酒会，那一晚小敏身穿一袭金色紧身晚装，佩戴一款与晚装相互辉映的彩金耳环，顾盼生姿，艳光四射，她好像天生就需要这样一种场合和氛围来生存，来解救她的危机，来点燃她的兴奋。

所以酒会结束以后，带着一身残存的浮华艳丽，小敏不辞辛劳地开着她那辆酒红色的宝马来到我烟雾弥漫的房间里，就是为了和我谈论刚才的酒会。

这是一个需要做放松练习的女人吗，这是一个需要大剂量服药来抵抗抑郁与焦虑的女人吗？假如生活就是永远不落幕的酒会，你会毫不犹豫地产生怀疑。

我的目光不能到达那个犹如孤岛般的小站，因为它被蛇的目光截住了。

它停留在街头一块巨大的广告牌上，我不知道它是怎么爬上去的，的确，谁也不会知道。它盘踞在高高的广告牌上，华丽的皮释放着彩色贝壳的光泽，如同广告不起眼但不可缺少的一部分。

而它的身下，无数的车辆和行人，其中包括那些正在寻找它的人，还在川流不息。

我是应该做点儿什么，尖叫，报警，或是晕倒？但实际上我什么也没有做，我们平静地对视，它的眼神在我看来是如此熟悉，假如我用忧伤的话那就太侮辱自己的词汇量了，那的确不是忧伤，那只是一种寻觅的眼神。

如果你曾经见过一个总是想写出旷世之作的人的眼神，或者换句话说，如果你见过我伫立在窗前远望着一个与我毫无关系的公车站台时的眼神，你就会明白，寻觅的眼神该有多么难以表达，尤其是当那些被你寻觅的东西根本就不存在的时候。

我只能说我熟悉它。

那一天，就像我不知道它是如何爬上去的，我也不知道它何时离去，总之，在大雨来临之前它就消失了，我再去看广告牌的时候华灯已上，那块它曾经盘踞过的广告牌放出绚丽的霓虹，粗大的雨点使得霓虹的彩光化作一团难以辨别的烟雾。

那是我们这个城市里最艳丽的霓虹，尽管事隔多年我已记不清那是一张关于什么的广告牌。

最后我决定不再四处筹钱，我会拿着手里已借到的一部分钱对矿老板说只有这么多，对于一个有实力的企业家来说，关键不是钱的问题，关键是他愿不愿的问题，如果我有那么多的钱的话，我也很乐意做一个毫不费神的人情。

带着这样的简单逻辑，我不假思索地赴约，见面的地点选在本市最臭名昭著的地方，至今我还清晰地记得它的名字——天上明珠。

后来，这个地方引发了好几起突发事件，比如一起为争夺一个传说中著名的女子爆发的群体斗殴，据说在此次斗殴中某领导干部的直系亲属被刺数刀，当场死亡。另一次是一百多名当地家庭妇女举着“还我丈夫”的牌子，在夜场生意最兴隆的时候席地静坐，据说那一次她们的静坐持续到第二天清晨。

迫于类似事件的压力，这个地方后来宣布破产，现在，由政府买下这块地，兴建了本市最大的图书城，它隐藏在高大的树木中默默无声，让人逐渐忘记了曾经令人头晕目眩的高分贝音量，还有那些在高分贝音量中影影绰绰的身影。

我能记得的那个夜是一个极其混乱的夜，虽然我不能说自己现在已经很老，但记忆总是这样的，它可不在乎你的心曾经多么年轻。

首先，我看见那些被挑来挑去的女孩，从一个房间出来又进入另一个房间，香气缭绕，让人眼花缭乱。鉴于这是大家熟悉的情况，我不会在这里浪费笔墨，关键是有一个女孩被挑剩了，正在大厅里撒气。

客观地说她长得也无可挑剔，但就是被挑剩了，而且肯定是那一夜唯一被挑剩的。挑剩也就算了，对于这种本来就不以成败论英雄的竞争要有良好的心态，回去卸卸妆还赶得上后半段晚自习，可她偏要在大厅里对她的领班不依不饶。

你完全可以想象，发生在这种地方的撒野会有多么雷人。

尽管她的行为很快就被制止了，但在没有制止之前，她进行了孤立但坚强的抵制，我看见了她决绝的眼神，它们让我窒息，并让我恐慌。

足足有一分钟，满场子都跑着身穿制服、手拿对讲机的人，他们在一个并不存在的敌人面前露出如临大敌的表情。

我就在这样的混乱中惊魂未定地进入到矿老板在的包间——他独自一人占着本场子内最大最豪华的包间，我进去的时候，他正在唱他们这个年龄段点唱率最高的一首歌——《迟来的爱》，他的一个小助手正在帮他点其他的歌。这首歌有一长段令人不知所措的独白，正常人都会把它跳过去，矿老板不是一般人，他一丝不苟声情并茂地念完了它，而全然不顾我难以掩饰的为他羞愧的神色。

等他唱完，音乐也停止的时候，安静的包间里响起我孤立无助的虚伪掌声。

其实，他说，你的情况我很清楚，有些东西你也不必那么辛苦地做，关键是方式，方式你明白吗？

矿老板可不是那种欠缺表达的人，他说完这番话证明了他是很懂方式的以后，就又开始接着唱歌了。

这回他唱的是《糊涂的爱》，而我还在想他说的方式是什么。

但是我很快就没有时间来想其他的事情了，矿老板一边唱歌一边坐到了我的身边，那只没有拿话筒的手很自然就搂住了我，停留在我的腹部。他那么肥硕，马上，我的小腹就像捂上了一个巨大的热水袋。

这可是一个关键的部位，无论是向上还是向下，都只需要一秒钟。

他那个帅气机敏的小助手立即停止点歌，起身走出了包间，并反身带上了包间的门。

在这肥厚的手掌变成一个热水袋，或者是一个探雷器移到我小腹上的同时，矿老板在我的耳边说："其实，一个女人，一个像你这样的女人，想要变得富有是很容易的。"我分不清他在说还是在唱，毕竟这太像一句歌词了。

可是，属于我的时间真的只有一秒钟，我总不能老这样捂着一个热水袋僵硬地坐着吧？我的身体和心理都必须赶快做出一个回应，无论我选择了什么，都最好不要让他看出这个思忖的瞬间。

于是我的脑子迅速变成了一架老式电影机，锈迹斑驳的手摇柄快速地转动起来，即便速度惊人，但那些飞速倒退的剪影还是在进行一种有条不紊的梳理。

首先，最早出现的是那个在自己的咆哮声中变薄了的女孩，她被两个穿黑西装的男人带走，他们一定在手上暗自用了力，女孩子看上去很轻，像在飘浮，他们穿过一道灰色的暗门，你不知道那道门会通向哪里，也不知道他们穿过以后被关闭的是否还有黑暗。

然后是小敏混迹在人群中的脸庞，时而清晰，时而模糊，带着冬至过后的冷，伴随着好多变形的动作。纷繁复杂的小敏在镜头里是一团难以分辨的颜色，总是彻底地破碎以后又以一种全新的方式聚拢，每一次聚拢都是一次不可预期。

那条有着美丽花纹的蛇也走到镜头里来了，它优雅地行走在无数双匆忙行走着的脚中间，身体一次次呈现出雍容华丽的弧线。

紧接着出现一间简陋的教室，还有一架同样简陋的钢琴，阳光从方形的窗口照进来，在钢琴的某一个角落投下一个金色的影子。看不见那个弹钢琴的人，他背对着我们的视线，我们能看见的是一个脸上有阳光影子的女孩子。

当然，我也看到了钱。

一秒钟就这样过去了，偌大的包间突然安静下来，下一首歌曲马上就要劲爆地响起，我在这个空隙站立起来，让那个巨大的热水袋自然滑落，让我的小腹恢复呼吸。

这既在他的意料之中，也在他的意料之外。矿老板说喝酒喝酒，他见多识广，处事不惊，唯一的变化只是声音有点儿夸张。

“其实我并不缺少女人，有时候我只是缺少精神。”喝完酒的矿老板试图解释点儿什么，但很费力。

“其实你还是缺女人的，你不缺的只是身体。”我有点儿可怜他。

他开始在我的可怜中露出了一种乡气，这是真正的乡气，有一点儿淳朴又有一点儿小狡猾的那种，是有时候眼睛里有猥琐的那种，跟平时的挥金如土没有关系，跟破绽百出的谈吐没有关系，跟谈话时需要打伞才能遮挡住的唾沫星子也没有关系。

真的，在一个豪华的场所，一个同时拥有经验和财富的男人，突然流露出他深藏不露的乡土气息，是叫人百感交集的。你不知道，平时这些东西沉寂在他身体的哪个角落，他为了掩藏它们做出了多大的努力。

你也不知道，到底是什么改变了我们所有人，而且改变得那么彻底，那么不露声色。

那一晚的混乱还在持续，等我注意到小敏的求救短信时，手机上已经有她打下的无数个未接电话。短信是关于死亡的，她觉得自己快要死了，要我到某个酒吧救她，或是见她最后一面，诸如此类的疯狂话。

你完全可以想象我在那一刻出离的愤怒和恐惧，我还没有从某种沮丧的境遇中走出来，小腹上矿老板的大手留下的温度都还没有散尽，我也想打一个求救电话但发现无处可打。

我唯一能做的是谢绝矿老板的关心，就算是真心实意的，然后使劲按住太阳穴，像要把这时候猛烈跳动着的头疼按回去，然后连滚带爬地上了一辆出租车。

这是一辆破烂得随时都可以报废的车，符合我此时支离破碎的心情。

在这辆飞驶着的破车里，所有关于心理的自信都被生硬地剥离。第一次，我对这门学问的意义产生了怀疑。我一面悔恨着与小敏的相识一面疯狂地怀念我的心理学导师——一个满脸都是皱纹的老太太，她会从一堆书中抬起头来，晃动着她银白色的头发吐字清晰地说："这只是一个阶段，孩子，记住问题的阶段性。"

这些字从她涂得鲜红的嘴唇中传出来都是有光泽的，仿佛是为了和她的银发交相辉映。

是的，这只是一个阶段，但每个阶段都有可能存在一个结局，这不是一个可以依靠时间的阶段性来解决的结局，它的存在可能意味着残缺，意味着危险，甚至意味着毁灭，当然它也可能什么都不意味。

我怀念她是怀念那段时光，那时候我们年轻，缺少对生活的认知，谈论的是别人的事情，因为不必对谁负责我们的谈论充满了艺术性，就像清晨的一杯淡茶或是某个季节花开的声音，美好但毫无意义，关键是我们对此却浑然不觉。

大雨倾盆而下，雨刷疯狂地扫开飞溅的雨水，却无法刮去停留在车窗上的雨雾，它们把这个世界装进了有雕花的玻璃器皿中，再也看不清楚。

我穿行在某个音乐吧狭窄的过道里，像一个习惯于赶夜场的人，从一个场子赶到另一个场子。到处都有类似小敏的人，到处都有类似我的人，看每一个人看到的都是熟悉。

所以，当我在狭窄的过道里与一个类似阿肯的人相遇，又相互侧着身子让对方通过的时候，我并不觉得这是意外的相逢。我回头看过他的背影，在昏暗的灯光下。

这是一家唱老歌的音乐吧，歌声缠绕在那一天倾盆的雨声中，揪扯着人的心脏。尽管事隔多年我已记不清那时在唱一首什么样的歌，我再次重申这跟年龄没有关系。

我能记住的是当我在一个光线和歌声都到不了的角落找到小敏的时候，我的心还像一首多声部合唱，几股音惊心动魄地纠结在一起，无法平整。

小敏是醉了，还是在发病，还是她醉了同时还在发病，总之，她趴在桌子上认不出我。她趴着的姿势让我想到一幅线条生硬颜色单调的版画。我惊恐地产生了幻觉，假如曲终人散，她将被遗忘在这个光线与音乐都无法到达的地方，保持着同样的姿势，千年不变，就如我看到的那幅版画，搁置在一个不起眼的地方，覆盖着冷落与遗忘。

关于那个混乱的夜，在我的记忆还没有衰老并消失之前，我会让它保持一种鲜活。

小敏再次出现在我的面前又是一个月以后。

她换了一个帆布手拎袋，有手工刺绣的那种，然后穿了一件亚麻布的开衫，里面是草绿色的吊带背心，她走进来带着阳光洒在草坪上的味道。

如果说，那一天的小敏还有一点儿什么与平时不一样的话，那就是她比平时更平静，她不像一个病人，更像一个曾与你擦肩而过的陌路人。

她让我看一张照片，这是一张奇怪的照片，是在雨里拍的，雨点被拍成一些闪亮的碎片，她的丈夫正努力把一个女人抱进车里。那个女人穿着他的西装，看不清面目，也看不见其他的部分，只看得见垂下来的一些头发。

照片是从很远的地方拍的，放大了许多倍，显得模糊不清。

我马上想到了我的邻居，那个终日忙碌昼伏夜出的私家侦探，一天前他还来过我这里，希望能转租我的房子，他的业务扩大，员工也在增加，必须有更大的场所来工作。我答应他了。

在那张照片里，小敏认不出自己，她一点儿都没有要发病的迹象，反而很释怀，有一种在她身上从来没有出现过的愉悦，她仿佛一直在等待这张照片，等待这个她预期的结局。可怜的小敏，从来没有相信过这个社会，也没有相信过自己。

我盯着照片，我想我盯着照片的时候时间是凝滞的，我也不知道我的脸上浮现出什么样的表情，总之我爆发出一串听上去令人毛骨悚然的笑声，我笑得荒唐而滑稽，笑得上气不接下气，笑得眼泪横飞。

我的笑声在这个残留着发廊气息的房间里四处碰撞，寻找出路，让每一个听到它们的人都有一种大祸临头的感觉。我一面笑一面奇怪，这张照片里为何没有我，我去了哪里，那天夜里，说实在的，我一刻也没有离开过他们。

是我给小敏丈夫打的电话，他的名片幸运地保存在我的钱夹里，为了说清楚这间酒吧的位置，我揪着一个服务生的袖子让他接电话；是我帮小敏穿上了她的丈夫脱下来的西服外套，她像煮烂的面条一个劲地滑落；是我为他们撑着雨伞；是我帮他们开的车门；还是我逼迫着一个曾经暗恋过我的医生从热被窝里爬起来，带上他的听诊器过来帮忙。

也是我，率先看见那条大蛇。

我说过了，有一天，我会与它不期而遇。

那时它的头出现在前方挡风玻璃上时，我还以为那是地上积水在车灯照射下的倒影。黑暗和雨水隐去了它的身体，所以谁也不知道它从何而来，它突然近距离地出现在我的眼睛里，隔着汽车玻璃，隔着陆离的光线，隔着速度，我摇晃着的目光再次与它相遇。

我无法分清那一刻是否只是一个冗长的梦的一小部分，即使是，我也能感觉到那份由噩梦堆积起的力量，它们幻化成一声凄厉的尖叫与现实连接。

小敏的丈夫，在听到我尖叫的同时看到了蛇，一个猛烈的急刹车。

我不能判断，那条蛇是因为猛烈的刹车被震飞出去的，还是它自己尾随着它要寻找的东西而去，因为我一直帮小敏拎着她的包，在它看着我的时候，在那声凄厉的尖叫响起之前，我已奋力将她的包扔出窗外，没有人明白这其间的秘密。

于是，在那个震荡的瞬间，我看见那条传说中的蛇腾空而起，蛇身在雨水与灯光的支离中呈现一条直线。然后，我听见了一声古怪的碰撞的声音。

我们逃离现场。

第二天的晚报刊登了那条大蛇死去的消息，它完好无损，死因不明，它把一个奇迹结束在那个雨季的最后一天。小敏的包不翼而飞，再也没有找到。出现在同一张报纸上的还有一则关于整顿非法矿产企业的消息，名列第一的就是矿老板的公司。

但我却没有出现在照片上，真的，我去了哪里？

那么，我要不要把这一切都告诉小敏，她还在等着我，准确地说，是在等我结束那串莫名其妙的笑声。

是的，我要不要告诉她。

二十年后。

我的窗外流过了一阵雾岚，带着沙沙的声音，像是经过一阵来自树林的风。天气预报说，雾岚天气还会持续一段时间，等这段雾岚天气过后，会有一场真正的雨降临。

我盼望这场真正的雨。

但我不会伫立在窗前等待它们，现在，我已经改掉了这个习惯，我比以前更忙碌，每个周末，我都要频繁地出现在菜市场，我们要为来家里学琴的孩子们提供一顿免费的午餐，他们的笑声，连同一首明亮的歌，会在夕阳西下的时候驻留在我们家里。

假如路过那个曾经被叫作“七星街西门”的小站，我会想到一辆急躁的公车驶过之后那个被遗落在站台上的人，就像停留在一座漂浮着的岛屿上。

或者透过某家美发院阔大的落地玻璃窗，看见一个棕色头发的少年，低垂着头玩手机，坐在一片被镜子折射出的迷离灯光中时，觉得那里坐着的，是那个记不住样子的美发师阿肯。

是的，一切都还是这样，我们守着的生活依然守望着我们，在这个过程中，我们再一次征服了自己，同时也征服了时间。

假如视线去得更远，我会回到那间逼仄的小诊所里，在那些一直缭绕不散的发廊气息中，小敏坐在我的对面，我们之间摆着一份协议书。

“现在，我们之间将要建构咨者和被咨者的关系，为了保护咨者的隐私权，根据规定，我们之间必须有一份协议。”

“心理医生会泄露患者的隐情吗？”小敏以为心理医生应该天生具有保守秘密的本能。

“通常情况下是不会的，但不能保证例外的情况，签协议可以建立你的信任感。”

“但这很重要吗？用协议来对人的道德进行规范，你不觉得可笑？”

我不想谈论道德的问题。

“不签不可以吗？我不在乎这个。”小敏说。

“不可以，这是一个程序。”我饱受过被怀疑的苦头，不想重蹈覆辙，或者我隐约不想失去她，我唯一的病人。

“作为一个怀疑论者，协议也是不可信的，不过，既然你坚持认为它是一个程序，那我就签了吧！”

“在这里，”我指着其中的一个空格说，“你可以填上要求我保守患者隐情的年限，一般人都填永久保守。”

小敏发出温和的笑声，“需要那么长时间吗？”她说，她取过笔轻快地写下几个字，她一边写一边继续温和地笑。

我拿过来一看，“年限”那一栏清楚地写着——二十年。

诡异的11号列车

晚高峰时段，地铁里挤满了人。

这个时间点出现在地铁里的人们通常急着赶路，在那些不怎么看得出实际年龄的脸上，密布着蜡黄的倦怠和差强人意的耐心，偶尔，你还会从女人们皲裂的口红里看到无限的焦灼。

所以，当一对年轻的情侣迈着悠闲的步伐，带着恬静的笑容出现在熙熙攘攘的人群中时，显得有点儿与众不同。

他们非常年轻，男孩没有长出坚硬的胡须，女孩则有一张粉嫩的脸，在某种适合的光线之下，这一类型的肌肤会出现一层细小的不易觉察的绒毛，让她呈现出孩子般的纯洁和稚嫩。总之，这是一对叫人喜爱的小伴侣。他们穿着同样颜色的T恤，背着相同款式的新秀丽双肩包，只不过女孩的背包略显精致。除此之外，他们身上还有很多相似的东西，耳机、眼镜、手机外壳，以及耳垂下方的文身图案，甚至是笑起来时候的神情……这些随处可见的相似让他们看上去十分般配，仿佛天生就是密不可分的一对。

和其他所有的情侣一样，他们并不在意别人的眼光，他们全部的关注点都落在对方身上，就算并没有十指相扣，也没有过分亲密的举动，但毫无疑问，他们除了对方以外什么都看不见。所以，无论是男孩还是女孩，都没有注意到一双奇怪的眼睛，混迹在人群里一直尾随着他们。好吧，就算他们注意到，也没法读懂里面的内容，因为那目光里有着复杂的成分，比如凄迷、茫然和怅惘，这些成分混合在一起，在他们这个年纪的孩子看来，存在一个无法言说的距离。

男孩和女孩在电动扶梯下停住了脚步，他们站在那里聊天，看起来他们所聊的内容有了新的进展，男孩把耳机摘下来挂在脖子上，女孩则笑了起来，她仰起洁净的脸庞，看着男孩，她的目光温柔而干净，甚至带着些许的仰慕。这让男孩得到更多的信心，他的口才和思维都在发生质的提升，他显得越发自然、越发帅气，他甚至开始考虑该不该吻她一下。

那双奇怪的眼睛离他们已经非常近了，是的，就在眼前——一个穿咖啡色格子衬衫的男人朝着他们走来——很难准确地判断他的实际年龄，我们之所以在下文中称他为中年男人，完全是因为这个泛指的概念适合于任何一个这时候出现在地铁里的男人。也无从判断他经历过什么，他紧锁的眉头呈现出一把锁的形状，锁住了无关这个世界的一切。

终于，女孩看到了他的目光，“我不喜欢这个人的眼睛。”莫名的不安袭来，她收敛了自己的笑容，在他走过去之后轻声嘟哝。她甚至怀疑自己刚才是不是有点儿张扬。男孩也看到了他的目光，他们有过短暂的对视，但他不介意，他重新戴上耳机，轻描淡写地说：“没关系，当他不存在就好了，他仅仅是路人甲而已。”

这时候，列车到站了。

这对小情侣恢复了平静，他们互相对视笑了一笑。

“我们上车?”女孩轻声问。她是个好女孩，做什么都是安静的，她不喜欢吵吵嚷嚷，大部分的时候她会戴上耳机。

“不，我们上下一趟，这趟车到达火车南站，下一趟才到大学城。”男孩是个稳重的男孩，他不会让自己处于冒失的境地。

“你怎么知道的?”女孩有些不甘心地问。

“我听到广播了。”男孩再度取下耳机，好像想用这个动作证明他一直很关注周围发生的一切，“而且，你不觉得这趟车很挤吗?”

没错，里面站立着的人群活像栽得密集的葱，或者你也能联想到不曾开发过的原始竹林，是密不透风的。况且，他们还用僵硬的表情把光线挡在了外面，于是，这趟列车显得格外的暗淡。

“不，你弄错了，这趟车就是到大学城。”女孩突然变得有点儿固执，或者说是她突然变得有点儿任性，总之，她说完这话之后，就用一种不可思议的果断奔向敞开的车门。不情愿的乘客们没有为她腾出位置，他们只是象征性地晃动了一下。女孩就像贴在一幅用无数身体组合成的背景墙上，但看起来这没影响到她，她微笑着，转过身，冲男孩招手。

不知为什么，男孩站在原地没动，因为这只是一瞬间的事情。他也做出了让她下来的手势，但他知道这是徒劳的，这个女孩，一旦做了某种决定，那这个决定就会在她的心里面长成一棵树，再大的风都没法吹落其中的一片枯叶。这点上，男孩是了解她的，有过那么几次，她在他的面前展示了这棵枝繁叶茂的大树。但是，对于男孩来说，这有什么关系呢，甚至，他把这一点和专属于女孩子的天生的淘气画上等号，假如不是这样，他不确定自己是否还会像现在这么喜欢她。

门灯闪烁，列车门缓缓关闭。隔着玻璃门，他看见她微微娇嗔的表情，模糊的，晃动着的，一闪而过。

男孩有点儿尴尬，为自己的迟缓，也为女孩的任性。他希望没人注意到这一幕，当然，就算有人注意到也没什么，毕竟这只是他们之间一段小到可以忽略不计的插曲。

他决定给女孩打一个电话。

电话的那头连接着一个嘈杂的世界，一种类似于机器摩擦的声音占据了大部分，然后是广播员报站的声音，中年男人咳嗽的声音，电话彩铃的声音……反而，女孩的声音浅浅的，遥远而模糊，更像是某种背景音，被众多的嘈杂覆盖着。

“好吧，我错了。”女孩用喑哑的嗓音说，“那我是在下一站等你吗?”显然，让她沮丧的并非是上错车，而是承认这个事情，她本来也可以不承认的，但这对她没有任何好处。

男孩耸了耸肩膀，都有点儿可怜她了。

“不，你别在下一站下，你在某某站下。”男孩说了一个他们俩都熟悉的站名，“你在那里等我，时间还早，为什么不去看场电影呢?”他决定给她一些弥补。

“好啊！”女孩听上去高兴了些，声音没那么喑哑了，“那我在某某站等你……”她准确地说出了站名，那是他们俩都熟悉的站，他们经常在那里等待对方。因为信号的原因，女孩的声音时断时续，“待会儿见……”在此之前她大约还说了句什么，但男孩没法听清，他听到的是手机信号中断之前一片古怪而又混乱的声音。

“好吧，待会儿见。”男孩关闭了电话，徒劳地对着只剩下一片忙音的手机说。不管怎样，他确信她已经明白他的意思。

现在男孩自己一个人了。当然，女孩也是自己一个人。

抬起头来，还是那双奇怪的眼睛，牢固地落在他的身上，不知什么时候，那个中年男人已经站在他的面前，他一直都没有离开过。他们再次四目相对。

“小伙子，如果我是你，就不会让女孩独自上车。”男人开口说话了。

“这有什么关系，我们马上就见面了。”尽管有所不悦，但男孩没有让自己太生硬。他的不悦来自于陌生的搭讪，更来自于中年男人携带着的古怪的气息：来源不明的外地口音，发皱的咖啡色格子衬衫，沾有灰尘的鞋底，紧锁的眉头，还有复杂的眼神，统一地传递着令人不安的味道。

“怎么没有关系，事实是关系很大。”男人提高了嗓门儿，但即使如此，还是只有男孩一个人才能听见他所说的每一个字。

“那是11号列车。”他坚定地说，这种坚定让他看起来都有点儿不正常。

“在我年轻的时候，像你一样，有一个可爱的女朋友。”男人往前跨了一步，现在，他离男孩已经非常近了，厚重的口气无情地喷洒在男孩的脸上，“怎么来形容她的可爱呢？”男人像牙疼那样咝咝地吸气，贫乏的词汇储备是他此刻最大的敌人，一番徒劳的搜索之后，他放弃了描述，“总之，没有人说她有什么不好，从来没有——至少我从来没听到过。”

男孩往后退了一点点，这样，他们不至于看起来像一对关系亲密的父子。他开始为刚才脱口而出的回答后悔，这一刻，他并不想听一个陌生男人的故事，就算这个故事很精彩，对他也没有任何的意义，他仅仅是等待一辆飞驰而来的列车而已。

令男孩自己都感到奇怪的是虽然这样想，但他没有果断地走开，而是，再次地后退一点儿，保持着相对安全的距离——这是个微妙的距离，刚好够听清他的声音，但可以保持着足够的陌生感，也不缺乏相应的尊重——就这样，男孩听完了他的故事。

“我是说，如果我是你，就不会让她坐刚才那列列车，那是11号列车，11，你明白我的意思吗？你也可以理解为失忆。有一年，具体是哪一年，我有点儿记不太清，总之已经过去大概30年了，我和我的女朋友，喏，就是刚才跟你讲过的那个可爱女孩，一起参加高考。她考上了，我呢，只差了那么一两分。我们来自同一座城市，在一个偏僻的小山村里当知青。对了，你知道知青吗？如果你不知道，那你的父亲和母亲一定知道，你可以问他们。”

男孩没有表情，他在看手机，他已经决定无论他说什么他都不会接茬儿。于是中年男人看起来就像在喃喃自语，对着一尊冷漠的雕像，不，是对着携带有冰冷气息的空气。但这丝毫不影响他的倾诉欲，甚至，他不敢再离男孩近一点点，唯恐这样会让这个脆弱的听众受到惊吓。

“好吧，其实你不知道也没关系，你只需要知道接下来发生的事情。本来，在那座偏僻的小山村里，我们过得不错，虽然有时候会饿肚子，但不是所有的时候都这样。而且我们年轻、自由，有大把大把的时间，没人管我们。所以，总体来说，如果不是恢复高考的话，我们说不定会在那个长满楸木树的山村里生活到现在。我们，也许还有几个孩子。你明白我的意思，是吗？

“后来，我的女朋友轻轻松松就考上了心仪的大学，她是个聪明的女孩，记忆力特别好，没有人能企及她的十分之一。是的，聪明——我刚才有没有跟你提到过她的聪明？记不清了，好像并没有，但我一定跟你提到过她的漂亮。”

中年男人再度呈现出努力思索的表情，这回他没有像害牙病那样抽冷气，而是抬起手来，沮丧地用手心拍打额头。很容易就能看到他衬衫的陈旧，于袖口处出现严重的磨损，在他的手腕上，戴着一个浅蓝色的手环。

男孩没有见过这样的手环，许多年之后，他才知道那是一个定位手环，用来给阿尔茨海默病患者使用的，人们可以通过它准确地知道患者所处的位置。

男孩看了一眼远处，列车似乎就要进站，隐约传来车在铁轨上呼啸的声音。

“不用担心，列车很快就要来了，该来的时候它总会来的。”中年男人安慰他说，“好在这不是11号列车，11号列车已经开走了，现在，你尽管放心地坐上它去找你的女朋友。”

男孩有点儿想发怒的感觉，他一直收缩在壳里的柔软身体受到野蛮的触碰，这一回，他不想再控制自己。

男孩朝着一个相反的方向走去，留给他一个愤怒的转身。

然而，他并没有摆脱他的故事。

“后来，就像你刚才做的那样，我把我的女孩送上了11号列车。”

中年男人低沉暗哑的声音一路小跑尾随在他的身后，起先像是一股浑浊的风，后来变成一只硕大的蝙蝠，巨大的膜状翅膀粘贴在他的背上。

“没错，就是我，我就像个刽子手那样，亲手把她送上断头台，还疯狂地朝着她挥手，嘴里说着愚蠢的祝福——你别瞎想，我这么说并不是指她出事了，不是你想的那样，没有出车祸，也没有发生灾难，那时候的绿皮火车，虽然速度缓慢，但和现在的高铁一样安全——我大约追着火车跑了三公里，那时候我的身体可不是你现在看到的样子，我一直跑一直跑，直到再也看不见火车，不过，就算看不见了，我还能看见一个红色油漆刷出来的数字：11。那是11号列车。

“可能只有我注意到那是11号列车？人们只关心这趟列车会把你带到哪里，至于它是几号列车，没人在意。”

“一年以后，我也考上了大学，可惜没能和她在一个城市。我之所以能考上大学完全是因为她的缘故，为了能和她团聚，我很努力。我辗转到她那里，可是，你知道发生了什么，她已经完全不认识我了。对，完全。她说你是谁。那时候她左手拿着一个饭盒，右手拎着一把五磅的开水壶，站在一棵古老的银杏树下面，她就是这么说的：你是谁？她已经把我彻底忘记了。我说了自己的名字，还有我们一起待过的那个小山村的名字，可是她一脸茫然，那表情丝毫也不像是在装的样子，她不会装，这一点，就算到今天我也十分确定。我忽然就想到她离开那天乘坐的11号列车，不知道为什么，我固执地觉得那趟车有问题，很大的问题——你和我，都搞不清的问题。”

故事讲完了。

“所以说，11号列车是一趟不能坐的列车。”

这个看不出年龄的男人对着男孩的背影说，这一回，他的声音再也追不上男孩，他仅仅是说给自己听，所以，他的脸上浮现出一抹狡黠的笑容。

列车进站，携带着一股潮湿的风，仿佛来自于一个阴冷的世界，男孩打了一个不合时宜的寒战，不过他很高兴这段奇怪的时间终于过去了。

等一会儿，我要给她讲讲这个怪叔叔。他在心里思忖，他脑海里甚至还浮现出她惊讶的表情，她会不停地插嘴，问这问那，全是一些好奇的叫人无法回答的问题。

男孩顺手就给远去的怪叔叔拍了张照片，虽然他也不清楚这么做有什么意义。他拍到了他的背影，咖啡色的格子衬衫，混迹在人群里，被一些明亮的斜条纹拉扯着，模糊的，变形的，一闪而过的背影。

然后他快速走进敞开的车门，车很宽松，他有座位可以坐。

几分钟后，男孩到达约好的地方。

在那个熟悉的位置，男孩没有见到女孩。

他打了她的电话，没人接听。

也许她去了卫生间，男孩耐心地等待了一会儿，这期间他玩了一会儿游戏，顺带翻看了手机里存着的她的照片。她的照片很多，各种造型，嘟着嘴，蒙着眼睛，搞着怪。

然后，他再次给她打电话，语音提示对方正在通话中。

他突然变得焦灼——巨大的焦灼，像是有无数的软体动物在食道与肠胃之间蠕动，发出细密的咬啮。他能感受到骤然上升的体温和失控的腺体，它们正在分泌一种白色的烟雾阻挡他看清这个真实的世界。

他开始急促地寻找，卫生间，大厅里，门柱背后，广告牌下，扶梯上，他不放过任何一个有可能藏匿的角落，甚至是一片阴影，更多的时候，他在拥挤的人群中辨认她的脸庞。有几次他猛然回过头，因为他觉得她有可能就走在他的身后，带着恶作剧的笑容。可他看到的只是一张张受到惊吓的陌生的脸，还有责怪的眼神。

他不停地拨打她的电话，一遍，又一遍。都在占线中。起先他担心会发生什么不测，但周围看起来平静正常，一如往日，他想不出会发生什么样的不测。

他走出地铁，来到街道上，在夕阳里站了一会儿，心中充满了少年的愁绪。他决定自己去看一场电影，但是，很快，这个决定就变得沮丧。不，应该回到等她的那个地方，他有点儿赌气地对自己说，哪怕站一个晚上。必须让她知道我是个守信用的人。

这个悲壮的决定承载了男孩的委屈、愤懑和不安，他转身进站，回到等待女孩的地方。

这时候，正如很多人都会有的经验那样，一件折磨人心的事情，到达一个令人绝望的境地时往往就会发生新的转机——男孩看见了女孩——他的女孩。

更多的人从车厢里拥出来，她走在他们中间，表情严肃，步履匆忙，心无旁骛。没错，她在打电话。她戴着耳麦，手里拿着数据线，用不至于干扰到别人的声音讲话。

“嗨!”男孩穿过了拥挤的人群，追上了她，他还没有从见到她的喜悦中走出来。

女孩抬起头来，看了他一眼，仅仅是看了他一眼，既没有停下来，也没有停止说话，就好像是对着一根卷曲的数据线，而不是对着一个鲜活的人。

她的眼神，是门缝里进来的扁平光线，男孩感觉自己被黑暗囚禁太久，这道光线让他手足无措，再度陷入混乱。

尽管她看起来还是那熟悉的模样，清亮的双眸，洁净的脸庞。但是她的眼神，是陌生人的眼神，有他从来不曾见过的气场，冰冷，骄傲，这让他感到害怕。他觉得是自己出了差错，必须退缩，甚至逃遁，不过在此之前，他做了最后的挣扎。

“我等了你很久，你要去哪里?”男孩的声音听上去就像蚊子的嗫嚅。

女孩停下来了，显然，她之所以这么做完全是出于礼貌，那种对待陌生人的礼貌。她对着电话里的人说：“稍等我一下。”然后，摘下耳麦，重新看着男孩，用一种惊愕的语气，清晰地、一字一顿地说：“你是谁?”

每过去一段时间，男孩就会删掉一张女孩的照片，或者是两个人共同的照片，现在，他的手机里剩下的女孩的照片已经不多了。慢慢地，他长出了坚硬的胡须，脸上的轮廓变得更加分明。他不再背双肩包出门，因为实在不知道里面可以放置什么东西，除了手机，他什么都不带。

他对女孩的记忆，比较多的是她的背影。

那天，在地铁站，当女孩说出“你是谁”的时候，他知道，对于一个陌生人来说，任何的答复都是多余的。他曾寄希望于那些互相匹配的小细节，同样颜色的T恤，相同款式的新秀丽双肩包，耳机、眼镜、手机外壳，以及耳垂下方的文身图案，那是他们经意或不经意间建立的共同的小秘密，总能让她想起来点儿什么吧。

但是，女孩忙于应对那个冗长的电话，仿佛她的忙碌、焦灼全因之而来。没有得到答复，她迅速地戴上了耳麦，转身离开。忽略了那些有可能和她发生关联的蛛丝马迹。

男孩看着她迈上电动扶梯，越来越多的人出现在她身后，但并没有把她遮挡。她慢慢地升高，到达扶梯的顶端，她混迹到人群中，成为他们当中的一个，是熟悉而又陌生的那一个，再也无从分辨。

终于，男孩删完了最后一张照片。

这时候，他在他的手机里发现一张模糊的照片。这是一张一直被忽略的照片，因为没有一个主体人物，有的只是一张张模糊不清的脸，其中，他想留下的那个咖啡色格子衬衫身影，也因为晃动，被一些明亮的斜条纹拉扯着，失去边缘，变了形状，成为极其含混的一团人影。

唯一清晰的只有旁边的列车，他不明白为什么它会那么清晰，好像还带着刚刚进站时候的呼啸，男孩甚至还感到了它带来的阴湿的风。

男孩不想解释为什么要这么做，他没法解释。在删除这张照片之前，他把它放大了一次，再放大一次。没有比这个更清楚的了，列车的侧面，靠近车门的地方，写着很工整的一个数字：11。

没错，那就是那天男孩乘坐的列车——11 号列车。

一桩无声的交易

每年，在寒冷的冬季到来之前，蒋正和建生都会被人们送进金安医院。今年也不例外。唯一的区别是，当他们进入金安医院的时候，发现那里多了一堵红色的砖墙。

这堵墙把原先无比宽阔的金安医院一分为二，围住了另外一栋大楼，把那一部分变成一个新的单位。施工还在进行中，最后的刷白工程还没完成，砖缝之间裸露出粗糙而丑陋的灰色水泥。

金安医院的正确称谓是精神病专科医院第二分院。但在这座无人认识的小城里，人们并不习惯称它为精神病院，也不至于粗鲁到叫它疯人院，人们只管它叫金安医院。作为分院，金安医院的常住病人屈指可数，却拥有两栋住院大楼。两栋楼隔得并不远，大部分的病房都被闲置，覆盖着灰尘，飘荡着新鲜石灰的味道。

对于这种规划设计，人们是这么解释的：院长一定是被病人们传染了。

所以，这堵墙的出现不会叫人太意外。

蒋正和建生每年冬天都被送进金安医院是有原因的，虽然在这座南方小城市里，冬天并没有格外的寒冷，但人们担心阴冷的天气会损伤他们的健康，对于无家可归的人来说，那些阴雨连绵的夜晚是难熬的。所以，当第一个人感觉到空气中夹杂着一丝尖锐的寒意时，他不是忙着打哆嗦，而是忙着打电话。

冬天又来了，蒋正和建生该进医院了。他一面拨打金安医院的电话，一面感叹时光的流逝。

于是，金安医院就会派出他们那辆由微型面包车改装成的救护车，悄无声息地驶入城里。

首先，他们到小城的南边接建生。

南边是老城区，密布着狭长而幽深的巷道，曲里拐弯，四通八达，犹如迷宫。建生会出现在不同的地方，他是个喜欢游走的人，行踪捉摸不定。但金安医院的医生从来不为这个担心，他们总是很快就找到他，找到他的时候，建生通常都在喋喋不休。

接下来，他们来到城市的北边接蒋正。

蒋正是建生的反面，他是凝固不动的，基本不说话，宛如一尊雕塑。

北边是城市的繁华地带，蒋正坐在商场门口的条形椅上画画。他的身后是一面巨大的电子屏幕，交替着变换广告画面。有时候，他被身后的画面毫无违和地吸纳进去，无论是色彩、光线，还是他低垂的鸭舌帽，陈旧的毛呢大衣，都成为其间不可分割的部分；但是大部分时候，他就像巨蟒无法消化的食物那样，被画面无情地排斥出来，成为一个冒失而唐突的存在。

看到汽车向他驶来，蒋正默默地收拢画夹，拍拍大衣上的灰尘，一言不发地钻进车里，坐在建生的旁边。

于是小城的人们会看到他们俩侧面的剪影，一个不停地嚅动嘴唇，另一个则正襟危坐，严肃地凝视着前方。

这样的情形，尽管人们记不住从什么时候开始，但必定每年都要发生，从未改变，就像四季轮回中一个容易被忽略但永远不消失的环节。

关于这堵红色的尚未完工的砖墙，蒋正很想知道建生是怎么想的。过去的几年里，这个位置有一塘水，水里有廉价的假山，看起来像发霉的塑料泡沫，阳光灿烂的时候，他和建生会坐在旁边烤太阳。

但是建生反应很冷淡，他只是翻了个白眼儿，略微地停顿了一下，就继续说他的话去了。说话，不停地说话，这是建生唯一的问题。据说他说话是不需要换气的，他的呼吸系统与众不同，语言就是他的呼吸。

蒋正有点儿失落，他觉得自己是永远也无法了解建生的，因为建生用语言的屏风把他无情地阻挡在外面。

建生说话的时候喜欢专注地看着某个地方，好像那里站着一个人；有时候他热情地跟某个人打招呼，但对方却并不存在。他会让你感觉到灵魂是透明的肌体，在拥挤的人群里和你擦肩而过。

有人认为建生具备跟神灵交谈的能力，十分渴望能从他的嘴里获取到一些关于命运的信息，可惜，他们不能如愿以偿，建生的回答会让他们更加摸不着头脑。还有一个学者认为建生的话是有逻辑的，他把那些话语录下来，打算做些语言神经系统方面的研究。不久以后，他的家人发现他开始大量掉头发，眼神变得狂乱，性情也开始暴戾，建生那些连贯的永远不会重复的话语让他陷入疯狂。于是，他们及时阻止了他的研究。

可怜的蒋正，既不想从建生的口里探听未来的命运，也没有兴趣从事语言逻辑学的研究，如果能和建生谈谈人生理想当然是很好的，但他知道这属于痴心妄想。所以，每年，他最终的理想就是在这里安静地度过一个冬天。

按照惯例，他们住进了606病室。建生开始行走，从一间病房到另一间病房，很快他就携带着密密麻麻的话语消失了。蒋正则站在窗前，考虑该如何度过这年冬天的第一天，每年的这一天，都会因为有所不适应而显得无比漫长。

他的视线刚好能够到达红墙的另一面，与另外那栋楼相对，不用费力就能看到楼里中间的几层住着人，有男也有女，出出进进，悄无声息地，看上去秩序井然。蒋正于是觉得很羡慕，原来红墙那面天气晴好，世界安静。要知道金安医院里成天到晚都是奇怪的声响，建生的话语只是其中最微不足道的部分，如果说出现了片刻的宁静，那就绝对是一场惊悚事故的前奏。

所以说观察一个宁静的世界是个不错的选择，蒋正心安理得地矗立在窗边，打算就这样度过他的第一天。

但是，很快，他就发现，有人也正在观察他，一个男人，和他一样站立在窗边。或许也可以勉强称他男孩，因为他很年轻，有着瘦高个头和一张很好看的脸，只不过脸色苍白、眼神幽暗。没准他站立的时间更长久，透过敞开的玻璃，他们俩的目光在红墙上空交遇。

蒋正觉得他像一个囚犯，因为对面的那栋楼在走廊上安装了铁栏杆，那个盯着他看的男子，露出一种被囚禁的神情。

几分钟之后，蒋正转移了自己的视线，就算是个疯子，也会在长时间的对视中感到难堪，“干吗要盯着一个男人看那么久呢?”他沮丧地对自己说。

现在，属于蒋正和建生的夜真正开始了。

第一次住进606的时候，蒋正没法记住那是哪一年，他惊异地发现原来建生在梦里也不会停止讲话。他找到主治医生要求调换病房，但是主治医生告诉他这种情况不会持续太长，“因为我们会给他开出药方，他会好转的。”蒋正一直等着药方起作用，但他没有等到。

这一夜，像以往和建生在金安医院一起度过的夜那样，蒋正在建生的黑暗呓语中尽量地伸展四肢，让自己变得庞大、空旷，好让他的思考有足够广阔的空间。

这时候，突然传来一声惊恐的尖叫，在浓厚的夜空里带着颤抖的尾音，蒋正认为那是一声长着羽毛的尖叫。从方向上判断来自于围墙的那一面。建生被惊醒了，腾地坐起来，暂时地停止讲话，就算在黑暗里，蒋正都能看得见他闪闪发光的白眼仁。

尖叫之后恢复平静。建生重重地倒下去，重新开始喃喃自语，蒋正也继续他的思考。但是没过多久，在黎明到来之前，红墙那边再度传来喧腾。有清晰的哭闹声，有人起床，走动，说话，发动汽车，这中间夹杂着轻微的呵斥，还有一个男人声嘶力竭地叫喊：杀了我吧，快杀了我！

“究竟是谁想杀死自己呢，而且还是在黎明到来之前？”这个问题困扰着蒋正，他不再觉得红墙对面天气晴好，世界安静，或许那里住着比他们严重许多倍的病人，统一地患上一种会在夜间发作的怪病。

第二天，相同的时间，相同的地方，那个高个头的男人再度出现。他脸色苍白，目光涣散，把缠着白色纱布的手搭在铁栏杆上，这样他看起来更像一个倒霉的囚犯了。

蒋正没工夫看他，他开始画画，每年的第二天他都会开始画画。蒋正热衷于画小汽车，没有人知道这是什么原因。他用一种极其精准的方式画出汽车的引擎盖、挡风玻璃、门窗和轮胎，从来不使用尺子圆规一类的工具，但是据一个汽车修理厂的师傅说，其间的比例误差微小到可以忽略不计。

他也不使用颜料，从来不，但小孩子们可以在他画完之后说出来：这是一辆黄色的小轿车。

但是蒋正大部分的作品都进了垃圾桶，谁会在意用铅笔画出的小汽车呢，就算它非常精准。

这时候，对面的男人开始摇晃铁栏杆，他大约经常这样摇晃栏杆，发出了钢筋晃动的声音，很快有人上来制止了他，于是他开始吹口哨，吹出一种刺耳的旋律，这个举动没人管他。

蒋正知道，这个男人想吸引他的注意。所以他装作没听见。

游走的建生不知不觉来到蒋正的后面，很专心地看蒋正画画，一面不停地评价，“你画的天空和大海就像真的一样，为什么我知道它们像真的一样，因为我见过真正的天空和真正的大海。”

蒋正叹了一口气，他很想告诉他自己只不过是想画一辆小汽车而已，就目前而言，它还只是一些线条。但他终于还是没有说。

红墙对面的男人开始另外的表演，他找到一样东西敲打栏杆，动静很大，这下麻烦了，很快上来两个人，把他带进了另外的房间，这个过程不怎么顺利，他拉着栏杆企图赖在原地不动，但他们说服了他。

建生看到了这一幕，他说：“蒋正啊蒋正，这个就是昨天晚上不睡觉嚷着要别人杀死他的男人，没有人想杀他，他就用玻璃划破了自己的手腕，这些瘾君子一天到晚又叫又嚷的，今年倒霉了，住在他们旁边，我们两个都快要变成疯子了！”

“可是我们两个本来就是疯子啊。”蒋正忍不住提醒他。

慢慢地，蒋正知道红墙对面是一家戒毒康复中心，里面住着二十多个病人，他们家里多半都很有钱。大部分的消息是建生带回来的，不完全准确但是很可靠。比如为什么要在走廊上安装铁栏杆，因为他们时不时就会有往楼下跳的冲动；为什么白天显得安静而夜里则喧闹不止，因为白天他们有太多的事可以做，做做操，健健身，甚至打打麻将什么的，但是夜晚则不行。

“夜里他们会被自己的心跳吓得大吼大叫，他们的夜晚跟我们的不一样。”建生带着同情的语气说，“他们的夜晚是黑色的。”

这以后的几天，蒋正照例在窗口画画，建生照例在四处游走，那个脸色苍白、眼神幽暗的男人照例紧靠着铁栏杆观察蒋正。不过他不再发出任何响动，以防止被别人注意到。

女护士过来发药的时候总是鼓动蒋正到外面晒晒太阳，“你不要老是坐在同一个地方，马上就要变天了，到时候你想出去走走都没地方去。”她说。

果然变天了，光线就像被突然抽离，整个世界变得灰暗，尤其是零星的雨点开始飘落的时候，基本分不出是白天还是黑夜。

“蒋正，关上窗，你会冻坏的。”女护士说。等她一离开病房，蒋正就把窗子打开了。他需要虚弱的光线，也有点儿喜欢上来自于红墙对面的观察，尽管他很少抬头刻意地看他，但他知道他一直在。

就在这一刻，一枚小小的硬物像子弹一样嗖一声从窗子里射进来，落在地板上，蒋正吓了一跳，他把它捡起来，发现是一粒用纸折成的弹弓子弹，判断它的来源并不困难，因为红墙对面的男人正对着他微笑，那笑容几乎接近谄媚。他的手里，有一把精致的弹弓。

蒋正把这枚纸弹一点儿一点儿打开，他发现，这是一张二十元的人民币，上面还写着字。关于字，蒋正只有六岁之前的储备，他只认识六岁以前学过的字，大约有十五个。

由于写着字，这张纸币看上去有点儿假。这是用来干什么的呢，蒋正费尽心力思考了一番，最后他判断，这是给他的纸张钱。因为这座小城的人们时不时就会给他一点儿钱，他们称这个为纸张钱。

自从他夹着画夹走上街头，坐在他现在坐着的地方开始画画以后，他们就开始给他纸张钱，一毛两毛的。那时候，那里还没有大商场，只有一个破旧的菜市场。他的母亲，据说是个惹人怜爱的美人儿，已经离家出走很长时间了，他的父亲则死于一场车祸，人们有点儿担心他会就此一蹶不振，或者跟着街头的小混蛋们厮混。

好在蒋正没有让他们的担心持续太长时间，他开始画画，画出了一辆歪歪扭扭的小汽车。那时候，他的年龄在六岁到八岁之间。

“蒋正将来会变成个了不起的艺术家！”人们给他钱去买纸张和笔，“到时候可不要忘记我们哟！”他们假装很喜欢的样子带走蒋正的一两幅画，然后在街道的拐角把它们撕碎塞进垃圾桶。

蒋正非常非常迟疑地举起手中的画板，呈现给对面的男人。“是这个吗？”他想说。画板上有一辆尚未完成的小汽车。

男人在黯淡的光线里露出微笑，蒋正不能确定他是否点头认可，但他确定感觉到了他的微笑。

蒋正加快了画画的节奏，感觉自己突然有了很多事情要做。他也不想敷衍了事，就画画这件事而言，他不习惯敷衍。现在，他需要一把结实的弹弓。

细雨连绵的夜里，蒋正想象红墙对面的男人打开画的情景，从他幽暗的眼睛里会流露出什么样的神情，欣喜的、赞赏的，或者是失望的、厌恶的？蒋正觉得这样的想象耗费心力，最后，建生持续的呓语帮助他得出一个粗暴的结论，“管他 × 的怎么看，反正我们两清了。”

但是，清晨醒来，蒋正又觉得很不安，他只好连续画了两张小汽车，用弹弓送给红墙对面的人。这下他终于可以松口气了。

一段时间的相安无事，年轻男人偶尔还是会出现，但是蒋正没法看清他的表情，他觉得也没必要去看他的表情，“该发生的总会发生。”蒋正有着自己的通透，就像金安医院里每天都会上演的曲目，吵架的吵架，唱戏的唱戏，哭的哭，笑的笑，一样都不会少。

所以，当收到第二张五十元纸币的时候，蒋正唯一做的事情就是加紧画画，把他画好的每一幅画都折成子弹发送到红墙对面。他的床头柜上已经摊着好几枚这样的子弹，他不太清楚还需要画多少才能画满五十元。

显然，他还没画完，但是第三张纸币就到了，蒋正大惊失色，这是一张一百元。这时候他能看到对面的男人，他黑着脸，整个人都很阴郁，看起来，这个有钱的顾客不是那么满意。蒋正开始担心，他觉得自己无法在这个冬天完成这个价格的作品，也无法让这个挑剔的顾客露出满意的笑容。

但不管怎么样他得把活做好。

于是蒋正非常繁忙，不停地画不停地画，他基本不抬起头来，以至于建生只能看到他的后脑勺。于是建生到别的病房串门的时候会对病友们说：“今年冬天蒋正丢了，他只剩下一个后脑勺。”

金安医院的医生也认为蒋正的病情有所加重，整个冬天他只说了一句话：“可是我们两个本来就是疯子啊。”就这句，恰巧被一个护士听到了。

还好，红墙对面的男人没有继续给蒋正施压，就像突然生出恻隐之心，他只是看着这个方向，带着落寞的神情。有一天，蒋正发现，他手里举着一张蒋正的作品，朝着天空的方向，仔细地看。

蒋正终于完成了他觉得应该完成的作品。这时候，第四枚子弹漫不经心地到达了。对于这张一元钱的纸币，蒋正表示不屑，他的内心被某种失落填满，决定不去理睬这一元钱。

再次地进入相安无事的阶段，红墙对面偶尔还是有不同程度的喧闹，但大家似乎习惯了，对此熟视无睹，就连建生都懒得去打听其中的细节。

男人很少出现在走廊，但蒋正还是能时不时地看到他的身影，有时候他在做操，有时候他懒洋洋地在院子里溜达。他像是变老了一些，苍白的皮肤开始发黄，脊背也有点儿伛偻。

“无论如何，他现在都不能叫作男孩了。”蒋正私底下想。他这么想的时候收到了来自红墙对面的最后一张纸币——还是一元钱，是的，最后一张，还是有字。这之后，蒋正再也没有在红墙对面看见过他，这让他剩下的日子显得有点儿空旷。

现在，冬天真的结束了，空气中出现棉絮状的温暖，触手可及。

蒋正和建生一起离开金安医院。在固定的地方，他们友好地分手，并约定明年再见，两个人看起来气色都不错：建生剃了胡须，嘴角很干净；蒋正干洗过的毛呢大衣很平整，帽子也掸去灰尘，脖子上挂着一条病友送的毛线围巾，在他的画夹里，纸张非常充沛。建生要回到小城的南边；蒋正则朝着城市中心走去，在那里，总有一个位置属于他。

商场电子大屏正在无声地变换着画面，把光影投射到广场的任意角落。人越来越多，熙熙攘攘的，在广场上行走，自由地出入，大一些的孩子们骑着自行车在人群中穿梭，更小的孩子在各种电子玩具车里按动彩色旋钮，听它们发出响亮的童谣。几乎所有的人都携带着春天的气息。

多么熟悉的一切。

然而，在那个熟悉的位置上，蒋正惊讶地发现，那里坐着一个自己——低垂着头，伛偻着身躯，一个正在专心画画的蒋正。

灰色夹克裹着瘦削但高挑的身躯，竖起来的衣领遮住一半的脸庞，只有在偶尔抬起头来的时候，才能看见他苍白的皮肤和幽暗的眼神。

没错，是红墙那面那个用纸弹跟他购买画的男人。

他长时间不说话，也不移动位置，就像一尊雕像。

有个中年男人在他面前路过，走出几步又返回身来，在他的面前停下。“蒋正，三天前我就看见你的笔已经坏了，我想你需要一支新的笔。”他从口袋里掏出一个钱夹，抽出一张纸币给正在画画的男人。

有一个年轻的妈妈拖着一个小男孩匆匆向他跑来，“蒋正，帮我看一下儿子，最好给他画幅小汽车，我要进去买一瓶化妆水。”画画的男人默默地点点头，往边上移动一点点，腾出位置来让小男孩坐，这个小男孩乖乖地坐在他的身边，把手放在膝盖的中间，侧着身子，看一辆小汽车逐渐地在纸上成型。

蒋正看呆了。从来没有过的慌乱正在侵袭着他，他费了很大的工夫才让自己冷静下来。

“那么我呢，我去了哪里?”他站在原地使劲地想，想了很久，没有得到任何的答案。

于是，从金安医院里出来的蒋正只好裹紧大衣，压低帽檐，独自离开。

很长一段时间后的某天黄昏，在另外一座小城里，一家文具店迎来了关门前最后的顾客，他要买一些用来画画的纸张。这是一个普通的顾客，穿着陈旧的毛呢大衣，戴一顶鸭舌帽，几乎不说话。

关于这个顾客，文具店老板没有任何印象，但是对于他的钱，文具店老板隐约觉得有点儿奇怪，因为那上面都写着字，字迹有点儿模糊。

一张二十元的纸币上面写着：到五一路文华巷百岁坊诊所买一支咳嗽水放在红墙西侧角落石缝里，有酬劳。

一张五十元的纸币上面写着：不是汽车，是咳嗽水，现在可以买两支。

一张一百元的纸币上面写着：你他×在耍我吗，今晚就把东西买到，这是交易。

一张一元的纸币上面写着：你不识字吗？求你了，不要再让我看到小汽车。

另外一张一元的纸币上面写着：好吧，还是发小汽车给我吧，我有点儿喜欢上这样的画了。

奇怪归奇怪，文具店老板还是把钱归到残币那一沓里，放进了抽屉。

“无论如何，明天都得到银行一趟。”他自言自语地说。